U0584751

我，
来自广院

潘奕霖 著

作家出版社

图书在版编目（CIP）数据

我，来自广院 / 潘奕霖著． -- 北京：作家出版社，2020.7
ISBN 978-7-5212-1019-4

Ⅰ．①我… Ⅱ．①潘… Ⅲ．①中国传媒大学 – 校友 – 访问记
Ⅳ．①K820.7

中国版本图书馆CIP数据核字（2020）第108861号

我，来自广院

作　　者：潘奕霖
责任编辑：宋辰辰　杨兵兵
装帧设计：意匠文化·丁奔亮
出版发行：作家出版社有限公司
社　　址：北京农展馆南里10号　　　　　邮　　编：100125
电话传真：86-10-65067186（发行中心及邮购部）
　　　　　86-10-65004079（总编室）
E-mail:zuojia@zuojia.net.cn
http://www.zuojiachubanshe.com
印　　刷：北京盛通印刷股份有限公司
成品尺寸：170×230
字　　数：272千
印　　张：21.5
版　　次：2020年7月第1版
印　　次：2020年7月第1次印刷
ISBN　978-7-5212-1019-4
定　　价：68.00元

作家版图书，版权所有，侵权必究。
作家版图书，印装错误可随时退换。

序一

广院人

　　奕霖把他的访谈录书稿发给我，希望我能给他的新书说几句话，我欣然应允，一方面是出于亦师亦友的我们多年的友谊，另一方面也是对我们共同经历的校园时光、青春记忆的一种纪念与回望。

　　这本书的访谈对象有一个共同的身份——广院人。

　　说起广院，就是当年的北京广播学院，后来更名为中国传媒大学，这个我曾经在那里工作、生活了二十八年半的地方，给我们留下了多少难以忘怀的美好记忆！

　　作为1989级播音专业学生的潘奕霖，如今早已是驰名影视圈的知名节目主持人了，他主持的电影频道的《流金岁月》等已然成为记录电影发展历程的最具影响力的品牌栏目。

　　奕霖在主持记录了多期电影人物节目之后，以他最娴熟的访谈，将目光锁定他所钟爱的母校，锁定令他亲近却很少认真交流的昔日学长、同窗、师弟师妹们身上，以"广院人"为号召，把他们编织在一起，这就是各位看到的这本新书，相信透过这些访谈，大家都可以从中找到各自曾经拥有的美好的青春倩影！

　　这部访谈录最突出的特点就是真实。

　　受访对象大都是家喻户晓的荧屏名人，难能可贵的是书中没有简单回溯受访者不平凡的成长经历，没有俗套地描摹受访者不简单的成就业绩，而是把视角调低，以平常心、平常人的状态，把受访者最平凡、最普通的一面呈现给我们，让我们看到他们星光熠熠后面跟大家一样的生活状态与心路历程。甚至不回避他们光彩背后的挫败、忧伤、徘徊、曲折……如王凯高考失利、康辉出访在外接到母亲去世的噩耗、郎永淳从《新闻联播》主播转身"找钢网"的新挑战……原来这些名人也不是一起步就在高光之中啊！这让我们看到了最令我们感同身受的一面，真实带来了此书的力量！

这部访谈录给我们揭秘了许多不为人知的故事，这也是此书独家的价值所在。

因为采访者的特殊身份，使得受访者不必"装饰"，而是可以把不为"外人"所道的故事和盘托出！读过此书，您将了解卢静七年央视八年瑞典生活收获了怎样的人生精华；康辉到底是怎样从一个普通中学生考入广院，在广院及春晚舞台上怎样克服"拧巴"状态；郎永淳怎样成为《新闻30分》第一位戴眼镜出镜的主播；王凯在学校最受刺激的话是什么；史小诺如何从懵懂少女变成知性主持……揭秘成长故事实乃此书亮点！

这部访谈录一如奕霖以往的访谈，借访谈体味人生，以对话彰显励志。书中呈现的很多细节，如卢静说自己是应届生考取广院，一路一直是"小妹妹"心态，并没有那种历经风浪的自信；如康辉总是躲在一边静静地读书，因为在帅哥美女如云的播音群中，自己的形象甚至被同行议论为"稍微差点"；史小诺曾经"胖"着在"广院之春"跳舞；郎永淳从中医转做播音；王凯从职中经历高考失败后奋发再起……他们无疑都是当代播音主持领域的佼佼者，但成功也并不是从来就有的，更不是随随便便就会来的！他们的奋发执着的故事相信一定会成为鼓舞大家前行的动力！

奕霖作此访谈，多少基于自己难以磨灭的青春记忆，正因此，此书写法就显得格外率性、自然，没有喋喋不休的大背景、大道理，有的是来自亲友之间的娓娓道来，感谢奕霖花了那么多时间组织这样的访谈，也希望这些访谈给大家带去共同的时代性记忆，分享受访者多姿多彩的成长故事！

胡智锋

（胡智锋，1965年生，毕业于山东大学、北京师范大学。在中国传媒大学任教二十八年，现任北京电影学院副校长，是中国传媒学术领域第一位教育部"长江学者"特聘教授，中国广播电视艺术学学科创始人之一，中国电视美学研究主要奠基人，中国电视传播艺术研究创建人。）

序二

有情不倦，珍惜春光

2020 年的夏天，定福庄东街 1 号，草木葱茏、浓荫蔽日。这里是中国传媒大学，曾经的广院，我和潘奕霖及他的采访嘉宾们共同的母校。因为"新冠"疫情，没有学生的校园静得只有鸟鸣，教学楼前的草坪因为无人踩踏，长得开心。

1989 年，我和潘奕霖一同考入北京广播学院播音系，毕业后留校任教，寒来暑往，在这里已经留守三十余年。奕霖发来书稿邀我作序，我捧着电脑在树荫下一边见字如面，一边细致地打量这座绿莹莹的校园。

90 年代的广院，周围荒荒的，里面小小的，可即使是素简灰楼也爬满青藤，还有顾盼有神的喜鹊们出没于核桃林与白杨树间。2004 年，北京广播学院更名为中国传媒大学，之后一路璀璨，飞扬穿越。在"4K、5G 加 AI"的今天，中国传媒大学已成为信息媒介传播行业最具影响力的高等学府，所不变的，是永远荡漾的青春，是迷之自信的广院气质。

广院气质可能来自爱与神采的加持。校歌的第一句"校园里大路两旁，有一排年轻的白杨"曾让许多人不解地问："校园里大路两旁，难道不是该有两排年轻的白杨吗？"嗯哼，这就是广院人的腔调，不一定靠谱，但就是着调。我们溺爱自己的想象力与创造力，以痴迷之心对待艺术感受、新闻敏锐，无论天南海北，只要提起"广院之春"、广院肉饼与月光杯足球赛，就像交换了接头暗号，心领神会，互有默契。

潘奕霖是电影频道的资深主持人和制作人。我们在不到二十岁的时候相识，共赴广院舞会，共度校园生活，共享青春记忆。毕业后他深耕于央视电影频道，从《流金岁月》到《佳片有约》，奕霖是中国采访老一辈电影艺术家最多的节目主持人，即将完成他导演的纪录电影《演员》。奕霖也是有温暖魔力的人，在这本书里，他采访了十位主持人，都是广院校友，都是他的同行，在奕霖面前，他们从从容容对上密码，自自然然洞开心扉，宝藏故事源源而出。

感谢奕霖信任，我有幸成为这本书的第一批读者。虽然我与书中的每一位人物都有这样或那样的交集，可阅读访谈仍让我一再刷新对他们的了解，因而如沐甘霖，如吃冰激凌。

奕霖是有情之人，当他说出"心中有爱的人会互相吸引"这句鸡汤话时，不会让人觉得不过如此，而是让人觉得理应如此。他和校友们的对谈随心随意，妙趣横生，自然自在，惊喜连连。

岁月悠长，白杨疯长，有情不倦，珍惜春光。

是为序。

翁佳

（翁佳，中国传媒大学播音主持艺术学院教授，硕士生导师，传播学博士，从教二十五年。与本书作者潘奕霖及受访者康辉、叶蓉为大学同班同学。）

这是北京广播学院播音系八九级同学三十年聚会的一张
大合影，我们在学校主楼前，按照入校时的位置站好，
甚至想还原当时的表情……
第一排右二为翁佳。

一切
都是最好的安排

2020.6

是同行之间的交流、是校友之间的沟通，我与十位主持人的对话是《我，来自广院》这本书的主体。再加上胡智锋、翁佳两位教授的序言，这是一个广院人的聚会。那么谁来写我呢，重任落在了我的多年老友章珺身上，她说我是她认识的第一位广院人，而今年与她虽是新结识却在各方面有强烈共鸣的一位朋友恰恰又是广院人，很巧。她笔下的我到底是怎样的呢？我充满好奇与期待。对了，这是在序言与正文之间的一篇洋洋洒洒的美文，我们姑且把它标为本书的"零号文章"。

0

时　间：2020 年 3 月 17 日

潘奕霖和他采访的主持人同行

潘奕霖是我在生活中遇到的第一个广院人。那是 1995 年的初秋，广院还没改名，还叫北京广播学院，2004 年更名为中国传媒大学。直到现在，我们还喜欢用广院人称呼潘奕霖和他的校友们。潘奕霖在这本书里采访的主播们，也都来自广院。

我和潘奕霖相识在中央电视台电影频道（CCTV-6），那年央视同时新开几个频道，经过几轮考试后，我们一同考进了新成立的电影频道。他是主持人，我是撰稿人。

认识潘奕霖之前，我对毕业于广院，特别是来自广院播音系的主播主持人们已经有了一个固定的预设。他们有着不错的形象，声音都很好听，还有着超强的记忆力，可以把别人写好的文字精准地传达给电视机前的观众或收音机旁的听众。作为撰稿人，我的工作应该就是把他要说的话一字一句写好，他再一字一句地背下来。

不过我们在开始阶段做着完全一样的工作。电影频道在开播前要准备出足够的片源，我们这些新招进来的人都以看片为主，每天连看几部电影，按照频道的要求写看片意见。为了在最短的时间里积累下最多的影片，我们不得不两班倒，上早班的早上六点开始看片，上晚班的要工作到晚上十点左右。潘奕霖在早班那一组，我上晚班，跟他对接时，我曾随手翻看过他之前做的记录。他的字迹很工整，每页纸上也没留空白，应该是个做事很认真的人。他还有很好的观点，有高度有深度，文笔也不错，我没想到做主持人的有这样的文字水平和思想，他好像并不需要撰稿人帮忙，可以自己为自己写稿。

除了审看片子写影片介绍，作为主持人，潘奕霖很快又接手其他的一些工作，出去采访一些电影人、采集片花、做节目导视、为宣传片配音……那是电影频道最艰苦的筹备阶段，超负荷的工作累垮了一些人，也吓跑了一些人，留下的免不了抱怨，大家凑一起时就发发牢骚。潘奕霖对身兼诸事一直没什么怨言，好像乐在其中，我这种一心不可二用的人就有些羡慕他，同时做着几件事，还能把每件事都做好。后来我才发现，做主持人的得有三头六臂，还要有很强的抗压能力。

1995年11月30日，电影频道试播成功，潘奕霖那富有激情和魅力的声音，随着一个崭新的媒体传遍了大江南北。

广大观众只闻其声不见其面的时间并不长，潘奕霖很快作为《流金岁月》的主持人出现在荧屏上。《流金岁月》是电影频道推出的第一个电视栏目，频道的领导发动大家为这个栏目起名字，最终选用的恰好是潘奕霖起的名字——《流金岁月》，这也算是潘奕霖跟《流金岁月》的缘分吧。

《流金岁月》最先确定的不是它的名字，而是它的主持人。在很多人的心目中，潘奕霖是这个节目无可替代的主持人，虽然那时候他还没有主持过电视节目。众望所归之下，他成为电影频道推出的第一个节目主持人。

1996年4月，《流金岁月》跟广大观众正式见面。这个栏目融电影剧场和评论访谈为一体，在每周一晚上的黄金时段播出一部经典老电影，影片播出后请这部影片的导演、演员等主创人员回忆当年拍摄时的幕后故

事，也有专家学者和观众的评介。初上荧屏的潘奕霖还略显青涩，有时候手都不知道该往哪里搁。《流金岁月》第一期的编导却在办公室里预言，潘奕霖会成为一个非常好的主持人。因为他非常敬业，不厌其烦地拍好每一组镜头，拍摄时总是全身心地投入，而且很虚心地接受编导和同行的指点，任何一个对节目有帮助的人都可以成为他的老师。还有很重要的一点是，他有非常好的天资和悟性，是一个做主持人的好料。

初次主持节目的青涩期果然倏忽而过，潘奕霖很快找到了做电视节目主持人的感觉，并且渐入佳境，我们这些同事也渐渐看到了他的闪光点。他从不局限于背台词，完全可以凭借自己的实力驾驭访谈。编导们都喜欢跟他合作，他不是一个被动的传声筒，他提的问题基本都是自己想出来的，而且问得很到位，不会说出让被采访者尴尬的外行话。他在节目中还常有奇思妙想，给他的合作者们意外的惊喜。遇到采访外国影人时，他还可以直接用英语交流。有次参加上海国际电影节的一个见面会，翻译不知跑哪儿去了，撂下几个外国影人和一帮外语一般的中国记者，一时出现了令人尴尬的冷场，刚到现场的潘奕霖自告奋勇客串起翻译，场内的气氛顿时活跃起来。

潘奕霖的表现让我们意识到我们以前对主持人的定位有失偏颇，我们对广院出来的人有了新的印象。

作为一个名副其实的主持人，潘奕霖成为《流金岁月》的编导是水到渠成的事情。他在做专职主持人的时候，就已经是半个编导了。有段时间《流金岁月》缺合适的编导，这个栏目当时的负责人就把目光投向了潘奕霖，没想到他编导的第一期节目就赢得了一片喝彩。

潘奕霖做编导延续了他一贯的敬业精神。为了采访到更多的老影人，尽可能地满足广大观众的愿望，他不辞辛苦地奔波于全国各地，让很多多年没有音讯的老影人又鲜活地出现在观众面前，这让关心他们怀念他们的广大观众兴奋不已。有些老影人并不乐于接受采访，这时候潘奕霖总是想尽办法说服他们。譬如我国优秀的表演艺术家刘琼老师无意在电视节目中露面，后来潘奕霖的诚意终于打动了他。见面之后，潘奕霖对中国电影的了解令刘琼老师感到很愉快，两人聊得颇投缘。刘琼老师不仅破例接受了采访，还谈了不少，广大观众也就有幸见到了昔日"电影皇帝"的今日风采。

做编导不仅要做好前期的采访工作，还要做好后期的编剪工作。很少有主持人愿意坐在编辑机房一帧一秒地编剪片子，能拥有人前的风光，好像也就没有必要去接受人后的寂寞和繁琐。潘奕霖也可以找个理由把后期的杂事交给别人，但他一直是亲自动手，他认为前期和后期的工作是不能分割的，他要在一堆素材中精选出最感人的镜头。他跟那些老影人面对面地聊过，他知道他们在哪里动了真情，他是第一个被他们感动的人。我们有时走过编辑机房，还可以看到坐在对编机前的潘奕霖红了眼睛。这时候我们嘴巴上会"取笑"一下他，心里明白，感动了自己的作品才更有可能感动观众。

潘奕霖每完成一期节目，都会兴奋地向同事们宣布："又一期精品诞生了！"其实由于这样那样的原因，诞生一部精品谈何容易，难能可贵的是潘奕霖能认真对待并且始终热爱他做的每一期节目，尽可能让每一期节目都离精品更近一些。电视台常要加班加点，他觉得这很正常，有时会在对编机前坐上一整夜。1997年，他做了矫正近视的激光手术，医生再三嘱咐他在一段时间里不要看电视屏幕，否则后果不堪设想。但那段时间《流金岁月》组正在赶制上海电影节特别节目，大量的后期工作需要人盯着，他就戴着墨镜坚持工作。虽然眼睛受到刺激后疼痛不已，眼泪控制不住地往下淌，但他一直坚守在对编机房，直到节目圆满完成。

潘奕霖跟《流金岁月》特别有缘分，继主持人和编导之后，他又成了《流金岁月》的制片人。制片人、编导和主持人应该算是电视台里最重要的三种角色了，他在《流金岁月》里同时扮演着这三个角色。与大多数电视制片人相比，出身于主持人和编导的潘奕霖别具风格。他身上少了一些章法，多了些感性的东西。他可能不是一个理财的好手，分配经费和报账多少让他有些头疼，但他触摸到了一个节目的灵魂，让一个节目有了情感。这个栏目开播之前，大家就觉得他的形象气质颇符合《流金岁月》的整体风格，那些鲜为人知的故事，由他娓娓道来，观众满足的并不是猎奇心理，而是浓郁的怀旧情绪和沉甸甸的历史感。当他成为这个栏目的制片人后，这个理念就更加丰厚地展现了出来。经过了几年的积累和实践，他已经可以驾轻就熟地驾驭电视语言，这令他在把握全局和细节时更加游刃有余。

作为一个介绍老电影的"老"栏目，《流金岁月》一直散发着新鲜的活力，这棵参天大树并不缺少年轻的朝气，常有新芽吐穗，才会这么枝繁叶茂。这也跟潘奕霖的努力分不开，平时跟同行或朋友聊天，他常会把话题扯到《流金岁月》上，他也很关心其他电视台的变化，也会借鉴国外电视节目的长处，他总在动脑筋想办法，让《流金岁月》更好看一些。《流金岁月》有过很多次改版，

记得有一年推出过一个叫《我爱老电影》的新片场，每次请一位著名电影人到拍摄现场，跟影迷一起聊电影。变一种方式说电影，既有新鲜感和直接的冲击力，又拉近了跟观众的距离。王晓棠、谢芳、葛存壮、郭凯敏等都曾做客《我爱老电影》，让广大观众多方位地了解到电影人的生活和追求。

作为制片人，潘奕霖有很强的号召力、亲和力和协调能力，每次做节目，总能有一帮人死心塌地地跟着他忙前忙后。虽然为节目的事他也跟周围的人急过，但没有人会把那些争执放在心上，事后还会拿他发飙时的表现开开玩笑，他总是心平气和地听大家数落他的"罪状"，然后跟着大家哈哈大笑，有时还会添油加醋地自黑一下。不过在拍摄现场他从不越权：他是主持人而不是制片人，他会听从编导的调遣，充分尊重他们的意见。

潘奕霖做活了《流金岁月》，这个栏目不仅成为电影频道的名牌栏目，而且赢得了亿万观众的喜爱。很多观众写信告诉我们，他们看见潘奕霖就想到《流金岁月》，想到那些影响了几代中国人的经典影片，想到他们自己的难以忘怀的青春岁月。

潘奕霖成了老电影的代言人，那些电影人也把他看作是中国老电影的代言人，《流金岁月》还成就了他自己的流金岁月。

《流金岁月》在开办之初也曾播过其他国家的影片，后来渐渐地固定在中国电影上。后来潘奕霖又接手一个专门介绍外国电影的栏目，成为《佳片有约》的制片人。

《佳片有约》为中国观众打开了一个看世界的窗口，也为外国影人架起了一座与中国和中国人沟通合作的桥梁。潘奕霖在这里接待和采访过不少国际知名导演和演员，也曾被对方主动邀请到他们的国家去做采访，跨国合作。像《哈利·波特》的作者J.K.罗琳要出镜接受采访时，全球只看中了两家，中国的《佳片有约》和日本的NHK电视台。潘奕霖接受了邀请，去英国做了那期节目，他的表现也证明了邀请者的眼光，双方都很满意。《佳片有约》还采访过好莱坞导演詹姆斯·卡梅隆、"漫威之父"斯坦·李、法国女演员朱丽叶·比诺什、日本导演山田洋次和是枝裕和，以及深受中国观众喜爱的日本女演员中野良子等。遇上有纪念意义的大事，《佳片有约》也会有相应的系列节目播出。中俄建交七十周年时，潘奕霖专程去了俄罗斯，之后创作的几期节目就有了纯正的俄罗斯味道。譬如这个系列中的《战争与和平》，这部获得过奥斯卡金像奖、金球奖等大奖的史诗电影，在《佳片有约》中跟中国观众就有了很亲密的接触。《战争与和平》的第一场戏是在当年的冬宫、现在的艾尔米塔什博物馆取景拍摄的，潘奕霖来到当年的拍摄场地，特意安排这期的《佳片有约》在这里开场。这部电影的导演谢尔盖·邦达尔丘克已去世，潘奕霖采访了导演之子费多尔·邦达尔丘克，还在莫斯科电影制片厂邦达尔丘克广场他的雕像前，采访了这部电影的摄影师之一，已八十八岁高龄的阿纳托尔·别特列茨基。节目组也去了原著作者、享誉世界的大文豪列夫·托尔斯泰的故居，让时空在这里交会，不同的时代和不同的文化在那一刻融汇到一起，又碰撞出新的火花。《战争与和平》历时六年拍摄完成，在人力物力的投入上没有哪部电影能与之媲美。主创人员也是倾尽全力，导演邦达尔丘克在拍摄期间两次心脏病发作，第二次差点没救过来。做一期电视节目可能比拍一部电影容易，但任何一部作品的诞生都需要经历一个艰辛的过程，没有一蹴而就的捷径。对电视人来说，每一期节目是一个独立的篇章，也是漫长旅途中的一个脚印，只是其中的一个脚印，要想让一个电视栏目有长久的生命力，创作者们需要付出的是持之以恒的努力和热忱。

　　《战争与和平》拍了六年，对一部电影的拍摄来说，六年是个漫长的时间。对一个电视节目来说，六年还不是那么长。潘奕霖跟《流金岁月》和《佳片有约》在一起的时间，远远超过了六年。《流金岁月》他做了十八年。做一件事情做长了，难免会有倦怠松懈的时候，潘奕霖对《流金岁月》却一直保持着不变的热情。我们这代人是在电影中长大的，我们的三观是在老电影中形成的，我们对那些老电影的喜爱萌生在我们的儿时，而且根深蒂固，不会被岁月磨蚀。可是具体到每一期的拍摄和制作上，很多意想不到的困难难免让人抓狂，沮丧时他也想过放弃，但他和他的同伴们还是坚持下来。热情和执着成就了近千期的《流金岁月》，不仅为广大观众呈现了几代电影人的风采，还为中国电影研究留下一份形象生动的影像资料。

潘奕霖是 2010 年接手《佳片有约》的，他和这个栏目已经一起走过了十年，他们还在一起往前走，还在把世界各国的佳片源源不断地带给中国的观众。

创作需要热情，生活也需要热情，潘奕霖是个在工作上和生活中都满怀热情的人。他不仅集主持人、编导和制片人于一身，还做过晚会，拍过纪录片，当过很多活动的评委或嘉宾，在繁忙的工作日程中，他还是能忙里偷闲享受生活。他喜欢旅游，喜欢唱歌，喜欢写点什么…… 他曾受邀为《戏剧电影报》（《北京娱乐信报》）写过《电影人和他们的故事》系列，《戏剧电影报》每次以整版的篇幅连载。这组文笔优美、情感饱满的文章刊出后反响颇佳，很多人看过之后都惊叹于他在写作上的才气，同事们和朋友们就说，没准儿潘奕霖某一天还能成为一个不错的作家。其实潘奕霖已经在不少报刊上留下了自己的作品，他编导的不少节目也由他亲自撰稿，他那从年少时就怀揣的作家梦从未离他远去。只是写作，特别是写长篇小说需要大把的安静的时间，他现在还很难做到这一点，作为一种补偿，他给大家带来了这本采访录，主持人采访主持人，这又是绝大多数作家创作不了的作品。

潘奕霖在这本书里采访了十个主播和主持人，都是他的广院校友。这其中的大部分人我只是在荧屏上见过，他们对我来说既陌生又熟悉。跟那些从未谋面的人我自然是生分的，可他们又让我觉得似曾相识，也许我是从潘奕霖那里看到了他们的另一面。生活中的他们可能不如聚光灯下的他们那么光鲜，但荧屏下的他们更让人觉得亲切。他们也是凡人，只是他们所从事的职业看起来很风光，总是散发着光芒，他们做起事情来好像也总是那么一板一眼滴水不漏。

可他们并不只有我们所熟识的那一面。

譬如潘奕霖，在观众的心目中，他的电视形象成熟、稳重，其实幕后的他是个很轻松幽默的人。在演播室里，当镜头对准他时他可以字正腔圆地言归正传，镜头移开后他便会开开玩笑调节下气氛，他的俏皮话常逗得大家哈哈大笑。从他口中常能蹦出一些新鲜的生活词汇，他的习惯用语影响了周围不少同事，以至于外单位有人来电影频道办事，发觉这里的人竟操着独有的同一类语言，那些形象生动的语言都是潘奕霖的创作。

他也很潮很随意，不用出镜时，他的衣着打扮偏休闲，有时候过于休闲，让初识他的人心里难免犯嘀咕。《流金岁月》曾请过的一位撰稿人，第一次来电影频道，是潘奕霖到门口去接的他。大家熟了以后，他向我们吐槽，第一次见潘奕霖，他不敢相信这就是那个主持人，"他的帽子歪戴着，穿了身乞丐服……怎么看也不像个主持人，也没点主持人的架子"。电影频道开过一个新闻类的栏目《中国电影报道》，潘奕霖做过这个栏目的主播。在荧屏上观众只能看到他的上半身，每次都是笔挺的西装，一丝不苟地打上领带，其实天热的时候，他的标配是西装配短裤。这也是不少主播在夏天的装扮吧，灯光全开时，演播室里的温度肯定要往上蹿，而且瓦数极高的大灯泡都是对着主播的。也许是主播们在工作时受的限制太多，不出镜就会更加随意。

作为同事和朋友，我认识的潘奕霖已褪去了主持人的光环，确切地说，他从未给自己加戴过这样的光环。他常有闪光的时候，那些闪光点更多地来自于他的性格、他为人处世的态度和方式。

成为同事时我们都还是二十多岁，刚刚成立的电影频道也是年轻的，簇

拥着不少年轻人，工作时朝气蓬勃，工作之外也热情洋溢。单位时不时组织大家搞活动，潘奕霖经常出任这些活动的总策划、总导演，如果需要有人主持，一般也是他来客串。他总能有办法让大家乘兴而来，尽兴而归。据说电视节目主持人以 B 型血居多，B 型血的人一般不怯场，善于发挥善于调动气氛。潘奕霖是 B 型血，有他在幕后和现场吆喝，大家都玩得很嗨。他喜欢热闹，开朗热情没有城府的性格又很招人喜欢，他的身边永远簇拥着各种各样的人，他出现在哪里，哪里的气氛就会热乎起来。

他跟别人也有发生冲突的时候，在工作中和生活中不可能永远晴空万里。他到底是做主持人的，跟他吵架的话很难吵过他，他可以做到舌战群儒，一对一的话更不是他的对手。我见他跟别人吵过，我也跟他吵过，不过吵过之后很快风平浪静。这样的争吵对事不对人，事过之后我们逮着机会也会"反攻倒算"，他会笑眯眯地听着，任由我们夸张地发挥，吭声的话也是装一下可怜，或者狡辩几声"不会吧"。他不记仇，也是一个很好相处的人，所以同事或朋友跟他争吵的机会并不多。

他还乐于助人，曾被朋友们封为"难民收容所"所长。这倒不是说他滥用人，他只是在用人时不拘一格，只要有才华能干实事，什么来路的人都可以进了他的节目组，并且如鱼得水，他很乐意在别人往前走时搭把手，给别人机会。他也能看到别人身上的潜质，有些演员和主持人还没有多大名气时，他就在做节目时跟他们合作，等到这些人红火得如日中天，我们才后知后觉地想起当年他对他们的溢美之词。他总是能看到别人的优点，一个真正优秀的人不会嫉妒或打压跟他同样优秀的人，他们会互相欣赏互相提携。

潘奕霖对他的采访对象也是满怀真诚，不少人感受到并欣喜地领受了这份真诚，他和很多电影人之间就有了朋友般的情谊和家人般的亲近。每当听到他曾采访过的某位电影人离世的消息，他的哀伤都会溢于言表。作为在广院接受过严格专业训练的主持人，又有丰富的实践经验，他早就可以轻松地掌控播音和主持的技巧，那些表演艺术家也深谙表演的技巧，他们之所以能敞开心扉坦诚相待，是因为他们都动了真情，他们不仅仅是在做采访，更不是在表演。

我猜想那些喜欢他和他的节目的观众，大多也是感受到了他内在的情感。

潘奕霖采访的这十位主播和主持人也有着同样从内而来的魅力，他们在做这个访谈录时，也都动了真情。

他们都是这个行业的佼佼者，因为有那么多优秀的媒体人，我们的荧屏才可以星光灿烂。我们见证了他们的高光时刻，却并不一定知道他们有过怎样的付出。他们在台前得到多少，在幕后就会有多少的付出，甚至是几倍的付出。亿万观众的注视下，容不得半点的马虎和懈怠。

作为潘奕霖曾经的同事，我亲眼见过这些媒体人的辛苦，他们的敬业精神和他们的坚持是常人很难企及的。他们的才华也绝对不只是表现在主播和主持上，他们多才多艺学识渊博，有丰富的内涵，才会有绚丽的绽放。他们在工作场所常被众星捧月，可他们并不趾高气扬。在很多人的想象中，他们是名人，

自然会有些名人的架子，其实他们没什么架子，我遇到的广院人都挺低调谦逊。他们的成功，来自从内向外的力量，并不是靠表面的功夫。当他们有了内在的力量，工作时他们可以光芒四射，生活中的他们也不会少了魅力。

他们在生活中可能更有感染力，就像朋友间的和风细雨，更真实更自然，还可以天长地久。

我在电影频道工作时，一帮年轻人常在一起聚会，慢慢就从同事变成了朋友，我和潘奕霖的友情也开始于那个时候。我离开电影频道这么多年了，跟他不再是同事，还一直是好朋友。我们看到好的电影和书籍，会很开心地向对方推荐，好东西要跟朋友分享；我们也会当仁不让地给对方充当狗头军师出谋划策、排忧解难；各自有了新作，自然要请朋友点评，既然是朋友，我们从不说客套话，吹毛求疵是为朋友好，当然我们也从不吝惜赞美，看到出自朋友之手的佳作，我们感受到的是双倍的喜悦。他还是那个优秀的媒体人，对现在的我来说，他更是一个值得信赖和珍惜的朋友，他的品质和才华并不只是展露在工作中。他最近拍了一部纪录片，叫《演员》，其中的一位演员在片中表达了这样的一个感受：演员首先是一个人，然后才是演员，要演好戏，首先要做好人，要演好自己在生活中的角色。

主播和主持人首先也是一个人，而且是一个独立的个体，他们从事着或从事过一个共同的职业，但他们每个人在生活中都有着独特的精彩。

我看到了潘奕霖在生活中的样子，潘奕霖做这些采访的目的，是想让读者和观众朋友们看到他的同行们在生活中的样子。喜爱这些主播和主持人的观众，应该也很愿意通过这本书更多地了解他们。潘奕霖改变了我对广院人的想象，这本书很有可能改变更多的人对广院人的理解。作为同行，主持人采访主持人时，很能聊到一起，完全放松下来的他们非常地真实。难能可贵的是，潘奕霖在这里采访的每一个人都很坦诚，愿意道出他们真实的感受和想法，把他们在工作中的一面和生活中的另一面都真实地袒露出来。我们可以像朋友那样，走进他们的内心，分享他们的喜悦，分担他们的压力和遗憾。无论是在荧屏上还是在荧屏外，他们都是卓尔不群的。他们也是儿子或女儿，丈夫或妻子，父亲或母亲……他们是我们在工作中很有可能遇到的同事，也是我们在生活中很愿意交到的朋友。

这一次，我们将在真实的生活中认识他们。

章珺

（章珺，作家，著有《三次别离》《此岸，彼岸》《回家·四代人的老照片》等长篇小说和散文随笔集。潘奕霖好友，曾在央视电影频道工作七年，跟潘奕霖共事多年。）

立德立言
笃行致远

卢新
2010年夏

当我要写这本书的时候，我父亲突然问我：卢静怎么样了？

卢静，是80年代中央电视台优秀的主持人。确实记得小时候在看电视的时候，父亲独喜欢卢静，说她除了清纯、漂亮，还文静，有书卷气。那时候清纯的女孩儿似乎格外引人喜爱，比如山口百惠，她在亚洲的广受欢迎，最大原因就是她的"清纯"，清纯，是外表，也是气质，甚至是性格。

卢静播《新闻联播》，也主持《春节联欢晚会》，后来去瑞典，回国后去母校任教，成为学生们喜爱的卢教授。她是广院著名的七九班的，同班还有罗京、李瑞英等。七七、七八、七九三级的前辈对我们来说是传奇，也奠定了播音专业"学院派"的基础，其巨大影响力延续至今，并将继续对我国的播音学产生深远的影响。

卢静是广院人，她毕业于广院，又回归广院任教，我见到几位学子是她的学生，说起卢静老师皆是由衷地尊敬与爱戴。

有时看到前辈，就像看到将来的自己。与卢静师姐的谈话，中国四十年广播电视业发展的点滴场景在我眼前一一闪现，他们是拓荒者，也是见证者。

眼前的卢静教授，依然有女大学生的气质，这太难得了。她活成了自己理想的样子，也使得我们有了些许方向。

1

地　点：康馨大厦

时　间：2018 年 9 月 17 日

受访者：卢静

潘奕霖：卢老师好！七七、七八、七九这三届大学生，是很优秀、影响力很强的三届学生。这一点在广院播音系也体现得很充分，我们对这三届的师哥、师姐都很仰慕，每一个名字都是闪亮的，每一个都很优秀。

卢　静：不能说多优秀，但我们这三届的确特殊，也可以说是"前无古人，后无来者"的一批人，估计以后再也没有这样的了。说到广院这三届学生，我觉得对我国的传媒业来说是一代"打江山"的人，为后来的发展奠定了基础，也是承上启下的一代人。

潘奕霖：您用这个词特别精准，"打江山"。

卢　静：我自己想的词。另外，为什么说也是承上启下的一代呢，因为老前辈们开创了广播电视的先河，但从各方面来说，比如时代上、设备上、经验上到人的背景上还是不同的。改革开放以后，前辈们在很多方面颇有建树，打下根基，新的时代，思想观念和接受的教育变化很大。我们这三届是改革开放以后成长起来的大学生，也是改革开放以后第一批参加工作的大学生。那个时候，有春季和冬季生，分别在春季和夏季毕业，这三届看着相差三年，但是实际上毕业时间好像相差只有一年多。在80年代初，正是国家百废待兴、蓬勃向上的时候，所以说这三届毕业生投身到广播电视行业之后起到了很重要的作用。我们不仅继承了老一辈的播音传统，有扎实的基本功，吸收了他们的思想，同时又有开拓创新。

80年代的社会氛围真是非常好，朝气蓬勃，没有太多的限制，非常宽松，人们充满了热情，很有激情，年轻人更是充分发挥了自己的创造力和活力，电视也在那个年代开始成长发展，所以我们这些新毕业的大学生给广播电视输入了新的血液，大家在宽松的工作环境里大胆尝试新的东西，电视台的各工种密切配合，创作了很多优秀作品。

潘奕霖： *如果我没有记错的话，您应该是应届高中毕业生。大学时您的年龄在班上算小的吧？*

卢　静： 嗯，是的，这个也是我们特殊的地方。这么说吧，七七、七八、七九三届不仅阅历丰富，还很特殊。班里的同学年龄差距特别大，入学时，有工作过很多年的，也有应届生。我们班三十个人，大概得有三分之二是工作过的，我们班只有八个人是应届毕业生，我是其中之一。

潘奕霖： *当时为什么会想到学播音专业？*

卢　静： 我考这个专业可以说是歪打正着，但是这歪打正着也不是说天上掉馅饼，这和我从小的爱好和父母的教育有直接的关系。从小父母很注重我们的培养，也就是现在说的素质教育，这在当时是非常少有的。我的母亲很有眼光和远见，从小就培养我们正确的价值观、审美观和国际视野，同时注重提高我们文学艺术的素养。小时候我在文艺、体育方面都有兴趣和爱好，母亲省吃俭用支持我们学习，为了培养我们，母亲花费了很多心血，她给我和妹妹找了当时中央乐团非常有名的艺术家学习乐器和声乐，还请美院著名的老师教我画画。但在生活上，父母是不允许我们讲吃讲穿的，不许我们在物质上和别人攀比，鼓励我们多和工农接触，吃苦耐劳，节俭朴实，打掉我们的虚荣心。在学习方面却对我们"有求必应"，很舍得花钱。家里早就买了电视机和录音机，那个年代可不是每家都有。1979 年，记得母亲花了二百元买了个日本的"砖头录音机"，这可是有些家庭一两个月的生活费呀，就是这台录音机为我的专业学习立下了汗马功劳，一直陪伴我大学四年，我的同学们也经常使用它。

考上广院，还有一个重要因素就是我从小特别爱听收音机，可以说是酷爱。我酷爱到什么程度呢，一放学，扔下书包第一件事就是开收音机，

那个时候也没有什么节目，就是中央人民广播电台播的毛主席最高指示，也会播一些长篇小说，电影录音剪辑之类的。我每天第一件事就是听，一边写作业一边听，还有睡觉的时候也听。就这样央广老前辈们的声音、播音样态和风格，我都在无意之中得到了熏陶。其实当时我并不知道还有播音员这个行业。我母亲还曾经反对我干这行，因为家里都是学医的，他们希望我学医。她看我一边写作业一边听收音机就反对，认为会影响学习。有一天我的同学拿了一张报纸，指着报纸夹缝的一条广告说，咱们去考北京广播学院吧。我从没听说过这所学校呀，我还问，这是大学吗？她说是呀，报纸上说先面试，不耽误学习，也不影响高考。我一看考朗诵和新闻，脑海中收音机里的声音就出来了，我说行吧，陪你去吧。我就去了。那个时候可没有地铁，我家住五棵松，换了好几趟公共汽车，路上花了好几个小时。

潘奕霖：从大西头到大东头。

卢　静：对，我穿着一身绿军装就去了。到学校一看，考生挺多，好像多大年龄的都有，看上去都比我们成熟，什么行业的人都有，也有看上去打扮时髦的、来自文艺团体的，我估计自己没戏。到了考场，门口点名的男老师一脸笑容，特别和善，让我放松了很多，没想到入学后他就是我的小课老师，白老师（白龙），我一辈子感谢他。进考场，考官老师让我朗诵一首诗，要听听我的声音。什么诗呢？我耳边就响起了收音机里的声音，朗诵毛主席的《红军不怕远征难》吧，收音机里播音员朗诵这首诗的声音真的是在耳边回响，我一下子就不紧张了，声音洪亮结实，舒展地把《红军不怕远征难》朗诵出来了。估计老师们认为我的声音还不错吧，我进复试了。实际上，我来参加考试是瞒着家里的，没有告诉父母，因为我母亲希望我学医。

后来，复试通知来了，我还是瞒着家里自己去的。那是我平生第一次进录音间，是在广院1号楼的一层，录音间里很黑，桌子上放着台灯和稿子，旁边隔着一个双层大玻璃窗可以看到外面房间里有很多老师，坐在那里朝我这边看。稿子好像是新闻。读完后，我被叫到隔壁老师的房间，一个帅气的男老师（李刚）让我发"j""q""x"三个音给他听，还纠正了一下让我再试。

直到通知书寄过来我母亲才知道，把我说了一顿，说我节外生枝。但是我母亲是一个开明的人，说你既然考上了，那就好好复习文科吧。因为我学理科，就得赶快补文科了，我想这就是命运安排我走这条路的，当时哪想到广电会发展成现在这样呢。

潘奕霖：*罗京跟您同班，他有没有跟您聊过这方面的经历？*

卢　静：哈哈，聊过。罗京考试的经历和我类似，也是陪同学考试考上的。他中学也是理科，但他多才多艺，在学校也是文体骨干，演出什么的经常参加，他形象好，爱好京戏和体育，他在我们班单从声音条件来讲并不是最好的，但他喜欢琢磨，好学，认真。

潘奕霖：*在内容上下功夫。*

卢　静：嗯，毕业后我们俩一起进入中央电视台。我们一开始是从最基础做起，节目预告、午间新闻、晚间新闻，包括其他节目都做，我做文艺节目比较多。那个时候我们接到的观众来信真的是拿麻袋装，罗京也接到很多的来信。他刚出镜时，有很多的来信就说他太严肃，这事他也挺苦恼的。有一次印象特深，他说，卢静你帮我看看怎么解决这个问题。我们俩到演播室，他坐在主播台，我通过摄像机的镜头看他，很奇怪，从摄像机镜头里面看他是有微笑的，但通过电视看就严肃了，我想可能是灯光的影响，也可能是他眼睛大、面部肌肉动作小的缘故吧。所以后来他说算了，假笑太难受了，从此他就把这个包袱丢掉了。

潘奕霖：*现在看他那个表情挺酷的。*

卢　静：是呀，当时观众觉得不够亲切。

潘奕霖：*每个人最终会形成自己的风格。刚才您说您和罗京、李瑞英在班上都算小的，入学后感觉到压力了吗？*

卢　静：有压力，我想罗京和李瑞英也会有这种感觉，我们班八个应届毕业生，可能也都有这样的感受吧。我们班和七七、七八级的哥哥姐姐们阅历丰富，他们在见识上、文学修养上，在各个方面都特别强，我特别佩服他们。

潘奕霖：一开始没有那么自信？

卢　静：我始终不是一个所谓自信的人，到现在也一样。我觉得每个人身上都有优点，都有值得我学习的地方。我很清楚我自己存在的局限和不足，哥哥姐姐们比我们成熟，那就好好向他们学吧，所以在班里面我始终仰视他们，真的是很感谢广院，一是把我引到这条路上来一直到现在；还有一点就是学校的氛围、环境宽松，同学友爱，给我留下了幸福难

忘的记忆。

潘奕霖：当时已经很宽松了？

卢　静：是的，至少我感觉是这样。入学后我感受到的不论是环境、思想还是氛
　　　　围都非常活跃、宽松、团结。班里的哥哥姐姐们都对我们特别好，特别
　　　　关心，师哥师姐们也特别热情。我们宿舍的氛围也特别好，我和我们
　　　　班乔冠英同学，还有编采班的三位同学合住。乔冠英现在在厦门高校
　　　　当老师，以前是央视二套的著名主持人。编采班的三位室友个个都非
　　　　常出色，我的上铺是央广的赵忠颖，我们互相称呼对方"My dear"，
　　　　吴紫芳是央广的高级记者，刘丽颖是厦门电视台的高级记者。我们宿
　　　　舍虽然不是一个班的，但特别和谐团结，在一起生活四年从没有吵过架，

氛围非常好。我们和其他宿舍的关系也特好，经常串门。比如我和同班的马红雯，她是上海广电的首席，大学四年可以说我们俩是形影不离，经常挤在一个床上说姑娘的"心事"，可亲了。这是我生活的小氛围，特别怀念。

学校的氛围呢，从我们一入学，七七、七八播的师哥师姐就热情地欢迎我们，特别温暖。播音系这三届一起举办迎新会，在1号楼中间那个大教室，208教室，把桌子拉开，椅子摆成圈，击鼓传花，传到谁谁就站起来介绍自己，然后表演节目，非常友好。我们办入学手续时，师哥师姐都会领着我们到宿舍，还帮我们提行李。我们那时播音的三个年级还经常在一起开联欢会和舞会。学校也经常办舞会，就在现在的计算机室，那里原来是我们的食堂加礼堂。那时我们是站着吃饭，食堂里没有椅子，食堂左侧是舞台，开会时就把桌子往旁边一推，我们拿着小马扎在食堂里面开会，到了周末的晚上把桌子都拉开，开全校的舞会。80年代改革开放，新鲜的东西一股脑儿涌进来了，校园里都有充分体现，非常健康、积极。这些事情都给我留下了非常美好、温暖的记忆，到现在我们这三届的同学关系都特别亲。

潘奕霖：*舞会很有那个时代的特点。您当时活跃吗？*

卢　静：比较活跃，我们班也有不去的，但是我去，我喜欢那个温暖积极的气氛，那个时候有交谊舞，但是我更喜欢和马红雯一起跳迪斯科。

潘奕霖：*这个我没有想到，您看着很文静。*

卢　静：是吗？哈哈，我那个时候可是很有活力呀。

潘奕霖：*同学怎么评价您？*

卢　静：活泼，比较随和吧。我是一个比较容易接近的人，脾气不错。实际上，我是一个粗线条的人，很多细节都不记得了，但是我记住了当时的感觉和心情。

潘奕霖：*这些活动罗京也去参加吗？*

卢　静：罗京也经常参加，他也是集体活动的积极分子。但是跳舞的时候他一般不跳，总含着笑坐在边上看，实际上他都会。他当时是我们班的生活委员，我们班三十个人，每个人都有每个人的特点，每个人背景不同，性格不同。这个班改变了我的一生，我特别珍惜和同学的感情。我刚刚说我从小不是一个自信的人，是这个集体的爱让我发挥出了我的天性。我感谢这个集体，他们陪伴引领我走这条路，给了我温暖和帮助，为我树立了榜样和努力的方向。

潘奕霖：*你们班只有八个应届高中生，一定很受宠吧？*

卢　静：是，班里的哥哥姐姐对我们八个特别爱护。这个集体的温暖和互助对我有种依靠的感觉。我们班八个应届生，哥哥姐姐们管我们叫"八根毛"，我在"八根毛"里排行是第三，其中还有吴小杰、黄为群、马红雯、罗京、李瑞英、祁云龙和贾际。我们关系都很好，他们每个人都很棒，工作都非常出色。

潘奕霖：*罗京老师在我们大四的时候给我们讲过一次课，挺怀念他的。*

卢　静：他是个外表不苟言笑的人，但内心很温暖细腻，脾气也好，是个让人感到踏实的人。

潘奕霖：*你们是1983年毕业的，进中央电视台顺利吗？*

卢　静：我跟罗京毕业时一起分配到央视。实际上，那个时候能留北京就是我最大的愿望，去央视工作我连想都没有想。

那个时候我的理想是中央人民广播电台，是电台，因为我们在学校学的是广播。直到大四开始实习，我们才开始接触电视，因为那个时候咱们学校的电视设备特别少。央视招人的时候我们在学校先试镜，筛下去一些人，留下八个人再去央视试镜，最后留下了我和罗京。之前实习我是在河南电视台，我第一次出镜是在河南电视台。

潘奕霖：播新闻吗？

卢　静：播新闻。当时因为我在学校属于活泼的，束个马尾辫，成天蹦蹦跳跳乐呵呵的。分配实习地点的时候，听说有老师还有疑问，怕我播新闻压不住。后来，我和吴小杰分到了河南电视台实习，河南电视台对我帮助也很大，台里的老师非常耐心地指导我们，给了我们充分锻炼的机会。

潘奕霖：当时需要人才啊。

卢　静：我觉得，我一路走来得到了很多人的帮助，挺幸运的。我特别感谢培养我的老师们，还有我的小课老师们，比如白龙老师、陆茜老师、吴郁老师，等等。

我和罗京到了电视台之后，人事处处长找我们俩谈话。他说，你们俩是不是特得意？我和罗京互相看了一眼，说"得意"这俩字在我们的人生字典里没有，有的只有压力。我们只有谨慎地好好做才对得起这个岗位。

我们刚毕业到台里时，我和罗京做的事是给老师打水、打扫办公室等杂事，没有奢望上节目，先好好向老师学习。当时播音组里有赵忠祥、刘佳、李娟、邢质斌、王玉敏，还有广院毕业的师哥师姐杜宪、薛飞、张宏民。

潘奕霖：你们五个年轻人呈现了新的面貌。

卢　静：真的是这样，五个年轻人五种不同的风格。

潘奕霖：但您很快就上了《新闻联播》，另一个是春晚，您在很短时间就参与主持了。

卢　静：更多的是运气吧，我当时是组里最年轻的女播音员，杜宪老师比我成
　　　　熟很多，男女老少都喜爱她。她有古典的美，她的性格也是这样，温
　　　　文尔雅，沉静不张扬，始终是我的榜样和好姐妹。我的样子在当时可
　　　　能就有些争议了，比如说穿着，那个时候有很多衣服都是我自己的，
　　　　我会穿海外亲戚从国外寄来的衣服，在当时国内比较少见。播音风格
　　　　也融入了我的性格，我喜欢尝试。

　　　　《新闻联播》那时大部分是男女对播，也曾单人播报过。开始出镜时
　　　　是赵老师（赵忠祥）带我，后来我和罗京、薛飞、张宏民都搭档过，
　　　　每一个人的特点我都很清楚。薛飞是一个很有艺术气质的人，我和他
　　　　一起主持、配音经常会受到启发。张宏民是很活泼的人，喜欢求新，
　　　　开播前我们俩经常在演播室里唱歌，特别开心。和罗京搭档你会感觉
　　　　非常踏实，他总会敏锐地发现新闻稿中的错误和不当之处。

还有一件事给我的印象特别深，就是我和薛飞给《动物世界》配音，当时电视台刚刚引进国外的专题纪录片，我们也是第一次接触。国外的专题纪录片当时和我国的有很多不同，比如画面和解说词、音乐的配合都非常讲究，解说词不是满满的，是画面的真正补充和解读，写得也比较生动口语化。我们那个时候在一个一两平方米的小木房里录音，有一个大约六七寸的小监视器，话筒也不如现在灵敏。

潘奕霖：*边看画面边录？*

卢　静：嗯，我们是看着画面配音的，戴着耳机听原文配音，第一次配《动物世界》是和薛飞配的。后来我和赵忠祥老师也配过，赵老师配音特别有意思，他很投入，浑身都跟着动，浑身是戏，特别生动。和薛飞配音会受他的启发。过去纪录片的配音风格是比较生硬高调的，文字和画面两张"皮"，贴合不到一起。我的声音之前特别高、特别亮，和画面贴合度不够。我记得有一部片子讲的是非洲的野生动物，我们从耳机里听到非洲鼓点和低沉的英文配音，画面是红色夕阳中长颈鹿奔跑的剪影，非常美。薛飞对我说，咱们离话筒近点吧，试试把声音放低。当薛飞低沉浑厚的声音一出来，和画面非常贴合，我一下子就找到感觉了，那次配音感觉太舒服了，这在当时真是非常大的突破。所以我们那个时候尝试了很多第一次，我们五个年轻人也都在不断尝试突破和创新。

潘奕霖：*你们各自都有自己的风格。*

卢　静：其实风格不该是刻意而为的，刻意的东西总会不太自然。我们追求自然亲切舒服的感觉，是一种比较温婉朴实的表达。改革开放初期引进了国外的节目，开阔了眼界，对我国电视的发展也有影响，知道了风格的多样性，我们也会把原来学到的东西慢慢地融合、慢慢地改变，

语言也变得柔和贴近轻松，更加口语了。我在每次播新闻时特别重视开头的问候语，一定要做到真诚，发自内心，不能敷衍一带而过，因为和观众的交流感就是从这儿开始的。现在我教学生也是这样要求的，不论什么内容一定是有感而发。另外，那时虽然很多节目都是录像，但我不允许自己出错，一定要做到争取一遍过，这就是对自己业务上的要求。

那个时候，我们播音员在台里做的节目种类是很多的，配音、少儿、体育、综艺、健康、经济类节目都做过，不断地尝试。外出采访、编辑，特别是在经济部工作的那一段时间，为我在业务上的提高，打下了非常好的基础。

潘奕霖：当时你们几个广院毕业生有时代宠儿的感觉。

卢　静：是那时的观众朴实宽容真挚，爱护我们，特别感动！那个时候我走在

街上或去买东西，被观众认出来了，都会亲切地和我打招呼，有的说
不要钱了，非要送给我。那时候电视台在广电总局院里，有一天我坐
公共汽车上班，买票在礼士路下车，售票员认出我说："你是卢静吧？"
我没回答，她就拿着扩音器对着全车说："同志们，卢静同志在咱们
车上。"真的不夸张啊，车里的人就往前挤，这个时候正好到站了，
我赶紧下车了，她又拿着扩音器把头伸出车窗外对我说："卢静同志，
祝你工作愉快，我们都喜欢你！"那场面特别感动。那时我就想，一
定要好好工作，对得起这个岗位，对得起喜爱我们的观众。所以，公
众人物一定要严格要求自己，这是国家给你的平台，你的光环名利是
平台带给你的，一定要头脑清醒，不负众望。

潘奕霖：当时《新闻联播》影响力也很大。

卢　静：太大了，《新闻联播》是家家户户每天的"精神食粮"，播音员可以
　　　　说是家喻户晓，每天见面。

潘奕霖：您主持了1984年的春晚，那届春晚非常成功。您能谈谈吗？

卢　静：1983年是央视第一年办春晚。主持人主要由演员们来做，有刘晓庆、
　　　　王景愚、姜昆、马季。据导演黄一鹤说，1984年是第一次由中央电视
　　　　台的播音员参与主持，担任主持人。一共七个人，赵忠祥老师、姜昆、
　　　　马季、陈思思、姜黎黎、黄阿原和我。

　　　　记得当时我除了联播值班外，提前几个月进入剧组参加晚会的编排，
　　　　我们集中在一个饭店里，和编导们一起讨论文案、修改主持词。其实
　　　　现在大家看到的录像版本是删节版，在原版中我和赵老师在晚会上还
　　　　说了很多的内容。这台晚会特别成功，从节目的主题内容、编排、演
　　　　员的阵容，与观众情感的呼应等各个方面，都是和时代非常契合的。
　　　　赵忠祥老师说那次春晚是里程碑式的，那天晚上真正是万人空巷呀。

卢静老师所在的七九级播音班有八个应届生，这是他们中的七位在毕业二十年后的一张合影，地点是在"八根毛"之一的祁云龙工作、生活的城市——湖南长沙。

潘奕霖：您是哪年离开电视台的？当您决定离开的那一刻，心情是怎样的？

卢　静：1990 年。那时，虽然我一直在努力做好这份工作，但是从我的性格来讲，我并不是一个喜欢抛头露面的人。正好有了出国的机会，出国对我来说可以开阔视野，继续学习。

潘奕霖：您想出去看看外面的世界。

卢　静：对，很想出去充电，拓展自己，或者说到一个没人认识我的地方踏实学习。到现在为止，对这个选择我也没有觉得遗憾。

潘奕霖：您去了瑞典。

卢　静：对。现在回国了，我还是很感谢瑞典这八年的经历的。

潘奕霖：央视七年，瑞典八年。

卢　静：对，这些经历打开了我的思维和视野，调整了心态，看问题的角度也改变了，我觉得受益匪浅，在瑞典那八年改变了我对人生的态度。

潘奕霖：外面的世界总会对人有一些影响。

卢　静：对，我懂得了生活和工作该怎么平衡。瑞典人其实是很重视家庭的。他们的福利政策也是顾及家庭、老人和孩子。他们很多政策都是为了孩子身心能健康地成长。我觉得很正确。孩子是国家的未来，不是个人的私有财产。教育孩子，家长和教师的心胸不能狭隘，不能伤害他们的自尊心，要讲究方法和艺术，循循善诱，尊重他们的个体差异、性格和心理。在瑞典我在媒体和大学都待过，也旁听了中小学的课程，学到了很多先进的教育理念和方法，也为我后来回广院当老师奠定了信念。

潘奕霖：您是年少成名，在三十岁的时候选择了另一种生活重新开始。后来您又回到母校，从事教师职业，又是新的开始。

卢　静：嗯，人只要不断学习，摆正心态，什么时候开始都不晚。当然，每走一步都离不开贵人的帮助，特别感谢一路走来遇到的亲朋好友同学，以及领导对我的支持。

我回广院还有一个想法，我在国外生活期间，也接触了很多国外的传媒机构，了解了国外电视台先进的节目制作方法和模式，了解了国外主播们的工作，很受启发，很想分享给国内的同行，特别是学生。

潘奕霖：*您想把您感受到的东西告诉学生。*

卢　静：对，我觉得只有把这些理念和思想传授给学生，影响才是深远的。

潘奕霖：*您比较注重学生的哪些方面？*

卢　静：首先是做人。要有正确的价值观，心胸要开阔。要善良真诚朴实，阳光积极，有社会责任感，懂得尊重他人，要充分接触生活，了解社会，注意观察和体验，不骄不躁。之前有没有学过这个专业没关系。我尽量做到尊重每个孩子的个性和差异，不强求一致，因材施教很重要，让学生懂得自觉学习，充分发挥自己的主观能动性和自身的优势。

我要给学生们树立信心，要让他们学会客观分析和评价自己，今后才能做到宠辱不惊。所以对我来讲，我对所有学生都是一视同仁的，而且我真心感觉学生们给我的更多，我从他们身上学到了很多东西，让我看到了他们每一个人身上的闪光点。

潘奕霖：*二十年，播音系有什么变化？*

卢　静：老师们一直在努力做到传承和创新，现在大家的压力都非常大，因为媒体的变化太快，这一行真正做好不容易。

现在很多人对播音主持工作存在误解，甚至有些人怀疑它存在的意义，不重视基本功，人云亦云。我觉得，美好的东西是永恒的，是需要靠信念坚守的。懂得说话的艺术永远是社会文明发展的需要，永远都不会过时。

潘奕霖：作为校友，我希望播音系的教学能与时俱进。

卢　静：这其实是老师们一直在思索和探讨的问题，这是一个教育理念的问题，不光是播音这一专业，理论和实践、教学和一线的结合，各个领域都存在这个问题。百年树人，有些教育理念，有些经典的东西，一定要扎实，要传承和完善，不能总推翻重来，要遵循教育规律，要有章法，不能一窝蜂拍脑门办事，要经得起实践和时间的检验。所以我觉得播音之所以有它的土壤，是国家社会制度和环境的需要。播音在各个时期都起到了独特的作用，好的声音，好的表达永远需要，只是需要拓展和丰富。

潘奕霖：业内对播音系毕业生有时会有些刻板印象，认为后劲不足，您怎么看？

卢　静：对于播音员、主持人来说，首先要放下架子，沉下心来，真正踏实下来，不要总想着出名。慢慢磨炼自己，要多涉猎不同的学科领域，走向社会，观察社会，去多实践积累，需要摔打无数次，最后才能成熟。

潘奕霖：对这一行要有敬畏之心。

卢　静：是的！要想让人看得起，想走得远，就得对自己的要求非常严，从做人做事到平时的言谈举止、待人接物都要高标准要求自己，否则对不起这个位置。

潘奕霖：传统媒体受到一些新的挑战，您会思索这个问题吗？

卢　静：会的。任何事情都会是发展变化的，起起伏伏，有兴衰，这都很正常。关键是要明白哪些是"万变不离其宗"的东西，就要坚持。现在新媒体出来了，我觉得应该是相辅相成，取长补短，各具千秋的关系，不是哪个出来，哪个就消失了。过去相对广播来说，电视就是一个新的

东西。影像、声音对传媒来说，很多要求都是万变不离其宗的，只是技术的发展和变化。现在网络的发展还是离不开影像和声音，画面的美、声音的美、语言的美，这是永远要追求的。传媒要有引领作用，接地气不是低俗，要高于生活。传播真善美永远是媒体的责任，播音员、主持人首当其冲。

所以，学校要培养学生好的人品和修为，具有开阔的视野、海纳百川的胸怀和自觉的学习能力、高级的鉴赏力。因为知识和技术都是不断变化的，但是具备这些能力以后，他才会有定力，才不会走偏。这就要求传媒人和教师自己要有远见、有格局、有心胸、有气度，对社会才能起到引领和榜样的作用。

我觉得当老师最重要的任务就是给学生引领方向，挖掘他们的潜能。在我眼里没有笨的、差的学生，怎么样能够挖掘发现他们的特点和优势，让每一个孩子今后都能在社会上立足，身心健康，我认为这是好老师该努力做到的。不能让一个孩子掉队。

潘奕霖： 您觉得做老师最开心的是什么？

卢　静：我觉得最幸福的是我有那么多的学生，看着他们的成长和变化，这是一个做老师的幸福。当学生毕业多年后对你说，老师您当年说的那句话我都记得，对我有帮助。这是我最开心的，至于说他们是不是名人，我并不看重。

潘奕霖： 您今后最大的心愿是什么？

卢　静：身体健康。安安静静、平平淡淡地生活。能够保持心情愉悦放松，把退休生活过好。当别人需要我的时候，我还能够给人以帮助。

青春的美好中也
有遗憾，人生的
遗憾中有未来的
美好的希望！

康辉
2019.3.19

康辉，是一个我永远想保护的弟弟，因为，他是我们宿舍年龄最小的，而我是宿舍的老大。我这个老大是不称职的，我们宿舍如今有一个微信小群，我的昵称就是"不称职的老大"，因为当时，我几乎很少管他们，更别提照顾他们了，与宿舍对面的本班另外一个男生宿舍大相径庭。

内心对康辉是欣赏的，我们共同的爱好是电影。那时各自也都有吃饭和晚上自习的搭档，没有在他身上投放太多时间，直到大学四年级。大四上学期即开始毕业实习，贺贝奇、康辉和我留在北京，贺贝奇已被北京电视台挑上，住到了电视台宿舍。于是有半年的时间，这个宿舍只有康辉和我两人住，有时下班了，会一起约着看电影、看话剧（这习惯甚至保持到刚毕业工作的那两年），那时候听他聊得最多的是戏剧（包括中国的戏曲），也聊毕业前的彷徨、对未来的期待。

我们338宿舍颜泽玉、康辉、贺贝奇和我毕业留京，一度相约每年要聚几次，前几年还真做到了。但越往后，大家的时间越难凑齐，慢慢地，聚得也没那么多，但心中对彼此的关注与牵挂始终存在。

2019年11月，八九播音同学入学三十年大聚会，一早我开车回到母校。从停车场走出来，一辆车冲我鸣笛，我一看，是康辉。他后面那辆车又冲我鸣笛，开过来我一看，是贺贝奇，太巧了！我说你俩下去停车吧，我在这儿等你们。在等他俩的时候，赫然看到我们大学后两年的班主任王科瑞老师走了过来，王老师变化也不大，我激动了，与王老师拥抱。这时康辉、贺贝奇走了过来，王老师乐呵呵地看着三位当年的学生，然后我们一起往教学楼走。此刻，清晨校园的那条路上，就我们四个人，老师和学生、同宿舍三人几乎同时间抵达，操场还是原来的操场，原来的开水房已不在，校歌中的那一排白杨树告诉我们已是深秋……看着三十年后的康辉与贺贝奇，脑海里是他们青春时的模样，同宿舍时或许我们不懂得珍惜，此时此景终于明白曾经四年的同窗是我们一生的宝贵珍藏。

2

地　点：梅地亚中心
时　间：2019 年 3 月 19 日
受访者：康辉

潘奕霖：我刚才在来的路上很感慨，我跟你是一个宿舍的，我们在上学交作业的时候会有模拟采访，而此刻我是真正约着我的老同学做采访。

康　辉：我觉得，我到现在为止还没进入这种被采访状态。

潘奕霖：那就聊聊天吧。我知道你上学的时候，对艺术挺感兴趣的，有一次我看你在捧读一本很厚的画册，一看，是关于梅兰芳的戏曲表演艺术的书。

康　辉：是有兴趣，不过那时候也没多认真地去深入学习，很多东西仅限于浮光掠影，根本不敢拿出来说。前段时间，我们部门有几位同事，分别对一些艺术门类有兴趣，就一起做了一个微信公众号，将各自感兴趣的艺术做一点儿分享。开始，我想就做一个戏曲类的吧，做了四期之后发觉不行，我的了解还是太皮毛了。平时和同好聊聊天可以，系统地给别人介绍，太难了。

潘奕霖：但你还是喜欢？

康　辉：喜欢。

潘奕霖：戏曲艺术有什么魅力？

康　辉：我父亲喜欢听戏，我小时候经常会跟他去戏院，但那时候完全看不懂，只觉得很热闹，但同时又会觉得有一种莫名的吸引力。比方说，如果我们的座位是后面几排，我就一定会跑到最前面的乐池旁边去，要更真切地看到台上的表演，仿佛慢慢形成了一种习惯。说起来，那种感觉也不是痴迷，就是碰到它、看到它会有一种亲切感。直到现在，我也并没有时时想到这是传统艺术，并没有把它提升到要"传承"这样的高度，只是生活中的一种潜移默化，慢慢进入到你的生命里。当然，我现在做的这个工作，有时候会从传统艺术门类当中学习一些东西，像上学的时候，小课老师也会告诉我们，学习吐字归音，曲艺能够有很大的帮助，这一定是有一些相通的。时间久了，也会发现，传统当中这些沉淀下来的东西，与短期的所谓时髦的东西相比，还是不一样，有更深厚的积淀，随时可以从那里找出你需要的，给自己做补充。

潘奕霖：*你喜欢戏曲其实对我也有影响，我们大学四年级毕业实习的时候，宿舍里就剩我和你。那一年，浙江的越剧小百花剧团来首都剧场演出，我们还约着从实习单位下班去看。*

康　辉：也怪，任何一种戏曲，只要让我静下心来，我都能看下去，好像那些浓墨重彩、唱念做打就是我与生俱来的伙伴。记得小时候喜欢看电影，初中更是放了学之后要先到外面溜达一圈再回家，经常跑去电影院。有一次上映的是一部戏曲电影，豫剧名家马金凤演的《对花枪》，你说一个初一、初二的小孩儿谁去看这个电影？可我从头到尾看下来了，还看得津津有味。还有越剧，电影《红楼梦》对我影响挺大的，甚至不知道为什么，我自小就对江南一带有种无比的熟悉和亲切感。

潘奕霖：*虽然你是北方人。*

康　辉：对，我父母双方祖上数三代都是河北人，但我确实就对江南风物有莫名的亲近和熟悉。第一次到那边去，就从没觉得饮食起居上有什么不习惯，虽然听不懂吴侬软语，但我觉得很好听。还是说回越剧，那时的戏曲电影经常除了唱词有字幕，道白没有字幕，我不大听得懂但也不妨碍投入戏中。对了，大学宿舍里，我上铺的金一可是杭州人，他妈妈就是小百花越剧团的，平时他也会哼几句。有一年，春晚一个节目是越剧和黄梅戏组合联唱《梁祝十八相送》，编曲特别好，我在宿舍里哼过，金一可还夸我越剧唱得有点儿意思，哈哈，我当时还挺得意。

潘奕霖：你也很喜欢电影。

康　辉：是啊，你最开始做的电影频道的《流金岁月》栏目都是关于一些老电影的，你采访了许多老影人，挖掘背后的故事。我是那个节目的忠实观众。记得吗？我还和你说过，我要做这个节目一定会比你做得好。

潘奕霖：记得啊，哈哈，可你还是做新闻。

康　辉：我们小时候，电影是生活当中特别重要的娱乐方式，更是我生活的最重要部分。那时候父母单位发电影票不一定每个人都有，爸爸妈妈知道我喜欢，所以带我去看的次数更多。

　　　　所有电影，不管演什么，我一定能看下去，科教片、纪录片都行，只要是银幕上有影儿的都行。说起来，我特别喜欢那时的电影院，每场放映人都特别满，放电影之前会响铃，提示马上开始了，之后银幕上会出幻灯片，月亮、修竹、烛光之类的图片，还有一个大大的"静"字，让你一下子心绪安宁，期待电影的开始，特别有仪式感。

　　　　要说小时候，我觉得文化生活很丰富，不知道你们在长沙是什么样的形式。我小时候在石家庄，一个不起眼的城市，可各种各样的艺术形式、院团都是挺蓬勃的状态。影院、剧场里面有电影、河北梆子、京剧、话剧、歌剧、杂技、舞剧，还有石家庄地方戏丝弦，我都看过。其实现在怀念的不是具体的某一出戏、某一部电影或是什么，怀念的是一种满怀着希望、热气腾腾的日子。

　　　　改革开放后，大家觉得国家在向着一个特别有希望的方向走，所有人的心气都是向上的，每个艺术门类大概都觉得"我这朵花要在百花园中开得更好"，这种热情在所有的这些作品中都能真切地感觉到。所以你看，我小时候看过这么多艺术门类的演出，今天我们的艺术欣赏的途径、方式，娱乐的途径、方式都比过去丰富太多，可有时候又觉得少了些什么，比如说现在我想看杂技，到哪儿去看？好像一时又找不到。

潘奕霖：我小时候，部队大院放电影挺多。

康　辉：那时候我们家离工人文化宫特别近，一到周末活动特别多，打球的、唱歌的、书画的，还有业余剧团自己的演出，都很有意思。

潘奕霖：大学怎么想报考广院的？

康　辉：高中的时候对于北京广播学院根本没概念，决定考这个特别偶然。

潘奕霖：你是我们班高考文化分最高的。

康　辉：这个不用提啦，分数有时候代表不了什么。我大概属于一个没什么人生计划的人吧，小时候当然会有很多幻想，长大了要干这个干那个。真到了高考，人生第一次要做选择，我突然发现自己不知道到底要什么，这时候就需要人生的机缘和召唤了。最开始知道北京广播学院，是因为我姐姐的一个同学，我姐姐比我高两个年级，她有一个同学上了广播学院。我记得特别清楚，有一年暑假，那个师兄到我家来找我姐姐，就说起了广播学院，他把广院形容得简直天上地下、古往今来无出其右，再没有比这所学校更好的学校。具体怎么说的，我真的不记得了，但那种广院人强烈的自豪感一下子特别吸引我，大概算是在心里种下了一颗种子吧，觉得这个学校可以考虑。他读的是电视编导，可咱们高考那年，广播学院在河北省只有播音专业招生。

潘奕霖：之前没有这方面的兴趣或是训练？

康　辉：完全没有，唯一有关联的一次，是河北电视台曾经拍过一个专题片，关于校园文化，是在我们学校拍的。当时那个导演提出，给专题片配音不找专业播音员了，找俩学生来吧，体现校园特色。我们语文老师负责跟他们做一些对接工作，于是就找了我和一个女生去。至于为什么找我们，大概当时在语文课上读课文比较多吧。后来电视里播出这个节目的时候，原本我以为自己会激动一下，但好像也没有什么特殊的感觉，很快这件事就被忘掉了。

至于考广院、考播音专业，我回想起来更像是一种不服输的赌气的结果。当时去初试真的浑浑噩噩，没想过一定要怎样，我们班里还有一个女同学也去考了，她是个文艺积极分子，平时挺活跃的。班里就形成了一种舆论，说她一定考得上，我一定不行。如果外部环境不督促我，我就会是一个特别懒惰的人，但一旦觉得某件事情如果不做到就会被别人看不起，我就越要证明自己，从小好像就有这么一种心理。凭什么她考得上我就考不上？就这么赌气似的一道道关口坚持闯下来，直到有一天下午上自习课，班主任老师突然带着一个陌生人到教室，通知我说这位是省广电厅的同志，你不是考了广播学院吗？现在要带你去体检。体检，就意味着专业考试通过了！从那一刻开始，我才觉得，哦，原来广院真的是我的一个人生选择了。

潘奕霖：很神奇。

康　辉：算是各种机缘巧合吧，也许我最应该感谢的是班里当时的那种舆论，反而激发了我的斗志，如果没有，我可能不会把这个考试太当回事。

潘奕霖：广院四年给你带来的是什么？

康　辉：我一直认为，严格来讲，我不属于典型的广院人。那四年里，我好像并没能太多融入广院的氛围和环境，回头看，我的问题可能在于没有让自己的心更开放，我还是习惯性地循着过去的轨迹在走。

潘奕霖：你没有完全融入进去？

康　辉：你觉得挺不可思议是吗？广院那么有塑造力的地方，那时候有很多机

会去尝试学习很多不同的东西，而我相对来讲把自己封闭在了一个惯常的轨道上。广院之所以对于很多人来讲是有吸引力、有魅力的，其实就在于它的开放度。你如果想学习，或者想去接触什么东西，没有人会拦着你。那时候学校里很多课程都是开放的，北京的高校之间也有很多联系，摆在面前的其实是一个五光十色、特别绚烂的世界，但我给自己的选择还是太少，有点过于按部就班。那四年里，在这方面我是有缺失的，如果很多事情我再主动一点儿，再多一点儿努力付出，再多投入一些精力的话，可能收获的会更多。

"广院之春"是中国传媒大学（原北京广播学院）一年
一度的校园歌手大赛，至今已经走过了三十六个年头。
1984 年的春天，学生会队伍经过无数次研究推敲、
预算审批，终于在 4 月份决定举办首届"广院之春"
歌手大赛。从 1984 年的春天到如今，"广院之春"
一直是全校瞩目的焦点，作为校园文化活动的第一品
牌，在经历了风雨洗礼后仍经久不衰，青春韶华，成
为生长在世界每一个角落的中传学子永恒的青春回忆。
但同时，也引发了一场关于新型娱乐性比赛的大讨论，
可以说，"广院之春"是传媒界第一个结构成熟的歌
手大赛，也为之后各地电视台、艺术团体举办的各种
文艺活动奠定了理论和实践基础。

所以现在我经常和年轻人说，拿出勇气来，想尝试什么就去尝试，努力学深一点儿，不要浅尝辄止。你记得吧？上学的时候我们的课程中也有比如影视配音这类的内容，当时鲁景超老师带我们班一起去中央电视台国际部参加过译制片配音，每个人都分配到一个小角色。对配音我很有兴趣，像上海电影译制片厂那些经典作品，有好多我到现在都能马上说出来台词。可那时候就总是怀疑自己，我可以吗？我的声音能有那么大的可塑性吗？考虑很多。其实只要努力就有机会做得更多，能更深入地去接触这样一个行业、一个艺术门类，完全有可能真正学到很多。而我给自己设置了太多障碍。所以，这四年里，作为广院人我是留有遗憾的。

潘奕霖：可我觉得你在学校里挺活跃的，入学的时候就被选为班长，后来主动申请卸任。对了，你还上过广院的舞台，主持过"广院之春"。

康　辉：所以这也是我比较拧巴的地方，一方面觉得融不进广院的环境，另一方面又不甘心平平淡淡。广院艺术团我参加过，做主持人，到外联高校也去演出过。"广院之春"，那一届是我和叶蓉（同班同学）主持的。我还记得那是第一次化妆，男孩子哪会知道怎么化妆？求助女生呗，就在宿舍 8 号楼的传达室，刘红（同班同学）给我化的。我记得特别清楚，当时根本不知道她往我脸上都涂了些什么，化完之后我一照镜子，天啊，为什么还有下眼线？简直是个熊猫。刘红是把化女妆那套程序照搬到我脸上了，没辙，我就那样上的台。

潘奕霖：但是听起来也挺丰富。咱们宿舍还有一个同学颜泽玉，他喜欢演话剧，就创办了广院第一个话剧社。

康　辉：老颜是只要这个事情他觉得有兴趣，他想做，他就会一头扎进去做，相反我真的就是想得太多。其实参加的学校一些活动也是被选择的结

1993年夏天，我们毕业分离在即，那天我特意准备了相机与班上每一位同学合影。这是我与康辉、文清的合照。康辉、文清进入中央电视台，我被中央人民广播电台录用。

有一次，我和文清暑假一起坐 T5 次特快火车回家，一路聊了很久，那时我知道了她是有理想的姑娘……我在长沙下车，她继续向南。回校后她就报名参加了央视主持人比赛，一举夺得第三名。

果，主动的时候不多。刚才你说的，我当了一年班长，后来辞职了，那倒是我很少有的主动选择。

潘奕霖： *而且这个选择是放弃。*

康　辉： 班主任张老师当时觉得特别奇怪，怎么不行？你负责的那些工作不都完成了吗？可只有我自己知道，完成那些工作对于我来说多么费劲、多么不堪重负、多么事倍功半，所以我主动放弃。

潘奕霖： *后来你当了学习委员，也是那次我被选为团支部书记，一直到毕业。*

康　辉： 每当碰到校友，不管是和我们前后年级的，还是现在更年轻的师弟师妹，当他们用那种特别幸福的感觉回忆和描述自己的校园生活时，我都挺羡慕的，我怎么没觉得那四年美好到这种程度啊？现在越来越开始检讨自己，我没有像你们那样尽情地去拥抱这个环境、这种气氛或者它给我们提供的各种各样的可能性，所有遗憾的原因在我自己。

潘奕霖： *你这么说我想起来了，你很多时候都是很安静地在宿舍待着，看书、戴着耳机听音乐。*

康　辉： 但也许那会儿在胡思乱想。

潘奕霖： *很多时候我一推开宿舍门就能看见你靠在床上，静静地靠在那儿看书。你是我们宿舍年龄最小的，但显得挺少年老成的。*

康　辉： 其实最不成熟的是我，为什么说这四年里我错过很多？就在于真的不成熟。那时候太年轻，真的不懂得这个校园、这个环境，包括整个北京的大环境的可贵之处。

潘奕霖： *你是宿舍里相对来说比较爱回家的，有时候周末看不见你就知道又回家了。*

康　辉： 也就一年级的时候回家次数多，一是因为我家在石家庄，近嘛。二是因为当时我跟大家相处有点紧张，不知道怎么才能跟大家建立起一种

关系，可能有一点儿社交恐惧。大学第一学期咱们班女生给我起外号叫"旧社会"，说我脸上表情永远都是一个样子，见不着笑模样。

潘奕霖：有点儿发愁的表情，旧社会。

康　辉：第一年当班长，要去各个宿舍通知一些事，我去女生宿舍，基本上都是敲开门也不进去，站在门口说有什么事情，说完扭头就走。觉得总算完成任务了，再多说一句话对我来说都是不自信的。

潘奕霖：为什么没有很及时地向我这个老大哥倾诉一下？我在宿舍是年纪最大的，我没有使大家形成一种可以倾诉的、可以保护你们的感觉吗？

康　辉：从见你的第一面起，就没让我们感觉你是一个老大哥形象，哈哈。你是我们宿舍最后一个报到的，当时我们几个还猜最后来的这个是谁。你到得很晚，马上就熄灯了。

潘奕霖：对，坐火车一个昼夜，风尘仆仆。

康　辉：我记得那天你进宿舍后说了一句"我有很多故事，在这四年里慢慢告诉你们"，结果四年里什么故事也没讲。

潘奕霖：我记得当年我一推开房门，好多双眼睛，突然间全都看着我，对你，我印象很深，也是捧着一本书在床上看，挺帅的。

康　辉：你那时候应该夸我一下，让我对自己的形象有点儿自信，哈哈。说实话，到现在为止，我从没觉得自己帅，反倒是在学习这个专业的过程中时常觉得那么多人形象都很好，我可怎么办？包括在央视实习的时候，实习要结束了，台里看我们的录像，那是决定你有没有可能留下的关键程序。我们偷偷问办公室的老师到底怎么样？不敢问罗京老师、李瑞英老师，就去问修平姐、王宁、杨柳。我记得特别清楚，王宁当时说："听他们说小康专业挺好的，就是形象稍微差一点儿。"当时我就想，完了，肯定没戏了。这真是我一直不自信的一方面，所以后来进了台里，我也从来没期待过自己一下子就能红，如果我形象特别好，可能这种想法就会强烈得多。

　　　　当然，实习的时候我一直给自己打气，觉得只要够努力，专业表现各方面应该可以，但到底能不能留下，心里一点儿底都没有。那时候也做过很多别的考虑，比如我差一点儿去了上海，东方电视台。

潘奕霖：具体是怎么回事呢？

康　辉：叶蓉实习去了上海，后来东方台决定要她。当时东方台人事那边问她你们班有没有比较合适的男生，叶蓉提到了我，东方台人事部门的领导专门到学校来见了我，觉得符合他们的要求，当时就问我的意愿如何。现在回想起来，那时候真是一点儿社会经验都没有，纯粹一个傻孩子，我回复人家说："我在中央电视台实习呢，那边还没有定，我想等等那边的消息。"幸亏对方特别理解，他说："没问题，我们肯定是要先紧着央视，你有消息就赶快告诉我们。"

中央电视台的录用通知很久之后才发过来，我有一阵特别着急，生怕两头落空，还给东方台人事部门那位负责人打过电话说："央视这边还没消息，您能再等等我吗？"

潘奕霖： *你给东方台打电话？*

康　辉： 对，根本没多想，就是问人家能等等我吗？如果央视不要我，我就上你们那儿去。是不是很傻？但对方仍然回复说特别理解，从来没有说过"你必须在什么时间之前跟我们确定"这类的话。直到现在，我心里都很感谢东方台人事部门的这位负责人，能那样体谅一个初出茅庐、不通人情世故的年轻人。

潘奕霖： *知道被央视录用的一刻什么心情？*

康　辉： 那一瞬间肯定挺兴奋的，后来很快也就平静了，取而代之的是憧憬。

潘奕霖： *一毕业就进央视，到现在播《新闻联播》，你的人生看起来很顺。*

康　辉： 可能百分之九十的人都会认为我的人生很顺利。如果比起有些同事，从市级台到省台，从省台再到国家级平台，这样一个台阶一个台阶地走过来，我没有经过这样的过程，当然可以说幸运。但开头的顺利不等于一路平坦，即便一步登上了某个平台，可接下来到底能不能坚持下去？能做到什么程度？绝不是自然而然随着年资的增长而提升，这中间必然要有很多付出和努力。一路开挂的人生不是没有，但只属于天才和运气太好的人，而这两者我都不是。

刚才讲到，我从最初就没有那种一下子要红成什么样的想法，但憧憬肯定有。何况从我 1993 年开始参加工作起，电视进入了一个飞速发展的时代，大家对电视台的关注度越来越高，对主持人关注度也越来越高。我很努力地工作，但是否能迅速脱颖而出，很多因素在综合起作用。这个队伍太庞大了，当你看到周围很多人，有的甚至比你更晚加入这个队伍中来的人，都有一些机会开始被大家认知了，好像只有你始终没有达到那样一个程度的时候，内心难免会有焦虑，这种焦虑甚至在某些时刻强烈到让你怀疑自己是否选择了错误的职业。我在工作了十年之后依然常碰到这种情况，在某个场合，被介绍是电视台主持人，对方客气地打过招呼，过了一会儿又扭头突然问"您是主持什么节目的"，很尴尬。这是一个艰难的过程，有些人可能在这个过程中干脆选择放弃。这个阶段、这个坎儿你过得去过不去？其实是这个职业很考验你的一种方式。一年、两年、三年可以坚持，那么五年、十年甚至更长，你还要不要坚持？

潘奕霖：你的坚守我挺佩服的。

康　辉：其实与其说坚守，不如说不甘心。我只是一直觉得自己还没有到达那个目的地，是不是还可以继续努力一下，争取能够更接近那个地方？做到之后，再决定是不是有别的选择？如果没做到就放弃，太丢人了吧！好像就是这样一种想法和心理在支撑我，直到现在。当然，现在的目的地比过去更远了些。

潘奕霖：做新闻职业有没有特别有职业荣誉感的一刻呢？

康　辉：这样的时刻很多，最震撼我的应该是 2008 年汶川地震的时候。为什么说那是让我觉得最有职业荣誉感的一刻？因为那段日子，我最真切地感受到我的工作是在贡献，在为这个国家做贡献，在为这个国家的很多人做贡献，我的工作是有真正的意义和价值的，那些时刻就会有一种强烈的职业荣誉感。你不会再计较我付出多少，我得到什么。当国家、民族面临这样的灾难的时候，我看到了太多人，你认识的或不认识的，身上的那种责任，那种永恒闪光的东西。

潘奕霖：主持春晚应该也是很有职业荣誉感的，你主持春晚几次了？

康　辉：四次。

潘奕霖：今年是不是就是说分量最重的一次，传说中的C位？

康　辉：你不觉得那只是娱乐新闻的惯用招数吗？当不得真。要说现在的春晚跟以前相比是有区别的。春节之前，四套《中国文艺》做过一个节目，请了历届春晚的几位导演，陈临春（大型节目中心副主任，参加过很多年春晚导演组）在节目里对春晚有一个分析挺准确。他说，从1983年的春晚开始一直到20世纪90年代初这段时间，那时候的春晚是合家团聚，像家庭聚会一样。从90年代开始到新世纪以后的这段时间，变成了全民欢聚。现在春晚的定位是国家文化工程、国家盛典。三十多年来，春晚从茶话会变成全民欢聚、国家盛典，场面越来越大，节目越来越丰富，规模不一样。对节目的设置，包括主持人的作用，要求已经大不一样。现在春晚主持人主要完成的是节目中间的串联，也不是完全没有发挥空间，在之前彩排的过程中，主持人要贡献自己的想法和表达，导演组觉得好的可能会保留下来。但是到最后播出，一定有一个严格的台本，因为要保证直播时长控制得精准，这可能也是大家觉得现在主持人发挥空间不大的原因。

潘奕霖：《新闻联播》、春晚，对很多主持人来讲，都是最高平台。

康　辉：确实是这样，这是不是再次证明了我的幸运？所幸的是站在这两个最高的平台上，我还没飘忽起来，还在想怎样做才不辜负。《新闻联播》，按罗京老师生前说过的，要追求一种中国气派。你能不能把这样一个有朝气、有活力、一直向前走的大国的感觉准确传达出来？这是我们要一直努力去做的。这些年，联播在调整自己的表达方式，但严谨规范的风格没丢。大家总觉得联播太严肃，能不能放松一点儿？但我想，百花齐放，就应该多元并存，应该有各种各样的节目形式，为什么不保留、坚持这样一个定位、功能严肃，规范传达国家最重要声音的节目？《新闻联播》有这样一种表达是有意义的，这是《新闻联播》。

春晚需要的是国家盛典的仪式感，同时也希望这种仪式感中有和大家更亲近的情感上的联系，这也需要主持人去帮助完成。如果说作为联播、春晚主持人我有哪些适合之处，我觉得大概是我长了一张比较真诚的脸吧。

潘奕霖：哈哈，这个我同意。

康　辉：我希望自己能做到言由心生，做真诚的表达、真诚的交流，无论在联播的主播台上还是在春晚的舞台上，我想做到这一点。虽然你按照台本表达的不完全是个人想法，但我希望并努力在这些表达里让别人看到我这个人。即使有的语言看起来好像很"高大上"，但你是在真诚地表达，还是仅仅像喊口号一样喊出来，是不一样的。

潘奕霖：不一样，今年我们全家真的是一边包饺子一边看春晚，一边看你。平时我爸妈看节目，有时候看不到我，看到你的话也会给我打电话。我说今天来要见康辉，他们还要我转达向你问好。

康　辉：谢谢二老。做过四年春晚，今年从个人感觉还有别人的观感来看，我更放松下来了，也更清楚自己在这个舞台上的定位。2015年第一次上，我起初一直在纠结一件事情，就是我到底该是什么样子？前几场彩排我是极尽所能要显得很活跃，挺拧巴的。后来审查节目，中宣部黄坤明部长参加，我估计他也感觉到我挺拧巴，给了我一个很重要的提醒。

他说你不用一定要往综艺主持人那儿靠，既然春晚主持人里有一个新闻主持人，就有这样选择的必要。过年大家在一起就是团聚热闹，你完成这个任务就成了。真的，我的包袱一下子放下了。确实，不同的主持人就应该有不同的面貌，百花齐放，春晚舞台上有综艺主持人，也可以有新闻主持人，少儿主持人、体育主持人都可以啊，大家以这样的方式团聚在除夕之夜，带动春晚节目整体的氛围。开开心心过大年，我们要真诚传递的就是这一点。不必把自己改成综艺主持人的样子，这个环境里不需要你极力展示自己，你只是这个团队当中的一员，完成你的任务就可以了。

潘奕霖：你的风格渐渐出来了。

康　辉：风格谈不上，只是比以往更放松下来了，对于整台节目中哪个地方可以更表现出这种欢乐，甚至哪个地方可以更放开一些地开玩笑，至少能拿得住了。

潘奕霖：春晚的排练会占用你很多时间吗？在春晚直播前会影响你新闻值班吗？

康　辉：春晚主持人是相对较晚进入的，基本上在第一次带妆彩排之前才进入，彩排最多的一年加上直播是七次，今年有六次。

潘奕霖：大概有多长时间？

康　辉：半个多月吧，半个月到十七八天左右。

潘奕霖：两三天排一次？

康　辉：差不多，所以很难完全兼顾正常的新闻值班，但也不可能完全脱产新闻工作，毕竟联播主播只有三组人，春节之前通常还有很多其他的工作，把值班全都甩给另外的同事，他们压力也很大。我尽可能兼顾，不过有时候确实有点儿手忙脚乱，像2017年1月，春晚马上就开始彩排了，习总书记出席达沃斯经济论坛年会的随访报道任务也下来了，更是重

中之重。我就得跟春晚这边请假，说清楚我哪天回来，只能从第几场
彩排开始，等等。那次真的是回来的飞机一落地，回台就直奔一号厅
彩排现场。紧张当然是挺紧张的，这几年除夕春晚直播之后，其他几
位春晚主持人可以放一段时间假，元宵节再回来，我通常大年初一开
始要继续值新闻班了。疲劳必然有，但我又觉得这种时候再说累啊、
辛苦啊，别人可能也会觉得你得了便宜卖乖，这些都是重要的工作啊，
如果你不想辛苦，有的是人想这样辛苦。所以，有时候紧张的工作也
是一种满足。

潘奕霖：你的心态一直很好。

康　辉：这些年确实多少锻炼出了一个好心态，和以前相比，会少一些患得患失吧。我在做的、我能做的，就尽量去把它做好，一切顺其自然。

潘奕霖：你应该一直在以工作为你的轴心。

康　辉：对，尤其这几年，工作会成为一切计划的主线。其实看以什么标准来衡量吧，把标准再定高一些的话，我应该再投入一点儿、再认真一点儿、再下功夫一点儿，也许能比现在更接近那个更高的目标，但有时候惰性是克服不了的。

潘奕霖：你所说的惰性，保存一点儿挺好的，别太辛苦。你现在是新闻中心播音部的主任，这个岗位也很重要。

康　辉：这对我来说也是被选择。这个部门 2009 年成立后，是李瑞英老师做主任，部门建设初期，我觉得能出点力就出点力，从原来的播音组到现在的播音部，一起摸爬滚打这么多年，大家就像一家人一样，要努力把这个家建得更好。那时候完全没有什么当领导的想法，后来台里干部配备要求播音部有个副主任，鼓励大家去竞聘上岗，通知发了很长时间，我都没动静，直到李瑞英老师有一天问起。

潘奕霖：你没想过要报名竞聘？

康　辉：当时的想法就是，自觉能力达不到管理者的要求，当然，这个部门需要我做些什么，我会做些什么，但不一定非要有什么职务吧。结果李老师找我谈，说现在部门需要你做的就是争取能负起这样的责任，播音部是一个业务部门，又是由单一专业人员组成的，这样的业务部门需要有业务上能带头的人，你的年龄、业务能力、责任心都适合多做一些工作。责无旁贷，大概就是这四个字成了说服我最主要的理由吧。参加了竞聘，通过了，就一直做下来了。后来李老师去负责全台播音员主持人的管理工作，播音部的担子一下子全压在了我身上，原来只觉得我做好辅助即可，突然之间所有的判断、所有的决定都要我来承担，真的"压力山大"。要保证团队正常运转，要想办法让更多人获取职业发展的机会，太多事要想、要做，而且这些工作我越来越发觉和做节目完全不一样，管理工作、行政工作，很可能干半天也不出活儿，耗费很多时间精力却好像看不出干了什么，这时候就会觉得有点不堪重负，就是这种感觉。

我现在很大一部分压力都在这儿，而不在节目上面。但还是那句话，即使被选择，你接受了，实际上也就变成了自己的选择，那就要为自己的选择承担所带来的一切，不管好和坏。到现在为止，还没有机会把这个担子卸掉，那就只能扛着它走。可能对你来说扛二百斤是可以的，比较轻松的，但现在肩上就是四百斤，你也必须扛着走。就算走得慢一点儿，也不能把它扔掉，那就是不负责任了。

潘奕霖：这本书会问到每一个主持人的业余生活。

康　辉：说实话，我都快没有什么个人生活了。再喜欢电影，现在看电影的次数也屈指可数。

潘奕霖：现在电影多了，但是你没那么多时间了。

康　辉：进电影院的时间特别少，所以也特别当回事。现在每次进影院，我还是心里有那种仪式感，就觉得和在家里面哪怕弄一个高品质的家庭影院还是不一样。在影院那样的环境里，灯熄灭了，银幕上的光亮起来了，就像做一个梦，什么时候这道光熄灭了，周围的灯亮起来，我就会觉得回到了现实当中。这个过程很享受，越是体验的时候少了，这种享受的快乐感越强烈。

当然，所谓没了个人生活，原因可能在于我不太会做时间分配，有人

就能把工作、生活安排得井井有条。我是疲于奔命似的，这些年休假也很少，今年春节从初一到初六休了一个完整假期，算是很难得的一次。

潘奕霖：*唯一的一次？*

康　辉：今年是有特殊原因吧，春节之前的确疲劳感非常强烈。去年我妈妈去世了，她去世那天是早上七点多，我那天早上出差，参加习总书记出席金砖峰会的新闻报道团队，我是在机场候机的时候接到姐姐打来的电话的。后来在网上看到有人说怎么工作离了你就不转了？不爱自己家人的人肯定特别冷血之类的。说不在意是假话，但也觉得不需要向无关的人解释什么。有些付出是除了当事人，别人都无从知晓和理解的。好在，我知道我妈妈是理解我的。这种国际会议的高访报道，很多注册、报名是提前很多时间就办理好了的，不可能说换人就能换人。而且我始终有一种执念，觉得我妈妈能坚持到陪我们过完这个年。不说了，我妈走了，让我一下子觉得损失了很多，因为原来的那个家没有了。父母都不在了，现在回去，即使姐姐姐夫还在，也觉得这个家跟以前不一样了。所以今年春节我才想是不是给自己放几天假，修补一下心绪。

潘奕霖：*刚知道你妈妈去世了，节哀，你也没跟同学说。*

康　辉：我妈妈走了之后，我才认真检视了这些年对她的疏忽。这些年她大概早已经习惯了我在她生活里的状态吧，不再像我刚工作那几年那样，会把我的节目录下来，看过后给我提意见。现在她精力顾不上，同时也习以为常了，包括春晚，我也没觉得她会认为这有多么不一样，可能慢慢地在她的概念中，那些都只不过是我的工作而已，她更关心的是我的身体、生活和能不能多回家看看。

有时候，家人的支持就在于能不给你添麻烦就不给你添麻烦，我姐姐他们也是这样，就觉得你的工作性质跟别人不一样，直播的时候哪怕有一点儿分神都可能会出问题，所以他们能不让我觉得心里有压力，就一定不让我心里有压力，包括我妈妈最后的那些日子。

潘奕霖：真的很不容易。咱们换个话题，工作这些年，你是不是国内各个省市基本上全走遍了？

康　辉：没有，很奇怪的是，到现在为止我没有去过江西。

潘奕霖：没去过井冈山、庐山？

康　辉：没有，很奇怪，所以一定要找机会把这个补上，而且希望是不带工作的纯粹的观光度假吧。我很喜欢呼吸一个陌生地方的空气，刚参加工作那会儿一直到 2006 年，每年还都有假期会出去玩一下。我还算是比较早的那一批会出国旅行的人，记得那时候很多同事会来向我咨询出国办理手续怎么办，可现在我已经需要向别人请教了。从 2005 年到现在，基本上没有自己休假出国去玩，说出来你可能不信，现在我觉得只要离开北京，对我来说都是难得的放松。

潘奕霖：那就已经是一种休假了。

康　辉：只要在北京，哪怕今天并没有任何具体的工作安排，我也会觉得神经仍处于紧绷着的状态。所以离开北京，哪怕是出差离开北京，都会感觉上好一点儿。

潘奕霖：稍微放松一点儿。

康　辉：我一直很喜欢在路上的感觉，在机场候机、在高铁站等着上车，一路向前的那种感觉。

潘奕霖：为什么？

康　辉：因为有等待就有希望啊，马上到目的地了我会觉得挺失落的，就希望还可以再飞一会儿，再开一会儿。

潘奕霖：今天我跟你见面，来的路上还挺感慨的，因为咱们上大学的时候，宿舍的几位同学曾经在央视大楼前合影过一张照片。来的路上，长安街一路通畅，这条我们一直在行走的路，留下了我们走过的青春，一直走到了今天。

康　辉：我前一阵子翻老照片，翻出刚毕业时候的照片，一看，那会儿多年轻啊。

潘奕霖：今年是我们入学三十年，我们认识三十年了。这个职业使得我们虽然不经常见面，但因为总在电视上看到彼此，一点儿不会感到陌生。你是怎么理解这个同学情的？还有，我们的三十年聚会你期待吗？

康　辉：三十年的同学聚会还是挺期待的。我们班聚得并不多，不像有的年级、有的班基本上每年或者顶多隔两年就聚会一次，我们班很大规模的聚会真的不多。

潘奕霖：屈指可数的几次。

康　辉：我们只在 2003 年聚过一次，人比较多的。

潘奕霖：毕业十周年的时候。

康　辉：是的，后来大都是几个同学零零散散地聚。今年不一样吧，毕竟三十年之后大家在一起，和刚毕业那会儿不一样，哪怕是和毕业十年那次聚会的感觉也大不一样。我觉得 2003 年聚会的时候，大家都还年轻气盛，都有那种心气，甚至不能排除还会有点隐隐约约的攀比心理。今年，我们来到这个城市、我们认识已经三十年了，现在更多的还是希望大家能够多在一起回忆过去那些美好的东西，同时希望看到每一个人都能健健康康的，因为到这个年龄了，每个人都会承担很多，所谓人到中年上有老下有小，包括工作、社会责任都会承担很多。每个人的压力都很大，所以特别希望在这种压力之下，大家都能保重身体。其实，今年三十年聚会，我们班已经人不齐了，而且永远不能再齐了，

已经走了一个人，还有几个同学都不一定能联系得上，让我很感慨，所以希望大家有可能的话，有更多次的相聚。越来越希望相聚的时候，大家不必在意你现在在做什么，他现在是什么位置，在一起，我们就是同学，就是没有血缘关系的兄弟姐妹。

过去这些年，我也看到有一些过去因为各种各样的原因彼此之间有隔阋矛盾的同学，慢慢地都和解了。我们都越来越成熟了，能够把这样难得的缘分和感情更好地保存住，而且不断地去丰富它，这也是我对三十年聚会很大的一种期待。无所谓搞多大的动静，哪怕只有一天两天的时间，只要大家都来了，坐在一起聊聊天、叙叙旧，看到彼此健康平安地出现在眼前，就已经挺满足的了。

潘奕霖：*感动，真的是没有血缘的兄弟姐妹。*

康　辉：当然，也不是说大家要好成一个人，亲得不能再亲，不是的，我其实内心深处也从来没有过这样的目标。我只是希望大家真的在一起的时候，所有以后能够想起来的时刻，留下的都是平和、包容，是最平静的那种美好。

潘奕霖：*回广院多吗？*

康　辉：不太多，偶尔会因为工作回去。现在回学校发现变化太大了，也可以说现在的中国传媒大学不能说就是我们回忆当中的广院。广院和中传，似乎有挺明显的一个分界线，学校的氛围似乎也大不一样。刚才说过，当年我没有在广院这样一个看起来"乱"的氛围中，真切地感受它特有的活力、生命力——那种特别蓬勃的东西，这是我的遗憾。我觉得现在的中传和原来的广院相比，恰恰在这方面稍微少了一点儿，就是大家那种活跃度少了。我觉得其实中传真的可以做得更好。

回学校很大的一个欣慰是我们当年的宿舍竟然还保留了下来。原来的教学楼、宿舍楼拆了很多，但8号楼我们住的那半边留下了，我们一部分男生还能回宿舍寻找一下当年的影子，女生都找不着了，她们住的8号楼的那半边已经没了。

潘奕霖：*你觉得在学校最难忘的一件事是什么？*

康　辉：最难忘的一件事？有好几件吧，现在马上想起来的是刚开始学专业的

2019年11月，王老师（王科瑞）、贺贝奇、康辉和我在母校校园小路上的合影，拍摄者是王老师的爱人。

时候，语音那一关我过得极其痛苦。

潘奕霖：你普通话不错啊！

康　辉：开始的时候不都要一个音一个音地纠正吗？我的小课老师陈京生老师又是一个特别严格的人，每堂课我都被留堂，那阵子我真的觉得没法学下去了，印象特深，那是我上学之后遭受的第一次特别沉痛的打击。

潘奕霖：那我觉得你还挺能扛的，至少我和你同宿舍我都没感觉到你当时的压力。

康　辉：扛过去了，否则我的人生要改写。对了，还有很难忘的就是我们一年级上的莎士比亚戏剧导读那门课。

潘奕霖：交的作业是一段莎士比亚的戏剧配音片段。

康　辉：对，我选的是《哈姆雷特》里王子和母后那段，和王静文合作的。之所以难忘，因为那算是我挺难得的一次把自己打开吧。以前我总觉得自己不太可能在舞台上，哪怕是很简陋的舞台上，能让自己彻底投入到一种情绪和一个角色里。但那次，我完成了，哦，应该说我们完成了。有一次排练完后，最后一句话音落下，我觉得脑袋嗡嗡的，还在那个情绪里出不来。可那一刻我特别高兴，因为那对我来说太难得了，我一直是理性大于感性的一个人。

还有印象深的一件事，我们班同学现在聚会聊天经常会说起去龙庆峡植树，我是班里唯二没这段回忆的，另一个是方静。因为当时学校团委书记宋南南老师把我们扣在学校里，广院承办了北京市高校红十字急救知识竞赛，让我俩当主持人，所以没去植树。

有一星期吧？你们都走了，只有我一个人在宿舍。我当时就觉得宿舍怎么这么脏乱差？哪儿哪儿看着都不顺眼，我就给宿舍进行了一次大扫除，连床底下的东西都拖出来，把地擦了，上铺放的那些杂物都整理了，桌子擦得特别干净，干完了觉得特别有成就。结果你们回来之后，好像没人注意到宿舍这么干净，更可恨的是很快又恢复了原状，就像没打扫过一样。

潘奕霖：真不知道你还做了这件好事，你也没跟大家说。

康　辉：我想这还用说吗？回来之后难道看不见吗？可真就没有一个人说，而且迅速恢复原状，真是平生一大恨事，哈哈。

潘奕霖：最难忘的同学呢？

康　辉：最难忘的，方静吧，她是我们班里第一个走了的。大学时候我们属于关系很好的，班上包括整个年级一度都在传我们俩谈恋爱，我还记得，教音乐的杨小鲁老师，下了课在楼道里还专门拉住我问有没有这回事，很八卦。其实我们那时候就是常一起做采访作业，聊得挺投机的。相处时间长了之后，旁边的人总看见这两个人一起，就自然地认为他们在谈恋爱，其实真的没有。不过，我必须承认，上学时候方静对我的影响还是挺大的，她身上有一股不达目的誓不罢休的劲头，会带动我。她从小见识的东西很多，所以以那个年龄来衡量，她的目标往往会越过现在，看得更远，这也挺让我佩服。工作之后，我们反而没有像在学校里接触那么多，各忙各的，她走了真的让我很震惊，也很伤感。

潘奕霖：确实大家都很想她，怀念她。给大学生朋友们说几句话吧。

康　辉：我希望年轻的朋友，在校的学生，真的能够把这几年的读书时间充分利用起来，你要去努力发现或者说去努力塑造一个和原来不太一样的自己。这几年是进入成人世界的开始，是世界观、人生观、价值观塑造的重要阶段，在这个阶段，我觉得要敞开心胸，去了解更多，在了解的过程中你才可以判断自己，才可能知道你要成为怎样的自己。

选择你所热爱的,
热爱你所选择的。

叶彤
2020. 6. 5

2019 年的 11 月初，北京的天气有些微凉，大学同学们聚集在母校，庆祝我们入学三十年。三十年固然是个很大的数字，而我惊讶地发现，大家都很年轻，且变化竟然不大。

叶蓉是有变化的一个，更温婉、更柔和也更智慧。岁月如此善待我们这一拨人。

1993 年，叶蓉毕业去了上海东方电视台，当时东方台刚刚成立、风头正劲，女主播叶蓉意气风发，播报《东视新闻》，在上海滩一举成名。当年我去上海出差，街头报刊亭里一眼就看见叶蓉为封面的杂志，是一本《上海服装》，我果断买下一本。

上学时，我和叶蓉是一个专业小组，上课经常对播，她当了学生会文艺部部长后，我也经常帮她出主意、策划活动。当时广院的舞台基本留给大一新生，偶尔有大二同学登台，大三的觉得自己已无比成熟，是不肯再登舞台的。但我们都知道，经过两年的浸染，大家已去掉刚入学时的青涩、稚气、土气，大三是一个很应该展示自己风采的阶段。为此，我和叶蓉等人策划了年级歌手擂台赛，而我带领我们班同学排演了一个歌曲大串烧，演出时现场火爆，各年级文艺骨干首次同台竞技，一时传为广院佳话。此次演出，我和叶蓉对唱《野百合也有春天》，甚是难忘。

三十年的大聚会人聚得很齐，有几位真的是毕业后第一次见面。聚会第二天晚上，卡拉 OK 唱歌宣布结束，大家起身准备离开，此时音箱放出叶蓉之前点的一首郑秀文的老歌，叶蓉突然叫住我，说："老潘，跟我把这首歌唱完吧。"旋律响起，叶蓉开始吟唱，我也随即与之对唱起来。已经起身的同学纷纷停住脚步聆听我们，亦有同学持麦克风加入，那场面，有点儿感觉回到了青年时代，回到了广院舞台，眼眶瞬间有些湿润。

什么是同学？同学，是一种默契。

3

地　点：上海 W+S 艺术画廊

时　间：2018 年 11 月 26 日

受访者：叶蓉

潘奕霖：*你说提到广院会觉得伤感？*

叶　蓉：你想一下，现在已经没有北京广播学院了，现在是中国传媒大学。

潘奕霖：*校名也记录了一个时代。*

叶　蓉：对的。

潘奕霖：*1993 年，你毕业进入东方电视台。能不能先说说在上海的广院人有什么样的特点？*

叶　蓉：在上海的广院人散落在上海广播电视总台的不同频道频率，不同的工作岗位。也有相当一部分人没有进入体制，去了广告或者传媒制作公司。经常在外面有人叫我一声师姐，相视一笑，基本就是学弟学妹没错了。这里面有一种亲情，有一种默契。我有时在朋友圈里转有关广院的文章，或者是师弟师妹写的回忆校园生活的文章，这时候广院人就纷纷冒头了。会问我是哪一级的，我们班有谁。三两句话大家就很亲近，这是融入血液里面的，没有办法。有时候我回到北京拍摄或者是跟央视的同事合作，那边的氛围更浓厚。广院人的天下，其实还是在北京。

潘奕霖：*母校给你留下了什么样的记忆？*

叶　蓉：如果闪回的话，有一些画面很有意思。还记得一次我们在打网球，看见你骑着自行车晃晃悠悠地过来跟我打招呼，叫我一声"蓉蓉"又骑走了，很开心的样子。

大冬天，我们女生也穿着军大衣，在学校的操场里面绕一会儿，晒晒太阳，会聊很多当时的快乐和不快乐。但是在今天看来，所有的快乐和不快乐，都是属于青春的记忆，非常鲜活，一辈子不会忘记。2000年，我毕业后第一次回母校，老二哥（留校同学王群）陪着我，去逛一逛记忆中的一些地方。比如说那会儿学校教师家属晒白菜的地方，旁边就是我们操场练声的地方。还回到了当时拍毕业照的台阶下面，又拍了照片。后来再回到学校，是四年前，我带着女儿、我先生和公公、婆婆、爸爸、妈妈。

潘奕霖：那么隆重。

叶　蓉：对的，我说回北京，广院是我一定要回去的地方。

我让女儿在大门口校牌旁拍了一张照片，我们一家三口还在中间主楼拍了一张照。都是有很多记忆的地方。

潘奕霖：当时怎么想考广院的？

叶　蓉：我家一直是住在学校里面，我爸爸妈妈是教师。学校每年有文艺演出，我们教工子女也会参加演出。我从小就上舞台朗诵唱歌跳舞，也不知道怯场，得到了父母正向的鼓励。迷之自信，就报考了广播学院。当时我们四川有五个考生的录像带送到北京。入校后才知道我是我们班全国专业考试第一名，是梁冬梅老师告诉我，我的专业成绩是72分，现在还记得很清楚。若干年之后，我也是我们班第一个得金话筒奖的。没有人比这个东西，但是对于我自己来说，是对自己的一个交代。金话筒奖第一次成为国家级奖项是在2006年，我得到了金话筒奖的主持人奖。当年央视跟我一起得主持人奖的是邢质斌、董卿，还有北京台的春妮，湖南台的张丹丹。2006年，由于是金话筒奖第一次成为政府奖，那一届也是竞争最厉害的一届。我1993年毕业以后到上海工作，我的作品、我的职业面貌，上海的观众是熟悉的。但不知道有没有老师看、有没有同学看，我现在的业务能力能不能得到他们的认可，我很在意，会忐忑，也会激动。还有一个原因，我爸爸妈妈在成都，上海的节目上星后，他们可以看到我了。

1998年对我是很重要的一年，那时候我们成立了上海卫视中心。当时有综艺，也有新闻，之前上海的电视节目外地看不到。后来有一次回到北京，陈雅莉老师说，把我播新闻的节目给录下来了，给同学们上课看，把我的风格作为一种主播的类型，和海霞的播音做一个比较。我觉得还是走出了一条属于自己特点的路吧。

上海有它的城市特质，她海纳百川、兼容并包、谦和大气，对于主播个性的彰显，给了一个发挥的自由度。我们对标的也是国际、国内一流主播的水准。但是你说它的高度、它的选题是不是跟央视一样？绝对不一样，比较有它的城市特征。

大四那年我们毕业实习的时候，上海电视台到我们班来挑实习生。白龙老师通知我说上海希望我去，但之前由于这样那样的原因，我一直觉得我毕业是会回成都的。

潘奕霖：那是一个"巴适"的城市。

叶　蓉：我一直以为自己会回成都。我觉得能留在北京的，一个可能是家庭有这方面的人脉，另一个也是需要会推销经营自己。我觉得我都不是。

我内心里面是有一点点社交恐惧的，我现在越来越有这样的感觉。那时候八七播的师哥师姐刚刚毕业，而我们要进入实习了，大家聚到一起聊天，他们问我为什么要去上海？他们的意思是说这个地方很排外，而且上海人很小气。能够感觉到大家对于上海是有一些成见的。

潘奕霖：之前去过上海吗？

叶　蓉：没有。我就跟我妈妈商量，我要不要去上海实习？我妈妈说，去吧，好好利用实习的机会把自己的形象调整好。就这样，我来到了上海。

我是一个人拎着行李来的上海，静文（同班上海籍同学）到火车站接的我，然后把我送到台里报道。当时我是广院学生会的文艺部部长，觉得自己的嗓音特点也不适合播新闻，我的文艺类型题材表达是比较强的，这也是我引以为傲的优点。所以我来上海台的时候只想去文艺部实习。我因为眼睛长了麦粒肿，所以晚到了上海一个星期，等我去报到的时候，几个实习生已经分配好了。他们把张海洁（同班同学，现为新加坡电视主播）分配到了文艺部，海洁告诉我在那儿待了一个星期，没啥事。她提出来想去新闻中心实习，台里面就把她分到新闻中心，这时候我来报到了，台里就把我分配到了经济部。

我在经济部实习的时候，刚好是筹办东方电视台的时期，东方台觉得这个小女孩很好啊。毕业时，东方电视台、上海电视台都要我，我选择去了东方电视台，原因是觉得它是新台，更有机会。还有，在上海，我一点儿也没有感觉到上海人对外地人的排斥。

可能我的沟通方式、待人接物的磁场共振与上海刚好是在一个频率上。我在上海，感觉很适应，整个状态都很舒服。1992年1月，邓小平同志发表"南方谈话"，浦东开发开放。小平是年初的讲话，我7月份来到上海实习。当时南浦大桥刚刚建成，我们俯拍外滩，整个上海仿佛是个大工地，一千多个工地在同时施工。现在我们听惯了，觉得一千多个算什么？但当时的感受就是火热的时代与生活。上海人的精神面貌也非常好，每个人都觉得有机会可以挑战自己之前既定的命运。那一刻，我觉得，我想留在上海。

如愿以偿留在了上海开始工作，三个月后就争取到了上新闻直播的机会。现在想起来还挺佩服当时台领导的魄力。工作三年，连续三年是台里的先进。1998年筹备上海卫视中心的时候，我就去了卫视平台。但是由于当时的政策不开放，许多地方也还是看不到上海的电视节目。一直到2003年才有了更名后的东方卫视。

潘奕霖：有一年我去上海出差，看到一本杂志《上海时装》，封面就是你。

叶　蓉：那应该是比较早期。上海机会多，不论资排辈，这是上海最好的地方，它就像一个舞台，给你一个机会，你上台去唱戏，能不能立得住不是你说了算，是观众说了算。它考评的标准，也就是你真实的水平。说到当年的上海卫视，一个上海的卫星频道，本地看得少，外地很多观众也看不到。那时候你会觉得我们的作品没有人看，很多人会觉得你在哪里？还在做吗？不像现在，都知道东方卫视了。当时是卫星频道，跟其他频道的节目还不一样。那会儿本地观众会说，这个小姑娘，播新闻播得蛮好的，怎么看不到了？

2001 年，上海排了一个话剧《霓虹灯下的哨兵》。我饰演林媛媛，童阿男是黄豆豆扮的，梁昌永演我表哥。这部戏把当时上海所有跨剧种的优秀演员集合起来，搞了一个明星版话剧，说明什么？说明当时我很闲。我一直想做一个专题类的节目，台长说，你还是播新闻吧，他们会觉得我最适合做新闻主播，因为我是科班出身。就在那一年，上海开始成立专业频道，比如财经频道、体育频道、时尚频道。财经频道的总监高韵斐，他找我说，我们想做一个财经类的访谈，问我能不能做主持人。我说为什么找我？他说，你原来播过财经类的新闻，对财经类的术语不陌生。

我认为我成为真正意义上的主持人，是在《财富人生》里蜕变完成的。到现在我已经采访了六七百位国际、国内一流的财经人物。

潘奕霖： 说说《财富人生》吧。

叶　蓉：这个节目是周播，我做了九年，一直到我怀孕。那时候我们出了四百多期，我是唯一的主持人。一年五十二期，其实想想这个压力很大的。我曾飞到香港采访金庸先生，老先生也专门到上海参加我栏目的六周年庆。片头也是金庸先生题写的，柳传志、王石、马云、李彦宏等几乎国内所有一流企业家都来过我的节目。

潘奕霖： 节目的播出平台是哪个？

叶　蓉：上过卫视平台，更主要是在《第一财经》。

潘奕霖： 这个节目很有特点。

叶　蓉：它的特点，第一是时机好，它是2001年年底筹备，2002年开播，是国内第一档财经类人物专访。第一期嘉宾是当年中国的首富刘永行先生。这一代的中国人都是靠着自己的打拼从赤贫年代走过来，靠着自己的眼光、吃苦耐劳的意志力、承担风险的勇气。他们都是这一代中国人当中的翘楚，所以在改革开放大潮当中，他们成功了。每个人身上都有可取之处，每个人身上都有闪光点，我想把这个东西挖出来给大家看。每个被访者的材料，我都在网上翻找海量资料，后来我自己参与撰写文本，写四稿五稿很正常。但是你看到我采访时，我手上连个纸片都没有。所有的问题我都记在脑子里，所有的问题聊到哪里，下一个问题自然就跟上去，它是真正的交流，而不是十个问题，一问一答。我用的是最笨的功夫，就是真的想明白，真的去弄明白。可能前面采访的50个人物特别累，但是，当采访到100个，你就会开始享受到红利了。因为很多人认同你，他会觉得你不是空洞而谈，觉得你真的了解他、明白他的行业。

当年马云成立淘宝，他说5月10号，成立的当天我跟自己干杯。当时雅虎给了他十个亿，他给了雅虎股份。我说你被雅虎收购了？他说不是的，是我收购了雅虎。当时的雅虎市值一千亿美金。所有人都觉得他是狂人，但是经过这么多年，许多当年的"狂语"现在都成为现实。当时的访谈有大量鲜活的东西，比如他说："三人行必有我师，七人行必有混蛋。"听听吓你一跳，其实讲的是人际沟通交往当中，必然有的一些东西。

俞敏洪三次来到我的节目。我说你第一次来的时候，新东方还没有那么多人知道，第二次来的时候已经上市了。他跟我讲了两次被打劫的经历。我说现在一切尘埃落定，是不是感觉最好的时候？他说没有，其实是最糟的时刻。接着他谈出了属于他的中年困惑，属于他的中年企业家的更年期。这样说大实话，说深度思考的节目就特别耐看。

潘奕霖：王石呢？

叶　蓉：说到王石、田小姐，大家都有这样那样的解读。这次他在节目当中讲了一段"森林大火"，我觉得他对人生的思考已经上升到哲学层面了，

不再是我们所说的人生活一辈子的意义。他说六十岁、七十岁才是人生的开始。他讲了一个观念，森林里的树，你看到它蓬勃地长啊长啊，它到最后遮天蔽日，根系很发达，谁会让它毁灭？只有天火。但是树种砸到地里，然后再有新生命力破壳而出，不然几千年的老林子怎么更新换代？人也要不断地更新自己。他五十岁的时候攀登珠峰，六十岁学英语，又去了剑桥，去牛津，现在要去以色列。

潘奕霖：你在《财富人生》，是主持人，在东方卫视，是新闻主播。

叶　蓉：一直播音主持两条腿走路，没有偏废。

潘奕霖：在新闻节目中看到你，总是非常自信的。

叶　蓉：这是我的工作，这是我的专业。

潘奕霖：你说过每次在演播室，灯一亮的时候，特别兴奋，全身细胞都仿佛打开了。

叶　蓉：好像我们班很多人都是这样的。

　　　　我到现在都保持一个习惯，每天要重看自己的节目，二十多年了，以前我让家里人给我录录像带，现在可以回放了。因为你看的时候，看的是这个主播跟其他主播的比较，不管是国内的还是境外的，你放在一个平台上进行比较，很容易比较出风格、区别。也会比较化妆、服装、发型的处理。你自己用第三只眼睛看的时候，是有一些细微的差异的。最开始我也是用这个方法克服了我的紧张感。你想，我1993年一开始就是直播，没有经过录播阶段。第一次上直播的时候我一直在笑，其实我是紧张的。但是回家看录像带，我看不出紧张，我觉得这可能是天赋，你紧张，但是看不出来。脸红，但是因为化了妆，没有那么明显。下一次还是会脸红，你会暗示自己，脸红就脸红吧，反正看不出来。

　　　　我做《财富人生》专访的时候，做得非常辛苦。我最多两天内采访了五位，不是简单地采访成功人士，是跟五位大咖在较量，那个很辛苦。我们录影在五楼，我每次上楼习惯走楼梯，经常走着走着就想，坏了，想不起来该聊些什么了。这时候我就告诉自己，反正每次录制完成下楼时，自己和嘉宾都很开心，管他呢，现在忘记就忘记，等下就都想起来了。这也是一个心理暗示，给自己做心理按摩。

潘奕霖：上海的朋友说你早就是"上海一姐"了。

叶　蓉：我不是。我首先是个新闻主播；其次，我是制作人。我有了宝宝之后，离开了《财富人生》。离开之后，这个节目撑了大概一年不到就结束了。女儿朵朵两岁多之后，一些同事聚拢在我身边，说："姐姐，我们能不能做一个深夜的人物访谈节目。"然后我自己任制作人，就有了现在的《财富中国》。广告都是自己找，我要负责带领团队，负责运营、广告制作、嘉宾邀请、文本创作、后期编辑，直到交台里审片完成全部流程工作。

非常辛苦。而且有时候会觉得，就是殚精竭虑的那种感觉。但一到了周六播出时间，我就坐在那里看自己的节目，看着看着，就再次被自己点燃。

潘奕霖：*我看你也会发一些女儿的照片，先生的照片。*

叶　蓉：我觉得生活还是要保有一点儿仪式感和乐趣。我给你看一个昨天的照片吧。昨天是我先生的生日，我给他策划了一个派对，他事前不知道，我把他的几个好朋友都请来了。我头天跟他说："哎呀，我忘了订蛋糕，只好临时给你买一个了。"其实我给他定做了一个特别好的蛋糕。

潘奕霖：*这么浪漫？*

叶　蓉：我觉得一个女性，不光是一个好妻子、好母亲，也应该是个好的伙伴。团队里面，因为年龄，同事们会把你当成姐姐，你要给他们呵护，指出方向。这是一个女性应该具有的能力。比如我把家里收拾得很干净，布置得漂亮一点儿，家人也会很开心。我采访的时候，会把女儿带在身边。我有一次在牛津大学采访，采访结束，我女儿就扑过来，我觉得那个环境是对孩子的熏陶，她可以见到妈妈工作的状态。她觉得妈妈工作时候的样子她很喜欢。

潘奕霖：*女儿几岁了？*

叶　蓉：九岁。

潘奕霖：*已经可以跟你出去工作了。*

叶　蓉：有一点儿懂，有一点儿不懂，但是很可爱。

潘奕霖：*我相信每个女孩子小时候都会幻想自己的未来。*

叶　蓉：我少女时代的梦想我觉得几乎都实现了。

潘奕霖：*你真行。业余时间的安排呢?*

叶　蓉：我抽空就会旅行。基本上都在国外。我去过蛮多地方的，朵朵跟着我也去了很多地方。

比如美国，我们会开车去深度游，英国也是，法国我也很喜欢。我女儿一岁半就跟着我旅行，我是想让她跟着我看看，这个世界多么丰富，有很多的选择，我会跟她沟通她愿意过什么样的人生，不管她听得懂听不懂。我跟她讲这个社会是金字塔型的，你要想得到，就必须努力去攀登。她学习小提琴、学游泳，我带她看演出、看体育比赛。我会告诉她，你看到的是演员、运动员们的高光时刻，但你要知道他们私底下成百倍的付出。成功是很开心的事，但它绝对不是生活的大多数。我希望让她有自由选择的空间，自由选择的能力。

这可能是我生孩子比较晚的优势，有很多对于人生的思考，会想把很多东西告诉她，我自己能规避的一些东西，或者是自己跌倒的一些经历，我会尽量在她合适的年龄告诉她，她们这一代人的机会太好了。我以前不懂得学习英语的重要性，小时候我妈妈说："你要好好学英语，英语是你的拐棍。"我想，我走路很好，为什么要拐棍呢? 现在我女儿学英语，她想唱很好听的英文歌，我说你首先要把英文学好，才能唱英文歌。我说你去世界那么多地方，可以跟大家沟通，是很开心的事情，英语是不同的族群使用最多的语言。她跟英国学校的老师沟通，就很自信大方，很开心，她很自在。我觉得这种自在就是我们这代人很难拥有的品质，我们太如履薄冰，我们太小心翼翼，太怕由于自己的不谨慎弄砸很多事。她们这代人，由于她们的眼界拓展，会很自信。

潘奕霖：孩子的出生给你带来很深的改变。

叶　蓉：我周围的人说我变了，性格改变了。我自己完全没有意识到。

潘奕霖：我觉得你把家庭和工作协调得不错，因为屏幕上能看到你是神采奕奕的一个人。

叶　蓉：我做任何事都四个字，尽情尽兴。首先我愿意付出，从当中汲取很多正向的力量。我是尽情尽兴地快乐工作。而且我知道，孩子会长大，我会衰老，有一天会不再适合做镜前的工作，但我对未来没有惧怕，我觉得任何年龄段的女性都有她这个年龄段的光彩。我喜欢的鲜花的颜色不是鲜艳夺目的那种，但是它就是非常高级，非常耐看，有丝绒般的质感。由于它的存在，房间会变得特别雅致，特别有格调。我身边能看到这样的女性，所以我很希望成为她们当中的一员。

潘奕霖：我第一次见你，是你有一天突然敲我们寝室的门，你当时腰板挺得很直，穿红色的格子衫，自我介绍说"我是女生班长叶蓉"，好像是问关于澡票的事儿，印象挺深的。还记得你对课间去邮箱取信比较积极，排球打得很好。

叶　蓉：这个你一定要写到书里，我女儿一直不相信我打球。

潘奕霖：哈哈，好。你这些年跟同学们联络多吗？

叶　蓉：你算是联系比较多的一位。康辉我们也联系得比较多，中央电视台有五次想调我过去。包括像当时新闻频道改版，让我和白岩松、水均益做《今晚八点》，还做了一个通宵的样片。结果被上海领导知道了，说这个人如果你们要，让中宣部来调。

潘奕霖：不放你走。

叶　蓉：对，不放。康同学对我说："你知足吧。"

潘奕霖：怎么理解这一句话？

叶　蓉：上海给了我很多。

突然想起我们那一年在学校的"广院之春"，不再是个体歌手之间的比赛，而是以年级为单位，每个年级发不同色彩的小旗加以区分，最后歌手上去谢幕。之前"广院之春"是扔东西的，但是那时候我们是发东西给大家扔，学校当时不同意，还敢发东西给大家扔？那一届就在我们这里颠覆了。可能最开心、最光鲜的一般是舞台上的歌手，但是我觉得这个活动是我们策划的，我们可以天马行空，把它变成现实，这个我觉得好棒。

潘奕霖：去央视是很多主持人的一个目标，你放弃了，这一点其实挺难的。

叶　蓉：也犹豫过。当时央视第五次来和我沟通，我也去做了样片，央视新闻频道改版的片花，用的是我的镜头，上海的台长一看，你这个人还在我这里上班呢，怎么去那里了呢？我觉得我手下那么多人，我要走了，这个节目肯定会被停掉，这些人怎么办？那时候有使命感，觉得自己需要承担一些东西，回过头来想，有些像是宿命的感觉。命运当中我经历了这些，包括不离开上海，这就是命运。其实之前没有想明白，想明白了就是告诉你不可以走。你还是需要留在这里。

潘奕霖：记得毕业实习的六个月其实是挺悲壮的，大家去了各个电视台实习，那时候资讯也不是很发达，大家联系不多，每个人实习能不能留得下都是未知数。那时都是怀揣着梦想，都是千里挑一，来到这个学校，学了这个专业。这半年大家都联系很少，但是每个人都会对未来产生一种迷茫。我那时候对你的印象，是一个很漂亮的姑娘，脸有点儿圆，实习半年回来，脸变得很瘦，气质一下子改变了，这半年，好像把你改变了。

叶　蓉：女大十八变，而且想想，当时我混沌的时候，不知道要减肥，不懂得怎样打扮。因为我家是很传统的，比如我妈妈，她的观念里是不同意我穿 T 恤衫，而且一直给我灌输女生光漂亮是没有用的思想。我妈妈从小告诉我，你不漂亮，你只是长得比较端正。所以我从来不觉得我长得漂亮，我也就没有思想负担。我一直觉得，我强是因为强在其他的地方，所以其实也蛮开心的。

还记得我做文艺部部长的时候，组织校园舞会的事吗？

潘奕霖：*舞会也是当年广院文化的重要组成部分。*

叶　蓉：我把我们平时听的那些好听的歌，去敲隔壁宿舍门找同学一个一个搜集起来。我把这一首一首舞曲，快的慢的，电影插曲等很多曲目，按我的一个理解，编辑它们，两三首慢的之后有个迪斯科，拷了满满两盒带子。那盘音乐都是大家最喜欢的。音乐会结束之后，我想把带子拿回来，但是那个带子不见了，被识货的拿走了。

潘奕霖：*音乐对于舞会很重要。*

叶　蓉：广院给了我很多锻炼自己的机会。因为你入校之前知道自己很强，你知道你专业有特点。但是到了广院，大家都是全国各地很厉害的同学，这时候你如何把你自己的闪光点表现出来就很重要。我觉得广院的四年，没有让我消沉，没有磨灭掉我的特点。带着广院给我的自信，广院给我的特殊的神采和光芒，让我在职业的道路上走得非常坚定。有那么多专业的老师、同学不断给我加油。包括现在我们班里很多同学，说起他们的名字，都觉得与有荣焉，我是他们其中的一员，引以为傲。

潘奕霖：*对了，大一时的迎新会，你是不是没有参加？*

叶　蓉：我参加了，我记得很清楚。我记得方静做广播体操，蒋虎跳课桌椅，让他跨栏。当时老生会摸底，知道每个新生有什么特长。历届刚来的新生每个人都很拽，学长们就来杀杀威风，就怕被盯上。我是比较乖的。我一到学校，我的老乡师哥师姐就跟我说，会"整"新生的，你老实一点儿，不要冒头；另外，上去之后，要迅速地销声匿迹，就能逃脱被捉弄的命运。如果你不懂事，大家就收拾你。现在想想看，其实蛮好的，虽然有点儿恶作剧过头了，但是想起来，那一刻，就是让你放下的好手段。

潘奕霖： 回顾这些年，有没有什么遗憾？

叶　蓉： 肯定有遗憾的，如果重新来过，肯定会做修正，我最大的遗憾是努力不够。如果从学校开始到现在，接触这个专业到现在，我觉得如果我更加地努力，肯定会更好。我们赶上这么好的时代，广电崛起，刚好我们遇到了这个抛物线的过程，我们获得了这么多。包括在媒体转型之初，我们也是嗅到了先机，但是它变化这么快，是超乎我们想象的。但是你心里要知道，你一定要有别人难以复制的能力。这个能力哪怕有一天你离开主播台，离开你的职业岗位，你在其他的人生角色上，还是能做得很好，还是能够给社会带来你的一个存在的价值，或者是给家庭带来更好的一个正向的影响。我是觉得我做得还挺不够的。这是今天我严肃地来看待这个问题。但是如果真的有人生的剧本，提前给我看过，我觉得我应该付出更多努力。

潘奕霖： 如果人生真的有剧本，让你写的话，你觉得还会做主持人这一行吗？

叶　蓉： 这是天命吧，没得选。记得当年有一次，我和你坐在操场上，我看着飞过的飞机说，坐飞机几个小时就能到成都了。那时候我很恋家，因为我们宿舍和教室都是日光灯，我看到高楼里昏黄的白炽灯，我都好羡慕，因为那代表着家的温暖。

潘奕霖： 北京和成都，相隔很远。

叶　蓉： 对的，我半年才能回去一次，而且路上很辛苦，路上要三十多个小时。自己读书的时候，生活也不会料理，很多东西要自己判断。我觉得读书对自己影响挺大的。我在想要不要把女儿送到寄宿制学校去锻炼，我们当时是那么地无助，人生有时候就需要一剂猛药，但是对于当事者，还是比较艰难的成长过程，这一切我们都经历过了。

潘奕霖：分享一下一个女性成功的秘诀。

叶　蓉：女孩子要爱惜羽毛，不能为了一些似乎是目光所及的东西，做出妥协、付出代价，这会让你后悔的。不要让你的内心纯正的东西受到影响，一旦心灵蒙尘，就很难擦干净了。这种受伤是很难恢复的，要相信这个世界上有很多很好的东西存在，不要走捷径，你要付出全情的努力，才能成功。

潘奕霖：说到上海，我是很喜欢的。昨天我跟同事逛了一下南京路，你平时不怎么逛南京路了？

叶　蓉：应该是。

潘奕霖：我在南京路上看了几个建筑，比如上海第一百货、永安百货、第一食品商场。我这次来上海前看到一篇文章介绍，上海是中国百货业最早发达的一个地方。我们知道很多品牌，永安百货、先施公司等，我看了永安百货之后，我觉得这个建筑很有特色，一搜下来，是一百年前的老店。我觉得上海是有它的底蕴的，每个地方都会有城市发展的痕迹。所以我觉得你从一个传媒人的视角，在这里见证了这么多年，还是挺幸运的。

叶　蓉：刚刚你提到的先施公司，它旁边有个新永安大楼，这是我以前实习的地方，经济部的所在，也是东方电视台最初的台址。这个地方走到外滩大概两站公交车站的距离，我们最早接触外滩，就是从上海老电影里看到的。再往西走一点儿，就是国际大厦。那会儿就觉得，一切都很熟悉，因为你在镜头里面，在影像资料里面，见过这个城市。

现在到上海来，我可能会带你去衡山路、复兴路，或者是更老上海的一些地方。

潘奕霖：我跟你说个笑话，前不久我去伦敦，约央视一个在伦敦的朋友见面，他说我们在金融街碰头。结果我从地铁里一出来，我看到那些建筑，跟朋友说怎么这么像上海，他哈哈大笑，说应该是上海怎么这么像伦敦吧，就是看到那些建筑，你会觉得一切建筑有渊源的。

叶　蓉：我爸爸最初是教授油画的，我从小对西方艺术耳濡目染，而我觉得自己小时候看到的一些作品的画册，现在看到原作会感觉很激动，算是童年的梦想实现了，这也是文化带给你的一种收获。现在我也时常带我女儿去博物馆，她可以看上一整天，兴趣很大。我之前也写了一篇文章，从辅导女儿阅读的角度。

潘奕霖：各有所长，就看如何把你的特长发挥出来。

叶　蓉：你看我们的下一代，跟各个民族的孩子交流的时候，他们特别自在阳光。我们在英国一家餐厅吃饭，户外有孩子踢球。我女儿说她也想踢球，我说你去吧，然后她自己去跟那些孩子打招呼，那些英国的孩子反而怯生生的，不过后来孩子们很快就融入在一起了。孩子突破最初的沟通上的腼腆，他们能融洽地玩在一起，他们很自信，不太会在意文化上的差异。我希望她不要狭隘，不要故步自封，不要不懂得爱人。不懂得给予爱的人，是不会美好的。

潘奕霖：这是上海带给你的。

叶　蓉：应该是。我问你，如果当时让你选择，北京和上海，你会选择哪里？

潘奕霖：你忘了吗？我喜欢上海。当时二十多岁的时候，我还给你录像带，让你给你们领导看看。我当时想来上海，但是后面有个强大的力量，就是来不了。

叶　蓉：记得。毕业时东方电视台要了康辉和我，他就说，如果央视去不了就
　　　　去东方台。

潘奕霖：这就是人生。你在上海已经很耀眼了。

叶　蓉：没有，我可能就是恣意生长了一会儿。

潘奕霖：你还有什么梦想吗？

叶　蓉：梦想，梦想其实还挺多的。

　　　　天马行空是我的一个强项，我倒是觉得大家现在更容易怀旧，或者是
　　　　因为朋友圈拉近了南北的距离。很多时候，广院会突然映入我们的眼
　　　　帘，不管是什么方法，它铺就了我们生命的底色，用线条勾画出了轮
　　　　廓。真正让它显露是工作以后，这个在绘画上叫打稿，我觉得是在学
　　　　校完成的。在那里才知道，原来世上有这么多优秀的同学，而且每个
　　　　人身上都有强烈的地域特征。我自认为 80 年代是我们广播学院最辉煌
　　　　的年代。校风更开明，是改革开放的大门越开越大的时候。很多人问

我，是哪里人？你不是上海人？我说你猜我是哪里人。他们都猜不准。我其实脾气挺成都人的。

潘奕霖：是辣还是温柔？

叶　蓉：不是，是很直率，而且不那么矫情，但是可能北京给了我很大气的东西，很浑厚的东西，气度是在的。而上海开始让你觉得，你可以把这个东西做得更精致更美好，这个世界上有这么丰富的文化，你能不能把这些东西杂糅在作品里面，我会觉得这个过程很美好。

我以前很笨，不会打扮，因为我妈妈不让我打扮。后来我有了朵朵，我每天早上六点半起来给她梳头发，七点带她去楼下吃早饭，七点二十送她上校车，梳头过程当中教她背了很多古诗词。《陋室铭》《爱莲说》《木兰辞》《水调歌头·明月几时有》《满江红》《将进酒》《侠客行》她都会背，而且每个发音都很准确。

潘奕霖：你教她普通话还是上海话？

叶　蓉：普通话，上海话她能听，但是她不说。她爸爸一看，梳头发的时间背了这么多东西，后来也就不反对留长发了。

潘奕霖：你对母校和对同学们有什么要说的？

叶　蓉：我现在重回母校觉得有点儿陌生，我很喜欢以前那个核桃林，可是他们已经把那个拔了，盖上了房子，想想在周末的时候，一个人去图书馆或者是去水房打水，就再也没有这道风景了。可能年龄大了，喜欢怀旧。但是我觉得广院精神还是在的。对李咏也是挺怀念的。

潘奕霖：听到这个消息是挺震惊的。

叶　蓉：当时我也转发了朋友圈，李咏跟哈文是很优秀的一对儿，而且他们处理这件事的方式也很高贵，这是有广院精神的。我们是天之骄子的一代，我们不希望在别人面前舔舐自己的伤口，我们跌倒了自己爬起来，然后自己往前，为了有一天跟别人说，我们是广院人。

潘奕霖：十年前，别人曾问我最喜欢的综艺节目主持人是谁，我说是李咏，因为他非常释放自我，甚至是搞怪的、手舞足蹈的。我说他打破了人们对于广院播音系学生的成见，我们也能主持综艺，主持娱乐节目。

叶　蓉：当我们还是低年级学生的时候，我就觉得我们高年级的师哥师姐好多人好有才气啊，多棒啊！他们才是真正的广院人。

潘奕霖：会崇拜地看着他们。

叶　蓉：是的。

潘奕霖：他们真的是很有才。包括徐滔，我们刚入校，在部队军训快结束的时候，她率领着广院艺术团来慰问演出，她在台上说："你们快回来吧，广院在等着你们。"当时台下好多人都哭了，因为军训太苦了。

叶　蓉：回学校后当时还看不惯他们，女生都化妆，男生头发上都抹了摩丝，还穿着牛仔裤，我说他们为什么要穿着这样的奇装异服？但是自己一个学期以后，就跟他们完全一样了。

广院有它自己的命运，现在是传媒大学了。但是有这样的记忆挺好的，广院虽然消失了，但是我们会记住它在我们命运当中所留下的苦恼和温暖的回忆，它就是一个梦境一样的存在，特别好。

当时我们本科，全国就招三十八个人。

潘奕霖：咱们全年级各专业加起来二百多人。

叶　蓉：广院，真的是一代一代广院人创造的。

我们班有很多非常优秀的同学。但我的小开心是留给自己的，我说我是我们班第一个得"金话筒"的人，第一个拒绝央视的人。

潘奕霖：叶蓉活出了自我，希望明年在北京见到你。

始 就 是 成 功 的 一 半

史小岩

2018. 11. 7

史小诺端着一杯咖啡匆匆向我走来，这里是央视新楼对面的国贸商区，她像这里游走的任何一个职业女性一样，干练而自信，她们相信"太阳每一天都是新的"，从不言败。

　　实际上，我们已经有二十多年没有见面了，甚至，我们在学校期间也没有正儿八经地说上几句话，但是，我们都一下子认出了对方。

　　原因可能是我们都经常在电视屏幕上看到对方，而追溯到学生时代，小诺是给我印象非常深刻的一个女孩儿。

　　她比我低两级，她和中央气象台《天气预报》的杨丹是这个班上我觉得很漂亮的两个姑娘，她们的漂亮不是播音系那种传统的审美，用今天的话来说，更具现代感。杨丹是我的老乡，虽然隔了一个年级，但我作为"正宗"师哥（同省份同专业）对她还真是挺关心的，相比之下，跟史小诺的接触不多。

　　似乎，小诺走的是"颓废范儿"。记得她当年有一个造型是一袭黑衣，秀发披肩，与她们班另一个高挑美女陈晨并肩，缓缓地走在宿舍楼前的小径上。甚至，我还记得她俩的道具：一人提一瓶喝了一半的啤酒，眼神，是有些迷离的。

　　小诺完全不记得她曾经如此"颓废"，在我跟她描述了我对她的记忆与存留画面后。好吧，就当我做电影节目时间长了，有时会主观地加入一些更有戏剧感的东西吧，哈哈。

　　1995年，史小诺本科毕业进入四川电视台，多年后回到北京，加盟央视财经频道。我与她第一次相对深入的谈话竟然是在我们认识二十多年后，让我们一起深入了解她。

4

地　点：国贸商城新元素餐吧

时　间：2018 年 11 月 7 日

受访者：史小诺

潘奕霖：好久不见，你说一定要喝一杯咖啡再过来，这是你工作的需要还是生活的习惯？

史小诺：习惯了，早上一杯下午一杯，但是这是最大的量。我三十到四十岁一直在失眠，但是我失眠跟咖啡没有关系。自从我做了《遇见大咖》以后，我的状态越来越好了，也不失眠了，咖啡照喝，甚至晚上有时候也喝，不喝觉得少点儿什么。

潘奕霖：做了《遇见大咖》之后反而不失眠了。

史小诺：不失眠了。我确实是曾经有很严重的失眠，特吓人，整夜整夜睡不着。

潘奕霖：工作压力太大？

史小诺：是很多因素叠加，直播就会有些许紧张。今天打磕巴了、出错了，岁数小的时候就会很纠结这个事情，希望晚上休息好一点儿，会恐惧睡觉这个事情，因为晚上睡不好，会导致第二天的状态不好，就会恶性循环。

那时候不光是睡眠这一个问题，还有人生的迷茫或者是不知道自己要什么，好像不知道"点"在哪儿，一系列的混乱造成综合性的长期失眠。

潘奕霖：现在身体好些了吧？

史小诺：现在也有失眠，如果工作中有特别重要的采访，或者我特别在意这位被采访者，就会紧张。但是，我可以接受这种失眠，因为采访完了当天或者第二天、第三天就好了，不像以前连续失眠。

潘奕霖：《遇见大咖》这个节目现在不直播了，变成了一个访谈节目。

史小诺：现在的节目其实比直播难很多，我觉得我的生活甚至生命都找到了一个抓手和重心，我觉得这个很重要，知道自己要什么，知道自己要干什么。很多观众都会说让我一定要做下去，已经做到第四季了，反响特别好。虽然采访的嘉宾没有之前的王石、董明珠、刘强东那么红，但是我们做出了更好的效果。所以今天我觉得我们可以设置标准了，什么人是大咖。让更多的人接受了这个东西，他就觉得只要是你的节目，那肯定是很好看的东西，里面的受访者是很有趣的人物。

潘奕霖： 主持一档自己认可的节目是职业上的幸福。

史小诺： 其实在我采访的过程当中，很多人都是这样的，比如我这一季采访爱奇艺的龚宇，他们工作和生活是不分的，工作上的开心就是生活的开心，你工作上今天特别嗨，其实也会给你生活带来很多开心。

潘奕霖： 无法完全割裂开来。

史小诺： 完全没有办法。我会说工作是非常重要的，有人会觉得嫁人了结婚了是最重要的，但是你的工作其实对你也很重要。

潘奕霖： 也这么教育你女儿？

史小诺： 当然，你自己要很嗨，也许你都不需要爱情了。

潘奕霖： 太棒了。

史小诺： 当然，爱情是很好的，但还是要找到让自己沉迷的东西，这个更重要一些。当你自己沉迷了，你自己精神很独立了，你还怕别人不爱你吗？

潘奕霖： 有意思。

史小诺： 要跟最棒的人在一起。我做了二十七个人物，通过跟他们聊天，我的人生观、价值观发生了很大的变化，所以我现在对事物的看法发生太多变化了。

哪怕他们没有跟我谈爱情的话题，但是我自己也会对爱情这两个字有新的认识。如果女性不把这个看得很重，当你有很密集的工作，你就会有快乐的源泉。没有爱情都可以，也不会特别痛苦。

潘奕霖： 这个对于女孩来说是个建议。

史小诺：很重要。

潘奕霖：你出了一本书，主要写的是来你节目的前两季的商界嘉宾？

史小诺：是。我最开始做这个栏目，人家觉得不可能，因为已经有了《对话》之类的节目，我还做这个，根本就没有人会看。我就跟人聊，不停地跟人聊，最后发现我其实可以做记录部分，我可以拍一下他们的生活。

潘奕霖：不只是面对面采访。

史小诺：对，大部分是记录，跟拍。

潘奕霖：给你印象比较深刻的几个人，能不能举个例子。

史小诺：好多人都很深刻啊，我拍一个爱一个。

潘奕霖：这一点我们很像。

史小诺：比如刚刚做了蔚来汽车的李斌，他自己说他就是中咖，还没有到大咖的级别，但是做出来是如此正能量和激励人。所以你就会很容易拍一个爱一个，真的没有最爱的，阶段性地被折服，也许下一个人物我也觉得特别棒，就是这样子的。

潘奕霖：董明珠呢？作为一个女强人。

史小诺：说实在的，我们在第二季讨论拍谁的时候，董明珠肯定在名单上的，因为她是顶级女企业家，网红企业家。我却有些反对，因为我当时并不喜欢她。

潘奕霖：哦？

史小诺：我说干吗拍她？她那么凶那么厉害，一会儿说这个是小偷，一会儿说那个剽窃她的东西，言辞都很激烈。但是拍了她之后，又爱她爱得不得了，觉得她那么棒，会发自内心地喜欢她，因为我了解她了。

潘奕霖：发生了什么？

史小诺：其实她性格还是挺强势的，我们片子第一个镜头就是她骂人，因为她
自己太厉害了，所以她对什么事都要求很高。比如说四个人吃饭，如
果她点菜，吃到最后盘子上是一片叶子都不会剩的。如果有人点多了，
她会不高兴，不是说觉得这个东西贵了，而是她会觉得你做事不精准，
觉得你是浪费。她要求的是做事精准。她就是这样的人，但是，你跟
她接触之后，会发现她对事不对人，其实蛮简单的。你做事得把事做好。

潘奕霖：采访之后会不会发现他们的成功，与他们各自的性格有紧密关联？

史小诺：当然。蔚来汽车的李斌，十岁以前，村里没有通车，没有公路，没有
电，标准的留守儿童，小时候跟外公一块放牛。中专通知书已经到了，
他们家觉得今后有工作了，很好了，但他不去上，最后还是选择上大
学吧，在那个村里是没有这种意识的。为什么他身上有三家上市公司？
肯定是有原因的，他说过一句话："我善于从悬崖边上把自己捞回来。"

所以他最后以文科状元的身份考上北大，本科社会学，他又自修了法律、计算机。四年一共打了五十份工。

潘奕霖：他够拼的。

史小诺：他在上学期间，有时候一周要考十七门课，但是你想北大的课很难完成的，首先自修三门都是本科毕业的，法律、计算机和社会学，我觉得很厉害。毕业就创业，国企投的第一个公司，2000 年就背了四百万的债务，他自己背下来。

潘奕霖：但是他扛下来了，没有垮。

史小诺：易车网 2010 年就上市了。很快，2010 年又做易鑫金融，四年后又在香港上市。第三家公司蔚来汽车刚刚在美国纳斯达克敲钟。其实他就是农村的留守儿童出身，但是就凭着一股劲儿做到现在。我们想把这些东西让更多的人知道。骂他的人很多，说蔚来汽车想对标特斯拉，做梦吧，这就是你们《遇见大咖》的价值观吗？关注人的精神，关注人的追求，我们的价值观是关注人，不只是关注这个事，成与不成都有可能啊。我们《遇见大咖》记录的企业家精神，并不是说一定是成了大咖。当然，基本记录的是成功人士。

投资人会对连续创业者很感兴趣，我们这一季基本上四个投资人，后来徐小平老师因为拍的素材不够，这一季没有办法上。所以我们这一季就是红杉资本的沈南鹏，高瓴资本的张磊，还有 IDG 的熊晓鸽。有的人还做了上下集。

潘奕霖：你做财经节目做了这么久，以媒体人的视角看财经这个世界，有什么收获？

史小诺：就是有点儿跨界。我觉得媒体人如果要做财经，你一定要对财经了解，比如说我采访一个人，我得把网上全部的东西都看了，直到把我"看晕"

为止，点开一个链接又来了一串链接，我趴着看、躺着看，换个姿势看，我的总导演说不要看那么多，说网上有些信息是有偏差的。

潘奕霖：但还是忍不住要点开。

史小诺：还是要点开的，真的是一个链接后面一串链接，其他的相关文章都出来了，看晕了。但是至少了解他了。所以，我们不敢说很财经，但是看多了，它还是有一定的规律可循。所以，包括我自己的朋友圈，我发的内容百分之七八十跟财经相关。

潘奕霖：咱俩有很多年没见了，当然，电视上能见你。我看你的朋友圈内容，会觉得我们三观挺一致的。上周你转发了一个关于海底捞的妹子奋斗的故事，说看得热泪盈眶，我点开了，确实很励志。

史小诺：通过发朋友圈，会发现有哪些人跟你是比较有共鸣的。

潘奕霖：你只是关注成功人士，还是也会关注很多在不同的领域奋斗的人？

史小诺：让人感兴趣的。

潘奕霖：这个人你没有想过让他上你的节目？

史小诺：海底捞的张勇吗？他不肯来，他从来不接受媒体采访，国内有一些像任正非、马化腾不怎么接受采访。但我们也不放弃，可以等，现阶段十年不上，未来还是有机会合作的。

潘奕霖：不过顶级大咖就那么几个。

史小诺：我觉得未来还是会有很多人来上我们的节目的。我们做到第四季了，在财经圈里还是很高端的。别的节目只能在演播室，我可以走进他们的生活，走到田间地头，比如曹德旺他们家的院子里，他在那儿荡秋千我们都拍了，头发是翘着的……这些都有，这些多鲜活，多好啊！

潘奕霖：你挺坚忍执着的。

史小诺：这是被逼无奈。

潘奕霖：你是理解他们的。

史小诺：人家可能有他的阶段性的需求，所以我觉得也没有关系。

潘奕霖：刚才我等你的时候，你端着咖啡走过来，我看到的是一位很职业的都市女性，也惊诧于你没有变化。你比我低两届，当年在学校还挺注意你的。

史小诺：我在学校多胖啊。

潘奕霖：脸有点儿婴儿肥，但毫无疑问是漂亮的，而且我记得你有一阵喜欢穿一身黑，走"颓废范儿"。我想说的是，我印象当中你挺"广院"的，挺"播音系"的一个女孩。可以回忆一下广院的生活吗？

史小诺：其实是很糟糕的。

潘奕霖：是迷茫吗？

史小诺：对，不知道自己要什么，进了大学就好像进了保险箱一样，毕业后我就去了省台，我也没有想进中央台，因为我觉得进中央台得削尖了脑袋，我不是那种性格。

潘奕霖：在学校期间你参加"广院之春"、歌手大赛之类的吗？

史小诺：我参加过，表演了一个舞蹈，也加入了艺术团。跳不动还在上面跳，我觉得很好笑，那个时候太胖了，但还是很想参加学校的活动。没勇气去参加学生会的竞选，这个也是让我觉得很遗憾的。虽然有这个想法，但是不去做，总在最后的时候往回缩，这是我以前的毛病。

跳舞是因为在军训的时候征集新生参加，我高中跳过《在希望的田野上》，是一个群舞，我只好把它改成独舞了，觉得这个舞蹈还不错。后来在"广院之春"也跳过一次，也没有被太起哄，但是肯定很胖，第二段全部忘了，又把第一段重复跳了一次，当时很紧张。

潘奕霖：你上学期间对哪些后来大家熟悉的主持人有印象？

史小诺：太多了，刚入校时，我们对你们八九班是最崇拜的，然后是九〇级，大四的跟我们已经不搭界了，他们要毕业了。在我们新生的眼里最漂亮的应该在大三的时候。对你们班有印象的太多了。

潘奕霖：都有谁？

史小诺：你们班康辉、海霞、桑艳……太多了。你们班好多去央视的。

潘奕霖：你说得对，我刚入校时对八七级的印象很深，比如李咏那个时候就是长头发了，一般到了大三大四气质就出来了。

史小诺：对，我们刚进去时像土包子。大二的跟我们离得很近，会觉得亲近一点儿。

潘奕霖：李咏师兄也是财经频道的主持人，当时你们有共过事吗？

史小诺：他是属于红得发紫的那种主持人——《幸运52》，那个卡片一飞……有一段时间，我播《经济信息联播》是晚上的直播，直播完了以后，他会在过道等着，等新闻一下他就上去了。他要做一段预告，不知道是《非常6+1》还是《幸运52》的预告。所以我们俩会简单地打个招呼，因为直播完了之后，中间有一个广告的时间，他其实就是打个招呼。我有一个印象，李咏非常敬业。

潘奕霖：每一个成功的主持人背后都是下了比别人多好几倍的功夫。

史小诺：对，印象很深，一个是栏目主编说过，还有我们二套的主任，是在出差的饭桌上说的，说李咏太敬业了。

潘奕霖：李咏突然离世，我们这些校友很震惊也很惋惜。

史小诺：对对对，太诧异了。那天上午，我是入驻了今日头条，然后头条的人马上给我发一个微信，告诉我。

我太诧异了，一个是没有听说过这个事，还有一个就觉得怎么这么年轻啊？他是1968年出生的，现在正是享受生活的时候。

潘奕霖：大家会以各自的方式怀念他。

史小诺：是的。

潘奕霖：说到生活，你结婚挺早的。

史小诺：前两天还有人问我女儿怎么这么大了。我大学一毕业，二十四岁就结婚了，二十五岁就要孩子了，现在想来也挺好的。

潘奕霖：怎么协调职场、家庭、孩子之间的关系？

史小诺：怎么讲呢？父母所做的事对子女来说太重要了，比如说我女儿，她这次刚回来就要走。

潘奕霖：美国还是英国？

史小诺：美国，在波士顿读大学，也是学传媒。她们暑假特别长，有三个月。

有一天下午阳光特别好，我们说去中山公园吧，我们在里面转了三圈也没有什么人。那时候大概5月份，那种下午的阳光特别美，看着护城河，就随便拍一点儿照片，我就跟她聊我拍的这些人和我的一些感悟，她说妈妈你真棒，她觉得非常好。

她就是真心地觉得好，就像我们刚刚采访李斌，做了上下集，他不是有三家上市公司吗？蔚来汽车总部在上海，他那天要去德国，他老婆回北京，他们就在上海的机场见了一下，就在车上。我们拍到一段画面，他们跟儿子视频，完了以后李斌匆匆忙忙去德国，他老婆回北京。这个记者就在车里面问他老婆："他这么忙，留在家庭时间比较少，你觉得他这样做父亲合格吗？"她回答："合格呀，有的老公在家里是玩电脑、玩手机之类，或者陪孩子两个小时。但是远远不如爸爸完成自己的梦想，做好了一个什么事，榜样的力量是无穷的，我觉得这比两个小时的陪伴强太多了。"

所以我觉得，当你做一个事把它做成的时候就会有很大收获。我总跟我老公说："你这个是假喜欢，一会儿喜欢这个了，一会儿喜欢那个了，你要把它这个闭环完成。"他喜欢一个东西，我老说，你的目的是什么呢？比如喜欢一种石头，他买了很多，我说，你的目的是什么？他说别问目的。怎么不能问目的呢？我就想问个为什么。

潘奕霖：媒体人的特点。

史小诺：我是认为要把一个事完成的话，势必会遇到很多困难，没有一开始喜欢那么简单。你本来喜欢，当你完成了，里面有太多的困难，所以我觉得李斌他老婆这个话说得挺对的，你是陪伴了，我疯玩两个小时也挺好的。但是那个不是很有质量。你一直去做一个事，把它做成了，你可以给你的子女讲啊。把做事的感悟能多交流一下，我觉得还挺好的。

潘奕霖：这个不但是你自己的体会，也是你采访那些嘉宾之后得出的一个结论。

史小诺：对，因为他们太坚忍不拔了。你能受多大的折磨你就能成多大的事，如果你受不了那么大的折磨，你就别想去做那个事。可想而知，这些人受了多少折磨，不管你成或者败，所有的终极压力都在你一个人身上。员工不会管你成不成功，我只要拿我那份钱，所有的压力在一个人身上。我觉得他们很辛苦，真的。

潘奕霖：所以他们才能脱颖而出。

史小诺：这些完全是大咖给我带来的，因为你要接触他，你要了解他，你要把关于他的材料全部看完，你才能跟他聊，拍的过程当中给了你这么多的东西。

中间做到第二季的时候，我们发现企业家很难邀请，我曾经想过做其他人的，所有的人物都做，后来被我们否定了，我们只做压力最大的这群企业家。

潘奕霖：昨天我跟王凯聊天，他公司有五百多人，其实他也很忙，能想象这些人都是跟着老板在干，他的无形压力有多大。让这么多人活得很好，这个是需要付出比常人更多的。

史小诺：他状态挺好吧？

潘奕霖：挺好的。

史小诺：你觉得他压力大吗？

潘奕霖：超级大，就感觉他没有时间，很忙。但他是乐在其中，最早做《财富故事会》，后来自己创业，他自己也说，做《财富故事会》的时候，他见了很多成功的创业者，他发现那些人身上有一些常人不具备的东西，这些会经常激励着他。所以你们会被采访对象所感动，这一点是作为一个传媒人的优势。

史小诺：而且他特别幸运的是，他把自己真正的爱好和事业结合起来了，他本来也爱这个，他夫人也喜欢这个，把这个转换得很成功。

潘奕霖：你也迷茫过？

史小诺：迷茫期肯定有，有很长的时间确实不知道自己要做什么，包括生活的重心和工作的重心，但是我觉得一定要去想，争取去做，做太重要了。因为你只有做了才能知道能不能成，像这个节目就源于我的一个想法。

潘奕霖：你这个栏目完全是你自己想的？

史小诺：完全是自己空想的，我是原创的。怎么想到做这个事呢？我看到《三联生活周刊》的一篇文章，写那一年春晚的事，总导演哈文把这届春晚做得特别好。我心想：哈文不也是播音系的吗？她能做这么大的事，我能不能也操盘一个事，我也想主宰自己的命运，哪怕是一个小事呢。我当时就特别喜欢央视十套的《人物》。我觉得，我做企业家栏目吧。

潘奕霖：看了一篇文章后产生的灵感。

史小诺：就是这么一篇文章，我在书里写了，一个朋友跟我说过，如果一年当中有一两次火花的话千万不要放过它，你要想想你是不是可以来做这个事情。这句话鼓励了我，就这么开始了。刚开始没有团队，就我一个人，就不停地跟人聊。我心里想的是，我要在王石登完珠穆朗玛峰之后，在珠峰下面采访他。俞敏洪小时候不是受他母亲影响很大吗？我要跟他在那个院坝里坐在板凳上聊，但是没有想记录，没有想那么多，只是我觉得这个场景会刺激出人的故事。然后"真枪实弹"找人来做这个事，第一拨团队做出来根本不是我要的东西，很死板，很80年代，我又换了台里两三个人出主意，还是不能落实成产品。然后又跟我的闺蜜杨云苏聊，她是新闻中心的一个主编，是陈虻的徒弟辈儿，她的想法一下子打动我了。

潘奕霖：节目定下来之后，还需要向频道争取给你一个时段、广告。

史小诺：没有广告是不给你播出的，除了联系大咖，还要卖广告，什么都经历了。

潘奕霖：对于你绝对是一个很大的历练。

史小诺：太大的历练了。

潘奕霖：你运气似乎不错。

史小诺：一切都成了，而且这个事超乎我的想象，我只想它是一个栏目，也没有想到《遇见大咖》在财经圈如此的地位。像秦朔老师，他跟吴晓波在财经圈地位挺高的。秦朔有一次在群里留言，说《遇见大咖》做得太好了。他说："我觉得你采访得很轻松，但是可以看出来你们做足了功课，因为这些人我也都采访，也都做，其实视频的东西是非常打动人的，绝对不是文字可以达到的。"所以我就知道我现在已经冲在最前面了，别人再来复制这个非常难，我们已经拿下了二十七个人，要再拿这些人都很难。有些人是再也不会接受任何团队跟拍他，因为我们已经做到头部了。

《遇见大咖》企业家开放的尺度已经最大化了，不会再有人拍到了，所以我觉得我们基本上把这个山头占领下来了，后面再来做企业家人

物的话，不太会让你这么跟拍了。

潘奕霖：貌似是一个偶然火花的闪现，其实在之前你是有将近十年主播财经新
闻的积累，这个是不是也很重要？

史小诺：嗯，脸熟，让我更被容易联系到企业家，希望我们节目每一季出来都
达到预期甚至超预期。

潘奕霖：你说预期是各种反馈还是什么？

史小诺：我们第一季叫《你从哪里来》，所有频道的人都觉得这是谁做的？是
你做的吗？觉得不可思议，我们拍到了柳传志一个人孤独地在游泳池
里游，来回一个长镜头，而且第一个镜头就是他，戴着游泳镜在那里
游泳。

潘奕霖：很有纪录片的感觉。

史小诺：对，完全是纪录片。柳传志上过央视几十次了，但是绝对想不到第一

个镜头是他游泳，七十多岁的老头儿柳传志，一个人在来回游泳，一个长镜头。

我们真是一个一个拿下来以后，与所有的大咖建立了信任。

再比如说沈南鹏也很难邀请，公关说可能要去《朗读者》。但是后来还是上了《遇见大咖》，他真的觉得上对了。关键是我们能通过我们的镜头传递正能量的、温暖的东西，光在演播室聊，没有深入到生活还是不行的，但是深入生活很难，人家还是觉得不方便。我们大部分也都是工作场景，拍王石有幸去到他在深圳的家，其实我们从来不只是拍这些人在做的事，比如李斌做蔚来汽车，全天下的人都知道他对标特斯拉，我们不光要这个事，我们要的是做人的逻辑和做事的逻辑。

潘奕霖：*你这个切入点很独特。*

史小诺：对，所以你在跟拍的时候就知道自己要什么，绝对不是在场上发言那部分，而是你下来如何疲惫，在车上怎么睡着了，你跟人发飙的时候……这个是我们要的，为什么他能成事。我和编导会反复沟通，比如我们在哪儿做采访，哪些问题是必须要的，我们要的是状态。

潘奕霖：*我觉得你做这个节目很难，拍摄对象需要特别信任你才会让你拍这些东西。*

史小诺：对，最开始很难，你要跟他沟通，我们现在做出来二十七个人物，后面的人就会简单一些，因为知道《遇见大咖》的水准是在那儿的，他们是完全可以相信它的，即便中间有一些小问题。比如百度李彦宏，节目里我们必须要提到贴吧事件，节目不能失去公信力，我不可能说你全部都好，那是绝对不行的，我们会有质疑，他是理解的，只要我们是善意的就可以了。

潘奕霖：*对，这一点很重要，让他看到善意，他就会对你比较放心。*

史小诺：对，我的个性也不是咄咄逼人，我也做不了咄咄逼人。后来有一个嘉宾参加研讨会的时候说，史小诺你的问题其实好吓人啊，但我是真诚的、善意的，我必须要问，对方还是会因为你的真诚而回答，即便你的问题难以回答。

潘奕霖：还是要回答你。

史小诺：因为他觉得我没有攻击性，我是发自内心地关心他。我肯定要问，我不能不问。我最开始很害怕，但是后来问得多就好了，所以还是能问到一些东西。

潘奕霖：你现在成为栏目的核心人物。

史小诺：我和我的总导演分工非常明确，我所有的关于业务方面都是从他身上学到的，比如说我跟拍一个人，有些地方是我必须跟一两场，我们会在片子里有呈现。我会回来问他，有些地方让我特别遗憾和汗颜，这个镜头我怎么没有拍到？或者那句话你怎么没有给我拍啊？会心痛。做了这个节目，有了编导思维以后，就跟主持人完全不一样了，因为编导很抓狂，你怎么这个没有给我问到？他片子不好呈现。所以我就会从他们的角度来想，我在前期拍的时候就得想到哪些东西是编导想要的。比如那天王小川在路上随便说了一句话，他说："其实坐飞机对于我们来说是最好的休息，我坐飞机这一两个小时是最放松的。"这句话非常生动地体现了他和常人的不一样。我们的镜头是对着后视镜的，我就气着了，我说这句话你怎么没有拍下来，摄像说我拍着呢。镜头对着车的后视镜，但是声音收进去了。我在这个过程当中完全是编导思维，我知道哪些东西是后期非常需要的，编出来是好看的。

潘奕霖：角色发生了转变，小诺现在是全方位的媒体人的感觉。

史小诺：特朗普说过一句话，他做生意的过程中，他的父亲跟他说："你要对你所做的事情了如指掌，知道每一寸地方，你必须得全部了解。"你既然要做这个事情，怎么可能有些地方不了解呢？这是不行的。

潘奕霖：方方面面都得了解。

史小诺：除此之外，还得有前瞻性，有决断。他们是商人，说哪个地方不了解不知道，这是绝对不可能的。其实跟我们做片子是一样的，如果做《遇见大咖》，片子需要什么难道你不知道？这是不可以的。

潘奕霖：觉得你是慢热型的，因为刚刚你说到来到央视这前十年，觉得有一点没有抓住，但是现在你的状态就非常好，每个人爆发的点不一样。

史小诺：我本来是慢热，但是我做了采访就不能慢热了。尤其第一个问题非常重要，就像片子的开头。不惜把所有才华用在第一分钟，一定要第一个问题就抓住他。

潘奕霖：抓住这个嘉宾还是观众？

史小诺：片子在一开始就要抓住观众，如果是采访第一个问题就要抓住嘉宾。比如我问沈南鹏的第一句话，原来编导给我的问题是：你最近在投什么？约定的本来是 2018 年 1 月 4 号，后来挪到了 19 号，时间节点是 2017 年刚刚结束，2018 年刚刚开始。所以我第一句话是说："你刚刚过去的一年过得怎么样啊？"他的回答却大大出乎我的意料："非常糟糕。"这是一个多么让人意外的回答。

潘奕霖：一下子打开了他的思绪。

史小诺：对，他肯定会说自己这一年是怎么过的，话匣子一下子打开了。当然也不是所有的问题都是这样的，每个人的第一个问题都不一样，但一定是对他真的表达出关心的真问题，让对方迅速进入状态。你老跟人家慢热，人家只有一个半小时，还没有等他热起来，我们采访就结束了，他还有下个会议等着呢！所以你要快速地让他进入状态。

潘奕霖：因为你采访那么多人，做了传媒这么多年，你觉得提问这方面有什么秘诀吗？

史小诺：我觉得每个人都不一样，但是最重要的就是功课要做足。你的经验也很重要，你要不停地采访人，你要不停地跟人打交道，而且还要不停地总结，不能觉得自己做得很好了。因为主持人就跟运动员一样，永远归零，今天做得很好，下次不一定就做得好。你要跟他的气场迅速达成共振。

潘奕霖：你觉得你是什么性格？用几个关键词概括自己。

史小诺：我是白羊座，AB 型血。白羊座行动力超强的，我一想到某一件事，巴不得下一秒就发射出去，它能造成两种后果：一个是非常好；一个就是冲动是魔鬼，很糟糕。比如，我如果特别不高兴，马上就发作，直脾气，这个不好。AB 型也很分裂，一会儿很开放，一会儿又很闷，不爱说话。

潘奕霖：那你是典型的辣妹子，重庆姑娘。

史小诺：不是，完全不辣，没有办法跟人家吵架。

潘奕霖：能吃辣吗？

史小诺：非常能吃辣，无辣不欢，口味完全是重庆口味。

潘奕霖：北京、重庆、成都是你生活最多的三个城市吗？

史小诺：其实就是重庆和北京，成都只是工作过两年而已。

潘奕霖：那跟我们聊聊你心目中的重庆，作为一个重庆姑娘，你觉得你的家乡有什么可以跟大家推荐的？

史小诺：重庆，第一就是吃，而且我觉得现在全国人民都能吃辣。我那天吃火锅的时候，隔壁桌不知道是东北的还是哪儿的，还说不够辣呢！重庆

还有就是麻，所以我们家里花椒面、花椒油必不可少，有些菜是必须要麻的。

潘奕霖：重庆人呢？

史小诺：重庆人很火辣，急脾气。

潘奕霖：嗓门也大。

史小诺：很容易发生冲突，七八十年代，重庆人就是会打起来。成都人会打嘴仗，重庆人动手。像我这样好脾气的人在重庆不多，因为重庆人太厉害了，我从小在班里就属于很温和的人，跟他们成不了朋友，而且也很害怕那些很厉害的女生。女生尤其厉害，男生还好一点儿。

潘奕霖：你小时候也是属于乖孩子？

史小诺：对。

潘奕霖：*当年怎么想的考广院，考播音系？*

史小诺：就是意外。我以前在万县，很偏的一个地方，是因为父母大学毕业分配到那里。我们那里很闭塞，根本不知道北京广播学院这个学校。我家隔壁有一个男生，我们小时候一块儿长大，他考的南开大学。当时重庆火车不能直达天津，只能先到北京，他坐火车到北京，他的邻座就是北京广播学院新闻系的女孩，而且他还爱上了这个女生，他就跟她去了一趟广院，去吃了食堂。他回来后告诉我，史小诺，有一个学校叫北京广播学院，而且还有播音系呢！我根本不知道有这么一个学校。我经常想，我们军分区下面有个大喇叭，喇叭里有广播员，我觉得这个工作挺好。他说有播音系，我才知道有这么一个学校，但也没有想，我哪能考得上。

潘奕霖：*那个时候按省录取，一个省一个名额。*

史小诺：对啊，根本不知道。高三的时候，我同桌拿了一个《四川广播电视报》，上面有招生信息，招生的简讯就说北京广播学院播音系今年在四川招生两名，这样才去打听说在哪儿考啊，应该是省会城市成都吧，于是先坐船到重庆，从重庆坐火车到成都去考试。

潘奕霖：*这么难。*

史小诺：不容易啊。第一年进入了前十，但是最后没有被录取，我就想再试一次。

潘奕霖：*你在 1990 年考了一次？*

史小诺：对，1990 年考了一次，我妈就说那再试一次吧，第二年要是再考不上就没戏了，就又考了一次，结果考上了。

潘奕霖：*小时候普通话怎么练的？*

史小诺：就是喜欢，莫名其妙喜欢。我觉得我的朗诵比我们班所有的人，包括比我们语文老师都说得好。

潘奕霖：*你是喜欢听广播、看电视。*

史小诺：喜欢听广播，中午回去听广播小说连载：《愤怒的天使》《夜幕下的哈尔滨》……一回去就把收音机打开，如痴如醉地听。

潘奕霖：*这个还真不容易，那个年代互联网还没有那么发达，居然是这种原因激发了你的兴趣。*

史小诺：对，是邻居的介绍我才知道有这么一个学校，所以真的是机缘巧合。而且我很庆幸，我觉得我适合做这个。

潘奕霖：*你为什么觉得自己适合？*

史小诺：当年我考了演员的，考的四川省人艺，也考上了，同时来了两份通知书，省人艺给我解决工作，相当于你进去就是省人艺的演员了，直接参加三年的培训，宿舍也都分好了。我小时候参加过小品表演，我觉得那个太烦人了，一遍又一遍彩排，你非得走到这里，做那些动作，还要哭、假哭，我不喜欢。所以我选择去广院。

潘奕霖：你最终做的一切还是跟你的喜好有关。

史小诺：很幸运。我好像特别喜欢提问。喜欢问很傻的问题。我们这次采访了一个投资人，是高瓴资本的张磊，在刘强东只需要 7800 万美金的时候，他投了三亿美金。他说因为你没有三个亿就干不起来，你没有把这个事想通，你就不知道你要干吗，我给你的三个亿，只是让你把"护城河"挖起来。我虽然是学文科的，并不是学投资的，但是我能问傻问题，我的傻问题也许也是观众的问题，可能也是根本的问题。我不怕，我不懂我可以问。我后来觉得可以问傻问题，没有什么大不了的。

潘奕霖：这也是一个优势，一直在学习，一直在提问，一直在吸收。

史小诺：我觉得还是很有意思的。

潘奕霖：你的业余时间、业余生活多不多？有没有时间发展自己的爱好？还是工作已经成为你的一部分了？

史小诺：我觉得我现在工作肯定是最重要的，但是比工作更重要的就是身体和健康，所以我从去年 3 月 18 号健身到现在，一周两次教练健身。我争取这个事不要被其他的事给耽误掉，至少一周两次，跟教练做力量训练，有时候做有氧运动，跑步机上跑三十分钟。你会发现所有成功的人，他们的身体都太好了，要不然他早就干不动了。我以前身体一直不太好，现在很重视健康问题。通过锻炼，身体比以前好多了。所以我如果出差，一定要争取带上运动鞋和运动衣，我就可以上跑步机，一下子精神就焕发了。

潘奕霖：北京这个城市带给了你什么？

史小诺：北京的精神就是包容，我觉得我喜欢北京的阳光，我今天跟我妹视频的时候，她说你们阳光这么好？我说我们天天都这样。

潘奕霖：*你妹还在老家吗？*

史小诺：还在重庆，那儿经常下雨，我不喜欢总下雨的地方。我喜欢北京的阳光和干爽。在这里什么人都可以见到，你想做什么事情都可以。

潘奕霖：*你旅游去的地方多吗？*

史小诺：我跟其他人不太一样，我去的地方特别少，我也不是特别喜欢去国外的人。而且我现在觉得日常生活太有趣了，我没有那么多的时间。但我喜欢说走就走。比如这个月在北京待得腻了，锻炼也锻炼了，学习也学习了，这样周而复始，我就想出去一下，哪怕一天、两天，我最喜欢是两天的，比方说去个乌镇。我喜欢住民宿。

潘奕霖：*一般会拉好朋友还是自己去？*

史小诺：我一般跟老公去。

潘奕霖：*既是生活伴侣，又是精神伴侣。*

史小诺：对于出去玩，我老公完全听我的。他什么都不知道，去哪儿几点出发都不清楚，我会主动去提前准备。我对住要求高一点儿，喜欢郊外的酒店，我不是特别喜欢住在城市中心，出去就是商场，我不喜欢，我喜欢让我特别放松的地方。我也不喜欢去景点，我老公也听我的。

潘奕霖：*你还是比较热爱生活的。*

史小诺：这个都是后来才有的生活情趣，我写的一本书叫《四十而立，也不晚》，真的，我三十几岁都是晕的，不知道自己要什么，不知道去哪儿玩，都是听别人的，我感觉我现在变化特别大。

潘奕霖：*别人是三十而立，小诺是四十而立，比别人开窍稍微晚一点儿。*

史小诺：晚太多了，我的新书发布会请了白岩松和潘石屹，潘石屹说不是三十而立吗？怎么书名是四十而立？我说对啊，我比别人整整晚了十年。

不过旅游真的是我生活当中必不可少的部分，去一个古北水镇也算，看我把旅游弄得很泛，我会连续两周都去清华大学看秋天的叶子，我今天从这边进去，可能下一次走东门，东门有美术馆、艺术博物馆。在清华大学买杯 9.9 元的咖啡，吃个食堂也会很开心。

潘奕霖：这是你开辟出的一种旅游方式。

史小诺：对，别舍近求远，圆明园就美得不得了，我妈看我发的照片，说这个圆明园怎么这么荒芜，到处杂草丛生。我没有去遗址，没有去那边，人全部往那边走，我就往这边走，全都是河塘，我觉得怎么这么美啊，怎么这么好啊。到了四十多岁以后，你会体悟到以前你看不到的好，而且我发现人一定要有安排，比如说你今天一天没有事，没有安排，去个潘家园也行啊。

潘奕霖：你是不能闲着。

史小诺：对，起码脑子里想想，哪怕我今天做家务也有一个安排，我今天就煲汤或者洗衣服，去一个附近的星巴克，或者今天看一场电影，你不能在家里一直待着，这肯定不行的。有一次我跟一个闺蜜发微信，她半天不回我，后来她说刚才没有注意，在看一个剧；我一看时间是早上九点半！我想说的是，绝对不能在早上看剧，早上一看剧，一整天都是晕的，你觉得这一天过得很糟糕，很没有意思。人是往下走的，长此以往，会给你的生活带来很不好的影响。这是从我女儿身上学到的。

潘奕霖：女儿也教给妈妈一些东西。

史小诺：有一天没事，下午四点半的时候，我说管他的，我们来看一集《延禧攻略》，反正现在没有事。我女儿说不行，不能现在看，要做别的，我女儿就是这样的。

潘奕霖：你女儿很有态度，很可爱。

史小诺：对，不许我看，我要等到八点半以后才能看。就是你不能在白天看，你可以做其他事不让自己陷下去，不然那一天全往下滑。这些生活经验都是自己体会出来的，但是挺好玩的，虽然是很小的事，却都是生活的小原则。

潘奕霖：很实用，对于年轻人来说很实用。刚才你说的女性婚恋也好，择偶观也好，爱情观也好，或者是事业，这个能不能再丰富一下？谈谈你的想法，我觉得挺有意思的。因为确实在北京，大家都很着急。

史小诺：其实我也很着急，我对我女儿现在就开始着急了。

潘奕霖：家长都会很急。

史小诺：我觉得要分两个方面来看，你也不能完全不急，还是得把它当成一个事来做，你要知道你想要什么，都和什么人在一起，你要去和不同类型的人接触。还是要回到刚才我说的那一点，你要沉迷于自己热爱的事物，这是核心，你自己自信了笃定了开放了，别人就会注意到你。

潘奕霖：你才会有相应的魅力吸引别人。

史小诺：如果你自己过得很好的话，即便四十岁、五十岁，那个人都会在那儿的。我还是希望我女儿更多地接触，不能说不谈恋爱或者完全不急，我觉得不冲突啊！婚姻有时候像赌一样，但是你要清晰地知道自己要什么，至少不能糊涂。

潘奕霖：你对单身女性有什么建议？

史小诺：你自己一定要很嗨，因为我觉得如果自己很嗨，最起码保证你的生活有一定的品质，你是独立的个体，有独立的认知。寄希望于别人是不行的。我认为女性到任何时候千万不能有依赖二字，你到最后会发现依赖谁都依赖不了，对方根本不能给到你想要的。包括我也一直在调试或者妥协。如果你觉得他 80% 还可以，那 20% 肯定要妥协。但是我们争取在婚前多了解，两个人的价值观一致。

潘奕霖：你很自信。

史小诺：我觉得人作为一个个体来说，你没有办法要求别人，因为人在自己的世界里都是我为大，我是最正确的，我是好的，我是对的。你让对方丧失了他的自我也不公平，因为你的价值观是这样的，他的原生家庭是那样的，你觉得你是对的，他觉得他是对的，那么在婚恋之前尽量去尝试，多跟对方进行思想交流，我喜欢什么样的生活。但是往往由于年轻，很容易忽略这些，光是荷尔蒙、内啡肽，反而没有想到多交流，对方是什么样的人，他的价值观是怎样的，金钱观是怎样的，你都要了解。我觉得我有一点儿小富就可以了，但是对方不，他想做更大的事。你能不能接受这样的人？也许他为了追求，就让你一贫如洗了呢？都有可能。你就要多去跟他交流这方面的事，但是由于我们年轻，往往觉得这个不重要，光去享受爱情那部分了，结果你没有想到人其实是过日子，爱情不是一辈子的事。

潘奕霖：更多的就是日复一日的生活，也希望小诺这番话能够给年轻读者有所启发。

史小诺：首先一定要充盈自己，让自己很嗨，去找自己喜欢做的事，我今天喜欢做糖醋排骨，我一定去做，买最好的排骨，买最好的酱油来烧，让自己高兴，这是首要的。

潘奕霖：讲讲这些年你最遗憾的事。

史小诺：三十岁到四十岁，三十岁到中央台，本来应该是最好的年龄，但是我整个人的状态是浑浑噩噩的，经常失眠。态度特别不积极，每天就像没有睡醒一样。我还是觉得我个人状态不太积极，而且由于我的不积极，我错失掉我女儿成长中很多的时间，没有给她积极的元素。我女儿一回到家，老看见我的卧室关着窗帘，不管是几点，老是这个印象。我白天黑夜都想补觉，因为我睡不着。其实我白天睡在床上也没有睡着，我很可怜自己，我常说我昨天晚上又是一宿没有睡，那个时候真的没有人告诉我，你应该去运动，也许运动了就能够把自己纠正过来。白天睡不着，晚上睡不着，觉得就像世界末日一样。如果那个时候强迫自己去运动，也许我就能自救，我就可以更早觉悟。所以最遗憾的，三十岁到四十岁之间自己不太好，没有给我女儿更多的陪伴，或者是说我给家里带来不好的感觉。我老公现在对我刮目相看，说："你想想以前都是我干这些事，酱油瓶子倒了你都不会扶一下，天天睡不着，不参与家庭建设。"相当于我的家庭生活也受了影响。

潘奕霖：*这是遗憾的。最开心的呢？*

史小诺：最开心的肯定是《遇见大咖》的成功。网友给我留言，说看了我的书，第二天马上就想去干什么，就马上想去做事了。还有人这么给我留言：其实我今天在图书馆用两个小时就把你的书看完了，但我又买了一本放在我的床头。当我有困难的时候，熬不下去的时候，拿出来翻一下，也许就能坚持了。

哪怕我周边有几个人会受到我的影响，我就很开心。我去大学做分享的时候，我会说开始就是成功的一半，你不开始连成功的可能性都没有，你一定要开始。我一般会劝他们，你们今天晚上干吗？有安排吗？不如马上买一双运动鞋就在操场上去跑步，跑两圈。

潘奕霖：*还有什么愿景或者是梦想？*

史小诺：我觉得人随着年龄的增长，自己的愿景和梦想就越来越多。以前年轻，不知道自己要什么，好像一眼望到底，大不了播个几十年就退休了。现在会想得越来越多，我当然是希望我的职业生涯能够很长久。记得撒贝宁在做一个节目时说了一句话：就是六十岁开始也不晚。的确，我现在能奋斗就多奋斗一下，它可以给你带来很多新鲜的东西。我希望我的职业生涯能再长久一点儿。

潘奕霖：这样挺好。

史小诺：要不然退休在家里，天天过安逸的日子，天天给你大量的时间喝咖啡，那也没意思，对于我个人来说，当然职业生涯是第一的，不要把子女放在第一位，也不要把老公放在第一位，我是最重要的，自己好了家人才能好。

潘奕霖：过好自己。

史小诺：我有时候跟我老公说，女儿最近怎么老不跟我发微信，也不跟我视频。他说，其实这才好呢，她不需要你，说明她很充实，这不是很好吗？如果女儿老是说妈妈你来陪我吧，我自己也会跟着着急上火。我女儿前一阵碰到一件事，我巴不得马上飞过去，她却跟我说："这不是事儿，你不用陪我，我需要你我会跟你说的。"永远要爱自己，这是最重要的。其次就是希望我的女儿好，因为我和我老公这种模式已经非常好了，我自己的事业很好，我希望女儿也能享受到这种工作上的快乐，然后找到一个优秀的人。

潘奕霖：这是一个母亲最真实的想法。

史小诺：我觉得另一半很重要，有一个节目采访比尔·盖茨、巴菲特："你这一生最幸福的事是什么？"两个人的回答竟然是一样的："我找到了我的另一半。"答案竟然不是创立微软，也不是创立伯克希尔·哈撒韦公司。因为陪伴你的人和你一起创造了你们的生活方式。所以我很想我女儿在自己强大的同时，能找到一个跟她很匹配的，精神世界有共鸣的人。因为她就是我的延续。

潘奕霖：*你希望她将来是回来还是尊重她的意愿？*

史小诺：我肯定尊重她的意愿，但是她是想回来的，她觉得有根。

潘奕霖：*她可能在北京待的时间更长吧？*

史小诺：对。

潘奕霖：*她会觉得自己是一个北京小女孩。*

史小诺：她从来没有觉得自己是重庆小女孩，就是北京人。但是她跟原住民不一样，她是那种新北京人。因为她是小学才来北京，她喜欢北京，哪里也不如大北京。

潘奕霖：*小诺对学传媒的年轻人或者对广院的师弟、师妹们有什么建议或者寄语呢？*

史小诺：我觉得现在的机会特别好，自媒体这么多，当然大平台可以给你很多东西，能进去肯定要进去。现在年轻人接触的信息太多了，人往往不好做选择是因为信息太少了。信息多，你就可以去揣摩你自己要什么，你可以表达自己，做一个公众号，还是做自己喜欢做的其他事情，中央电视台也好，或者是腾讯视频也好，爱奇艺也好，这都是特别好的平台。去找自己喜欢的，因为有喜欢就不会存在坚持二字了，就是一个乐趣了。现在年轻人比我们那个时候的机会多得多。你可以去考腾讯视频、爱奇艺，都会张开双臂拥抱你；中央电视台每年也有校招；如果你想做自媒体，也可以创业；你也可以学国外视频的生产方式。你喜欢做什么，就跟人聊，看谁可以帮到你。内容平台都需要好内容。

潘奕霖：非常好，既然你四十而立，那我希望你五十不惑。

史小诺：谢谢师哥，我加油。

仰望星空

丈量大地

郎永淳

2018.10.24

主持人们有一个人数不少的微信群，郎永淳从央视离职后在群里约大家吃饭，那天是这个群最盛大的聚会之一。在"新冠"疫情之下整理文字的我，每每会想起那次同行们热烈聚首的场景。

郎永淳本科学的是中医，在广院播音系双学位学习后主持了在20世纪90年代中期创办并一度非常火爆的《新闻30分》栏目，后担任《新闻联播》播音员，又从央视辞职加入民企。这是人们对郎永淳的一些基本信息的了解。

他对妻子与儿子的爱与责任，也是令人感佩的。

在与他的这次对话中，我强烈地感受到了他的互联网思维，他的企业经营理念，以及对全球化的关注和个体如何在这个风云变幻的世界上存在与立足的深刻思索。

这与本科是播音专业的我们有很大的不同，也说明了一位优秀的复合型人才对于做好一个媒体或是一家企业同样非常重要。他，是一个难得的人才，能做好主持人，也一定能在别的领域发光。

他在谈话中坦率地提到"虚荣心"的问题，这是他说的"三心"之一，他认为"虚荣心"也是做好一名主持人可以具备的特点，也可能是做成其他事的原因之一。

类似让人产生兴趣的观点在他的谈话中还有许多，他就是那个坦诚、聪慧、务实、优秀的"央视前主播"。

5

地 点：亚运村郎永淳办公室

时 间：2018 年 10 月 24 日

受访者：郎永淳

潘奕霖：发现这个办公楼公司很多，电梯里上上下下的有很多人，那你作为一个名人、前央视《新闻联播》主播，你会不会被大家指指点点？

郎永淳：肯定会。这个楼以前是京东的，所以整个京东在搬到亦庄之前就在这个楼办公，现在还留了三层作为办公室。刚到这里办公的时候，会有一些人来问我，能跟你合张影吗？现在的这个氛围和原来的相对封闭的工作环境完全不一样。

现在我们面对的是一个开放式的、竞争化的社会，你要重新认识自己，或者说重新给自己做一个新的定位。之前的工作给我带来的好处是我在进行商业活动的时候，会很迅速地去降低信任成本，沟通变得相对方便。但是也会有一些压力，这个压力是自己给自己提出来的，也来自因为外界的关注而造成的压力。但是，我这个人不是特别在乎别人怎么看我，更注重我自己怎样向内去审视自己，能不能有一个更大的成长和提高。我进入了一个新的领域，一个非常垂直的、非常"冷冰冰"的、非常不性感的钢铁领域，我就想我能够带来什么样的价值、能够创造什么样的价值？我经常会问自己这样一系列的问题。你要去重新定位，重新出发，要去创造价值，这在以前是我很少会考虑的，但现在却是我要面对的，在商业社会中你要去竞争，要去创造价值，否则很难生存。

潘奕霖：你现在在"找钢网"的职务是什么？

郎永淳：我是首席战略官和高级副总裁。首席战略官的主要职责是协助总裁，协助我们的创始人、董事长把战略规划研究做好。因为对于任何一家企业来讲，战略的制定和执行都是非常重要的，尤其对于一个创新的民营企业来讲，我们会遇到各种不确定性的风险。2015年9月，我离开了屏幕，实际上就进入了一个学习的过程，这时也刚好赶上供给侧

结构性改革，所以我把精力放在宏观经济的研究和政策走向的把握这两方面，做一定的研究。

从事新闻媒体工作的二十年传媒经验，给我带来很多的助力，让我在整个公共事务体系的建立上，无论是制度、组织架构，还是人才的培养以及品牌的塑造等方面，都积累了经验。怎样去做好品牌的塑造，这是我重点关注的。还有一系列对外战略的合作，以及很多社会性的活动会占用我很多时间，相应来讲比以前的工作要复杂得多。以前工作环境比较单纯，作为一名主播我还是比较轻车熟路的，能够去适应它，毕竟做了二十年。但是今天进入一个创新的领域，考验还是相当大的。所以在这个过程中，我要不断地向这个行业的专家学习。我在 2016 年去北大读了一个与港大的 DBA 联合的项目，是管理学博士的一个项目，希望这能够促使我不断地处在一个学习和思考的过程中。

潘奕霖：不断学习挺好。时间也挺快的，你来到一个新的领域已经三年了。

郎永淳：真正投身于一个处于创业阶段的团队是很艰难的，分分钟你都可能挂掉，没有人去给你兜底。你在一个相对稳定的环境，是不用考虑这些问题。你在那儿只需要考虑我能够为我服务的这些客户创造什么样的价值。这些价值来自几个方面：你怎样去控制成本，能不能带来效率的提升，能不能够去防控风险。

互联网第一代叫信息互联网，第二代叫消费互联网，到现在，我们做的是产业互联网。今天凌晨三点多，马化腾在知乎上发了一问，他就说未来十年基础科学的突破会给产业带来什么？接下来的十年，消费互联网和产业互联网将会出现怎样的融合？其实基础科学目前还看不到一个突飞猛进的发展，发展需要相当多的时间。所以我们看到的这个互联网的创新，实际上技术并不掌握在我们手里，而是我们因为有了人口的红利，才有了一个庞大的市场规模，所以才会有蓬勃的信息互联网的发展。消费互联网的发展让每一个人的人性暴露无遗，我们有贪、嗔、痴，我们有各种各样的欲望，在不断被激发，那么相应地这些产品从哪儿来？根本是传统产品还是从传统的产业而来，产业如何结合互联网来做各种各样的响应。

你看我们现在通过手机端，就是移动互联网的这一端去下一个订单。例如，我儿子刚从美国回来，我上班也没时间管他，第一天回来倒时差，早晨四点多钟就醒了，醒了就饿了，然后用手机下了一个单。早晨六点，两份早餐就送到家里来了。实际上，第一是信息给它打通了，第二是支付给它打通了，很便捷，第三是响应的速度太快了。对于满足生活需求的这种服务，现在任何一个地方都可以得到快速的响应，都可以很公平地获取各种各样你希望获得的服务，并且你付出的成本比以前要低很多。所以，每一个人都希望能够付出更低的成本，获得更好的服务，产品的质量更高，我们付出的钱甚至要更低。这些需求在客户这一端已经完全被激发出来了，那么反过来一定会推到每一个产业，因为产品都要通过制造而来、服务而来、生产而来。具体到钢铁这个行业，中国钢铁的生产和消费占全球市场的 50% 以上，实际上全球的铁元素的流通枢纽就在中国，而我们"找钢网"提供的"产品"就是去满足每一个需求。

在这个过程当中，有很多的挑战，我不像做主播时那么耀眼，那么受到关注，但不影响我们扎扎实实地去把这个工作做好。比如我们一车货都是十万块钱以上的，如果钱付出去了对方货来不了怎么办？这就需要有人通过第三方平台的建设，让信息更加透明，让整个流程可视化，减少交易的成本和信任的成本。所以，我们做的就是把整个钢铁供应链串起来，然后在仓储、物流、加工这些环节把供应链的金融接进来。这样一来，就把整体的供应链的服务打通了。你一定是要沉淀出来行业的数据，通过数据的进一步分析，去减少决策的风险，去提高库存的流通和周转，去提高资金的周转速度。

我现在已经从一个新闻人转型变成一个生意人了。

潘奕霖：这是一个很有意义的转型。

郎永淳：压力很大。

潘奕霖：刚才你说到你儿子，他从美国回来，但是他很习惯地用了咱们中国的 App（手机软件）叫外卖。据我了解，在这方面美国没这么方便。

郎永淳：在美国他们也叫外卖，也很习惯，但是响应的速度要稍慢一点儿，而

且可选择的品种不会那么多。我儿子在寄宿高中，我前一段时间过去的时候，会跟夫人在晚上九点半的时候给他送餐。给他送餐的时候，也会看到一些送餐车，它的成本会高一些，而且送的大部分是比萨，可选择的品类不多，不像我们国内这个行业如此之发达。

潘奕霖：永淳，咱们这本书说的是广院人，提到北京广播学院或者是中国传媒大学，你脑海里会浮现出什么画面？

郎永淳：我在 1994 年 9 月进入广播学院，其实中传和我们没有太大的关联。我经常开玩笑说上了五年南京中医学院，毕业一年之后那个学校改成大学了。然后上了两年北京广播学院，毕业之后八年那个学校也改成大学了，从来也没有在一个"大学"里面毕业。

广播学院是一个很精致的学校，那时候我们都是小班教学。我们这一届赶上了中国广播电视事业发展的黄金年代。我是1994年到广院上学，读第二学位，1995年3月就到中央电视台实习，参与了《新闻30分》这个节目的创办。一路走来我有几点体会，一个体会就是有三个"心"，第一个"心"是"虚荣心"，也是因此我才走进广播学院。如果没有这个"虚荣心"的话，这行你也别干了，干不好，你总要有这一份"虚荣心"支撑着你。表面上你要为更多的人去发声、为更多的人去服务，但这背后的一种动力，是这个"虚荣心"。

第二个"心"是"好奇心"，你对这个行业充满着好奇，你对这个世界也充满着好奇。所以每一位好的记者、每一位好的新闻人，他一定是好奇心摆在第一位的，对这个世界一定要有无限的问题想要提出来。我开玩笑说，2015年我离开央视的时候，是因为我对这个行业没有太多的好奇了，好奇心逐渐丧失了。在别人眼里看起来很好，已经到达了这个专业去追求的那个地方。但是反过头来，向内审视自己的时候，我发现对这个世界缺少了太多的好奇，那种中年危机、那种困惑、那种压力就会来了。

新闻人都有情怀，不像生意人。生意人先讲的是价值，再讲的是情怀，你做了这个事情真正为这个行业带来了价值，可能自然而然地这个情怀就得以体现。因此，我说的第三个"心"就是"赤子之心"，就是对这个社会保持关注、保持很纯洁的向往。我想，我们进入广播学院时的初心其实就是来源于这三"心"。

我有幸在电视行业的黄金年代，进入了中国的第一媒体，参与和见证了若干的新闻事件，自己得到了提高，并且自己的这三"心"在这个过程当中，实际上都已经得到了体现。当然后面也因为各种各样的因素，有家庭的因素、个人事业成长上的因素，也有大环境背景的因素，所以我的初心发生了变化。

进入现在这个行业这个新领域之后，我觉得像一个学生一样，到了一个新的环境，激发了我的"第二春"一样，又年轻起来，又学习起来，又调动起自己全身的细胞，那种兴奋感和压力感也随之而来，我的好奇心被重新激发，而"虚荣心"慢慢地消退了。

每一个创业者都希望最终能成功，所以他也一定会有这种"虚荣心"。尤其是对于高管来讲，如果这个高管的团队没有这样一种"虚荣心"支撑——我们的团队多么地强大，我们的事业多么壮大……那么，整个团队无法保持一种蓬勃向上的态势，无法对这个世界充满好奇。这个"虚荣心"产生的动力，让我们看到问题，积极去解决问题，从而一步一步创造新的方案，创造出我们的价值，这个时候你的好奇心又得到了满足。

赤子之心也是一样，作为一家企业，其实不仅仅是为了满足你个人，也不仅仅是满足你的员工以及员工的家庭，还需要满足整个社会。这种赤子之心以及刚才我们说到的情怀，就在你创造价值的过程中得到了理解。

所以我特别感谢广院，它让我们这一批当年还算年轻的人赶上了好的时代，不是因为我们多聪明，不是因为我们有多优秀，真的就是我们在这个时代的大潮当中被推着一步一步地前进。没有广院的这样一个敲门砖，我是没有机会进入这个行业当中来，进入这个大潮当中。

潘奕霖：你本科读的是中医，广院双学位是播音，跨度是不是有点大？

郎永淳：我在中医学院里是校广播台的，也做过校学生会主席，参加过一系列

的社会活动，在学校里面接触的人是比较多的。我们那个年代考广播学院基本上都是文科生，不属于当时的"理工农医"，本科的时候没有想过要考广播学院。但在本科毕业时，我第一次有了就业压力。

潘奕霖：所以就想继续读书？也不想做本专业了？

郎永淳：我经常举一个例子，北京的针灸师在我毕业的那个年代，治疗一次的费用可能是四块钱。我当时在徐州中医院实习，治疗费一次七毛钱，我就算了个账：一位内科大夫坐诊，他占用的空间在这家医院相对来说算小的，资源流转的速度是很快的；针灸科的大夫，占用的空间要大于内科大夫，因为他要有好几张治疗床，每一个病人在这儿没有个二十多分钟出不去。针灸大夫每天诊疗的病人，他所创造的价值，跟其他科室没法比。

潘奕霖：时间和空间的问题。

郎永淳：时间空间都比其他的科室要贵，所以我在就业的时候就思考这个问题。在医院实习的时候，我偶然看到《中国电视报》有一个招生简章，我就跟我的实习导师请假，然后就跑到北京来复习、考试，最后稀里糊涂地考上了。所以还是要感谢自己有每天都到图书馆去读书看报看杂志的习惯，在 1994 年的时候，能够有这么偶然的一个机会改变了我的人生轨迹，后来又因为时代的发展，又赶上了电视发展的机遇，所以还是要感谢命运，可能在一般人眼里觉得我这个人命太好了。

潘奕霖：在 90 年代中期《新闻 30 分》是一档非常有影响力的直播节目，主持人的挑选也是非常严苛，最后就选了你一个人。

郎永淳：是的，最后就选了我一个人，我一个人做了好多年。其实 1993 年的《东方时空》，1994 年 4 月份开播的《焦点访谈》，在主持人的形态方面已经发生了一些改变，这对于我来说反倒是一个机遇。当时的我可以说是一张白纸，可塑性大，同时我的能力也得到了台里的认可，再加上《新闻 30 分》这个栏目也有了一些新变化。

潘奕霖：当时《新闻 30 分》的主播跟别的新闻主播不一样，你需要全程参与。

郎永淳：全程参与，八点钟来参与编辑的过程，然后要播出，播完了再开编后会，下午有时间的话出去采访。在我那一代的新闻播音员、主持人里，我出去采访的机会应该是最多的。这是一个硬性的要求，节目组说你必须得出去采访。

潘奕霖：到广院多久得到的这个机会？

郎永淳：只有半年的时间，那个时候还没毕业，我实际上是在两边跑。期末考试前，抽出两个礼拜的时间，复习复习突击突击。幸好我还算是比较顺利，老师也比较关照吧，最后班级的总分排名还是非常好的，所以如果排名不靠前，也进不了中央电视台。进入央视后，我直接被分到新闻中心。

潘奕霖：继续在这个岗位？

郎永淳：是的。新闻挺有意思的，尤其是你能参与它的编辑、播报、采访。你如果从编辑、播报和采访这三个角度来看，采访更像拿着一个望远镜或显微镜在观察，然后仔细地去解剖，再去分析，很具象的，它是更微观的，一个一个的个体，每个人都觉得你做的这个事很重要。录制节目就不一样了，编辑就会判断谁重要谁不重要，谁排在前，谁排在后，谁是组合式的报道，谁只能是一条简讯，这样对于新闻的价值判断就发生了变化。这就使得你的微观物质和宏观物质能够结合起来。播报的时候，因为无论是宏观还是微观最后是要打通的，主播要起到一个串联的作用，主播对于整个新闻的价值、整个的流程都有一个更清晰的把握，这样在播报的时候心里更有底。所以我播报过的内容，别人问我，基本上我都能说得出来，因为我是全流程地去思考，立体地去看这个新闻。所以这一系列专业的训练，对我个人来讲还是有非常好的帮助。

潘奕霖：我们在电视中看到你，会发现你跟传统的新闻播音员不太一样，原来你是全程参与了这个节目。而且那个时候新闻主播戴眼镜的不多。

郎永淳：我是第一个戴眼镜的新闻主播，那时候没有戴眼镜的新闻主播。那时候大多是罗京老师那样的形象，他们和我们的节目录制方式也不一样。

潘奕霖：你的语速也会快一些，你好像还拿一支笔，感觉《新闻30分》是改革的一个试验田。

郎永淳：我的语速快一些，《新闻30分》的确是改革的一个试验田。那时候《晚间新闻》做了改造，早间的《东方时空》也做了调整，中午的这一块儿就要加强，台里就说把中午的节目做成《新闻30分》，提高这一"收视的洼地"，我们节目组完成了这个任务。后来我们想再扩充到60分钟，但这个时候《今日说法》加进来了。

潘奕霖：是不是有一阵60分钟？

郎永淳：没有。60分钟的那次节目，是中国电视史上第一次有双视窗的直播。那是1996年，美国的亚特兰大奥运会期间，我们每天前30分钟是《新闻30分》，后30分钟是我直通亚特兰大，这样就做成了一个小时的节目。我赶上了这样的发展机遇，直播、出去采访、参与全流程的生产，我都尝试了，我觉得特别地幸运，可能我用两三年的时间，比别人用十年的时间收获的更多，遇到的挑战也会更多。

潘奕霖：在《新闻30分》有哪几次报道是你印象特别深刻的？

郎永淳：我做的一期叫《貌丑能否上大学》的连续追踪报道。当时有一个孩子半边脸塌陷但学校不认定他是残疾。当时他的成绩很好，在高考第一志愿录取的时候，兰州大学没录取他，然后二本录取的时候郑州大学又没录取他，接下来就只能到专科学校了，他坚决不去。我们报道了这个内容。当时电视还是第一媒体，有关部门的一位分管领导看到之后就迅速指示让兰州大学把他录取了，这改变了一个人的命运。回过头来看，当你有那种"虚荣心"和满足感的时候，就会意识到自己的责任更大一些，这不是因为你是什么人，而是因为这个平台赋予了你这种能力。所以，现在我会去思考我们企业的平台怎样搭建，好的平台需要不断地去赋能，这个"能"不是个人的能力，而是这个平台的能力。

潘奕霖：这个选题你是怎么找到的？

郎永淳：别人给我讲了这件事，我就去采访了，那是我第二次参与连续的直播报道。第一次是在 1995 年的 7、8 月份，《新闻 30 分》刚开播四个月左右。那个时候北京满大街都是"黄面的"，经常发生拒载、甩客、不接单等情况。我们当时就关注这个社会问题，连续做了十六天，最后两天收尾的节目是我做的，带有一定的评论性质。当时也是第一次真正介入全流程的一个社会关注的节目当中。有了这个基础之后，在那一年的 10 月份我就开始做这么一组追踪报道，后来这一组追踪报道被评为我们节目组年度的一等奖。

潘奕霖：那时你还挺有干劲。

郎永淳：节目开播是 1995 年的 10 月。当年对我个人来讲，个人能力得到很大提升，也得到很多肯定，所以充满干劲，很兴奋，也更有欲望介入社会观察中。只要有机会，我都会参与现场直播，这能让我时刻感知到社会的发展脉络。如果天天坐在家里面播的话，我会逐渐丧失好奇心。

潘奕霖：职业生涯中发生过什么惊险的事件吗？

郎永淳：我觉得从职业生涯上来看，最幸福的事就是没有"折"在台上，没有"折"在那儿。要说惊险，有一天 18 点 58 分，我和修平姐准备播《新闻联播》，还差两分钟播出的时候，要紧急更换提要和头条。

潘奕霖：全换了？

郎永淳：对，朱立伦当选国民党新任主席，习近平总书记电贺朱立伦当选，朱立伦复电。这条新闻变成头条，是一个长口播，但根本没时间预先看稿子了。首先把四页纸的提要全换了，提要换了之后又是四页纸的口播。但是忙中出错，第八页纸编辑没有递到主播台，第八页纸没有。其实第八页纸只有一行字，打出来就迅速地送进来，但还没来得及看完，《新闻联播》的片头开始播出了，片头之后就开始播音了。片头一过，切到我们俩报提要，然后是我的头条，播完口播之后是修平口播，是这样一个切换的过程。刚才提到，第八页纸没送进来，当我在念口播的时候，翻篇一看，愣了，最后一句话没有。

潘奕霖：这句话没有说完。

郎永淳：其实原稿最后一句话是"促进两岸永续的和平与繁荣"，但我没有稿子，我就根据自己的理解直播出了"促进两岸永续的和平与发展"。

潘奕霖：你播的是"和平与发展"，其实原稿是"和平与繁荣"，是很惊险。

郎永淳：但是这跟原稿是有出入的呀。

潘奕霖：稿子没到你手上，提词器上也没有吗？

郎永淳：没到提词器上，所有内容都在手上。一个新闻播音员，没有看到稿子，这怎么去创作？怎么去表达？我很感谢修平大姐，她知道临时换稿了，她的眼睛一直在盯着我的那个提词屏幕看，一翻，没有最后一页，紧接着是她的导语，她马上就把头转过来了。我这边播出了"和平与发展"，刚一断下来，那边镜头已切到她。节目组没有人知道。

潘奕霖：没有任何人发现吗？编辑没有发现？

郎永淳：当时没有人发现，但是很快国台办的电话就打进来了，说他们一个字一个字对的原稿，最后那两个字错了。

潘奕霖：确实惊险，但是你处理得比较完美。

郎永淳：但是相对来讲是我犯了一次错，好在没有造成大的影响，所以从这一件事情，你就可以想象得出来，在《新闻联播》这个播音台上它的压力是什么。因为你是有稿播音，你一个字都不能错。没有出什么错是我在这个职业生涯里，觉得最幸福的事情。

后来我要离开央视时，与家人商量，父母的回应超乎我的想象。我妈说："你每天在那儿播，我们也天天替你提心吊胆的。"这是父母心里最直接的一个感受，当我们开诚布公地去谈这个问题的时候，才真正地知道，家人也在替你承受着压力，你能够很平稳地做好工作，从职业生涯上来讲，是让我感到幸福的事情。

潘奕霖： *离开央视是你做的一个重要的决定。*

郎永淳： 2009 年成立新闻播音处，我负责新闻频道这一组的播音员，同时我们还肩负着一定的管理和排班的工作。这就不仅仅是新闻直播的问题，还有整个播音组的梯队建设，包括一系列节目的分配和安排。所以我会更多地往后撤，把年轻人往前推，这样的话，我们慢慢就会有一个角色的调整，有了中年危机这样一个感觉，虽然新陈代谢在电视这个行业其实还算是很慢很慢的，但是这一天早晚都会到来的。

潘奕霖： *这对男主持人来说不太明显，是不是你自己太敏感？*

郎永淳： 男主持人是不太明显，但是实际上你一以贯之地去做，如果没有更多的进步，有的时候自己会有一种懈怠。所以人永远要把自己置在那个悬崖边上，要想着我接下来会是怎样，去思考做什么才会有未来，而不是天天想着过去我如何辉煌，更多的是要往前看。往前看不是我要看未来，是看我立在当下我要怎么去确定好我的坐标点，做什么事情我才有可能去获得未来和创造未来，这是非常重要的。我在广院和其他一些院校与学习播音主持专业的同学分享《将进酒》：

> 君不见，
> 黄河之水天上来，
> 奔流到海不复回。
> 君不见，
> 高堂明镜悲白发，
> 朝如青丝暮成雪。

第一句讲的是一个自然的规律——黄河之水天上来，不仅仅是有气势，它还是一个从高到低，动能和势能的转化问题。奔流到海不复回，永远不可能从东海往天上倒过来，这个发展是有一定规律的。第二句朝如青丝暮成雪，早晨出去的时候是这样，晚上回来的时候又发生了变化，一个动态的过程，只争朝夕。实际上在你的生活中，在你的工作中，心里面时时刻刻要有一面镜子，要不停地内审，审视自己、照一照自己：你到底是谁？这个从哲学的层面上去思考，你的基础是什么？我从何处来？然后还要想，我接下来做什么事？我怎样通过我的努力去实现？

严格说来，我在广院的学习过程当中，不是一个好学生。因为我更多的时间是在一线岗位且只是局限于播音主持这么一个专业，所以我的知识结构并不完整。以前我们信息匮乏，生活干扰很少，你处于一种相对的"无忧"状态。今天，信息完全透明，甚至是信息爆炸，你天天只能在这种碎片化的信息当中去游走，这时你知识结构的不完善，会导致你不能够系统化地去看一个问题，不能够用完整的逻辑去分析和判断，这样往往会被误导，从而产生焦虑。我也焦虑，因为没有哪面镜子让我一照就可以自审。所以在广院的教学当中，我就会去跟学生建议，社会学、心理学、经济学、逻辑学等，这些学科都应该去掌握，这样你去做新闻，心里更有底。面对纷繁复杂的一系列信息，才能做出相对比较准确的判断，而因为有了这些能力的培养和锤炼，你才能够立于不败之地。基本素质、声音、表达、形象等各个方面的优势结合起来，你就不会担心会被 AI、语言合成这些新的技术替代。

潘奕霖：职场中不太顺利或者受挫的情况多吗？

郎永淳：有，还不少。一个活儿，你能干，别人也能干，人家肯定要选那个最有把握的人，你不能有任何的埋怨。这是一个非常残酷的行业，必须能够进行自我心理调适。除了我刚刚分享的"虚荣心""赤子心""好奇心"，还有一个非常重要的就是在成长的过程中，无论是对你的同行，还是对社会的所有人，你要形成一个"同理心"。这个"同理心"就是你不能总站在自己的角度去考虑问题，你要站在整个节目创作团队的角度去看待问题，你要站在领导的角度去考虑问题。你之所以存在被换下的可能性，就是因为你还不足够优秀，或者说你和岗位的气质不太吻合，比如可能这个是一个男主播更合适，或者是一个女主播更合适，这都存在。要启发每一个人形成这个"同理心"，同样，这个"同理心"是观察这个社会非常重要的一点。

潘奕霖：新闻单位和民营企业有太大的不同。

郎永淳：新闻单位只有进入的机制，没有淘汰的机制。你在一个节目丧失了机会，只不过这一次没让你上而已，但是你还在这个平台，相应来讲你还是安全的。如果在一个民营的企业里，在核心点上，你弄砸了，你面临的结果会更残酷。所以那种压力，就不仅仅是这个字不能念错，句读不能断错，分寸、语气各方面不能把握不准；更为重要的是，你要去确立你的被信任的程度，你的优秀度，你的不可替代性。

潘奕霖：很重要，你的这个概括非常重要，对年轻主持人是有启发的。

郎永淳：你如果具有可被替代性，就很危险了。

潘奕霖：永淳，你什么时候觉得自己是公众人物，或者你深刻地认识到自己是一个公众人物？

郎永淳：我觉得是离开央视时才发现自己是一个公众人物，离开的时候我才觉得原来我还有这么多的关注度。

潘奕霖：*那么多人在铺天盖地地讨论你？*

郎永淳：对，自己是没有预想到的，或者说没有预想到有这么多的关注。因为我很少在媒体上曝光，也不觉得自己是一个公众人物，是个也需要接孩子的普通家长。那个时候我夫人的工作相对更繁重一点儿，她在《计算机世界》，做到执行总编，那么多的版你要定，几乎没有休息的时候。

潘奕霖：*所以就是你去接孩子？*

郎永淳：大部分的时间都是我去接孩子，然后陪伴孩子做作业，或者是上一系列的课外辅导班。那个时候我中午上班，下午的时间相对宽裕一点儿。幼儿园的时候，三点四十分就放学了，我陪着他一直在幼儿园里玩到五点半，再带他走；小学阶段基本上也是这样。当到需要上更多的课外辅导班时，他妈妈开始接送了。我特别特别感谢那些时光，因为孩子上完初一就跟妈妈去美国上学了，一走就是近六年的时间，我没有太多时间陪他成长，在他最关键的青春期，我的陪伴是缺席的，所以我觉得特别特别地遗憾。

潘奕霖：*现在说起郎永淳，都会觉得你是一个好父亲，好丈夫。*

郎永淳：也没有什么人设。第一，我做的就是每一个人都应该做的，第二，我觉得我做得远远不够。如果是一个好父亲的话，怎么会在孩子关键的成长期，没有时间去陪他，这一个时期的缺失，是一辈子都会有遗憾的。但是反过来辩证地去看，正因为如此也可能会让他更加独立，让他会更好地成长，让他更加去珍惜相聚的时光。

潘奕霖：*孩子真是长大了。*

郎永淳：儿子永远超越我的想象，你觉得他还是孩子的时候，他其实已经思考得很深了。我跟他之间也曾经有过矛盾，简单来说就是他关心的问题，不是我关心的问题。我关心的可能就是传统家长关心的，今天有什么

进步，明天又有什么样的成长，最近又看了什么书……对于他来讲，就是：你烦不烦啊？天天给我推一堆老头儿看的公众号文章。他直接就给我拉黑了，但是后面他觉得又可以把我给放出来了。他妈妈的事，对他的影响还是很大的，我夫人 2010 年做的肿瘤切除手术，对于那个时候的孩子来讲，他受到了一个极大的震动和打击。

潘奕霖：他也是能感受到的。

郎永淳：很明显感受到，因为做了化疗之后妈妈头发全没了，我们跟他就这个事情开诚布公地谈了一些话。最近我看他写的一篇文章，他说从那个时刻开始，他就坚定了要去研究生命科学、研究生物的远大志向。

潘奕霖：高中生就有这个理想了。

郎永淳：那时候不是高中生，那时候是小学。

潘奕霖：现在没变？

郎永淳：他今年暑假 6 月份回来，他妈妈留在美国，我 7 月份到哈佛去了一个礼拜，他妈妈在那边等我。他一回来就去华大基因的国家基因库做课题去了。我看他写的日志，当他看到他培养的细菌能够消除甲醛的时候，他的那种兴奋，他描述的那种场景，我通过文字都能领会到。我很高兴他能够静下心来，用两个月的时间就做这么一件事。他最感兴趣的就是捕捉在已知和未知之间隔着的那个朦朦胧胧的东西，似乎未知要往已知的方向突破，但又还没突破，这给他带来一定的诱惑，我觉得在他的身上是我希望他能够有的那种好奇心。他有兴趣，有好奇心，然后去探究，这就超乎我的想象了，我没想到。

潘奕霖：美国的中学会在较早的时候让孩子们根据自己的兴趣去做一些研究。

郎永淳：他很早就对生物感兴趣，所以他做实验也做得很早，九年级、十年级、十一年级，现在十二年级。最近是他特别焦虑的时候，焦虑的原因是他要写申请的主文书，还有一系列的问答为什么、怎么样等这样一些小文书。我一句话都不问，让他自己去弄，我看了之后感觉他是一个完全的大人了。

我儿子喜欢运动，喜欢生物。我总是说他天天看 NBA，天天看足球赛有什么用，他就非常地委屈，他也不跟我辩解。但是在文书里面，偶尔地提出来那么一句："通过对体育深入的理解，我开始将分子和细胞视为我团队的一部分，DNA 就是伟大的运动员，核糖体其实就是像我这样不能够参加运动但是去记录运动的记者，蛋白质其实就是那些阅读文章并且在体育当中能够找到自己存在意义的粉丝。"

潘奕霖：非常好。

郎永淳：你看了之后就会觉得，虽然我陪伴他的时间不多，但是他能够自己沉下心来，能够去实现满足的好奇心，能够去产生联想，能够在这样一个阶段做出一个初步的比较科学的判断，我还是比较欣慰的。

潘奕霖：这个确实是，作为父亲会有一种成就感。有什么遗憾吗？

郎永淳：最遗憾的事其实并不在我职业生涯里，我会更多地去平衡家庭和事业的关系。最遗憾的是这些年，我在国内四处奔波，夫人、孩子和我分在三个场景之下。

潘奕霖：现在是两个地方了吧？

郎永淳：儿子是寄宿，他妈妈就在他隔壁的镇上，平时可以去送个饭，周末会回来。如果家长每天在身边，对孩子来说毕竟是心里的一个寄托，是一个依靠，时时刻刻能够有一个人去陪伴他，疏解他。但是实际上，既然做出了这样一个选择，你就得去承担，再遗憾也没办法。不过也快了，孩子一上大学，可能我们父母也不被他需要，我们夫妻俩团聚的时间也会相对多一些。再加上现在我来来回回出差也多，像今年去那边已经四趟了，每次有个两三天的时间，只要能排得开，我就飞过去。我夫人开玩笑说："以前坐公务舱来的时候时差总倒不过来，现在我看你每一次坐经济舱过来，时差倒得挺好，以后就坐经济舱吧。"

潘奕霖：曙光在前头了。回顾一下，你觉得自己做的正确的事情是什么？

郎永淳：所谓的正确是用时间来检验的，我不能说我已经做了最正确的事。非要说起来，我觉得我做得最正确的事就是我能够有机会上了大学，上了大学之后又有机会进中央电视台。我求学的历程，我过往的二十年的电视生涯都让我的内心世界很丰富，我会为这段历程而骄傲，因为它让我有了充分的提升。原来我是一个公众人物，但是未来路到底会怎样走，甚至包括我也会摔什么样的跟头，也会有各种各样的遗憾……

但是人就要坚定地往前走，只要不停下来，总会让自己有时间去检验自己过去做的这些事情，到底是正确的还是不正确的。

潘奕霖：*你自己觉得你性格中最大的特点是什么？*

郎永淳：我觉得是轴吧。

潘奕霖：*你是什么星座？*

郎永淳：我是狮子座。我曾经在电视报上写过一个小的故事：我在农村长大，小时候没有什么玩具，也没有什么游戏。一群小伙伴在小河沟边上玩，河边就像沙滩一样，其实就是沙土，小脚丫子在沙土上踩踩踩，慢慢水就渗出来了，我们就觉得那是一个很神奇的事。但是别的人可能踩两下就不踩了，我会一直踩，因为踩出水的时候，我有一种收获感、满足感。那个时候物质虽然匮乏，但可玩的也很多，但我就喜欢这个踩水，就喜欢这种满足感，小时候这个轴劲就很明显了。

潘奕霖：*说说你的业余时间吧。*

郎永淳：我实际上没有什么业余的时间，我很早就没什么属于自己的时间。大部分电影我都是在飞机上看的，在办公室也只是偶尔能慢下来喝一喝茶。现在工作的压力要求我要不停地出去，不停地跟外面的人去打交道，回到内部来还要去思考更多的问题。再加上还有学习的压力，现在是重新做学生，很多书、材料都得看。

潘奕霖：*还有什么其他爱好，业余爱好？*

郎永淳：特别可怜，我没有什么业余的爱好，以前还有。那个时候还会去跑步，到现在连跑步的时间都没有了，也是慢慢地放纵了自己，没有挤出时间来。但是我觉得挺幸福的几个瞬间，其中之一是我跑了马拉松。2015 年，我和我夫人在 10 月底、11 月初的时候在雅典参加了一次，我们手牵着手，跑了一个 5 公里。雅典是马拉松的起源地，雅典的马

拉松也是绝无仅有的，它的终点是一样的，但起点是不一样的，所以你可以从马拉松起源的那一个点跑一个 42 公里，然后进到的是有历史感的钻石体育场，也可以像我跑 5 公里的人最后也进到钻石体育场。我和我夫人两个人跑进去，那种感觉真是和平时的跑步完全不一样的。后来我们一家三口一起参加了波士顿的马拉松，波士顿马拉松要求必须得有一个成绩才能跑的，我们没有成绩去跑一个全马，但我们一家三口参加了一个 5 公里。这些难得的、家人能够在一起陪伴的瞬间，都是我的幸福瞬间。我觉得有的时候我们可能放纵自己，说我们有各种各样的应酬，有各种各样的压力，我们就不挤出时间去做一些事情。今天到了一个新的发展阶段了，人也奔着快五十去了，关爱自己，关爱家庭，所以还是要把以前的这些体育运动，这些爱好给它拾起来。我以前在广院上双学位的时候，我的身体素质还是非常好的，我可以在一个小时之内，把体育考试的五个项目一次性全部给它做完，包括立定跳远、引体向上、投掷铅球、100 米跑、1000 米跑，一小时之内把这五项全测试完，在我那个年龄组，都是最好的成绩。

潘奕霖：未来还有很多年轻人想从事传媒行业，也有很多人想做主播、主持人，对这些年轻人你有什么想分享的经验？

郎永淳：想做这一行你还是得先有一些基本的素质，比如说我前面提到的"三心"；再接下来你能够在社会当中经受住磨砺；再就是要有同理心，你才有一定的基础去获得你想要的东西。实际上，当你有可能成为公众人物的时候，你就要承担更大的责任，这也就是所谓"穷则独善其身，达则兼济天下"。一旦你有机会站在台前，你就要考虑怎样去"兼济天下"，而不仅仅是怎样去获取个人的名、利，你一定要考虑，你能够为这个社会留下什么，或者说能够留下什么作品。做新闻播音很难有什么作品，《新闻联播》也不是一个作品，《新闻 30 分》虽然跟我有紧密的联系，但那不是我的作品，播音主持这个特殊的工种，是在做二度创作，新闻是一个易碎品，那不是我们的作品，所以说从一开始要想着怎么样去好好做人，怎么样去好好地为这个社会留下一些东西，留下一些作品。然后回过头来看，就是要以终为始，设定一个未来希望达成的目标，再从这个倒推回来，那我现在需要做好哪些准备，做好哪些能力上的储备和提高。

撼动自己
勇敢做
自己

张淼

2018.11.14

瑶淼的长相如此甜美，且在不同年龄段有不同的魅力——请允许我如此赞美我的同事瑶淼。

　　我第一次看见她出镜是在刚刚成立的"旅游卫视"的新闻节目中，她身着白色职业装，镜头给得比常规新闻节目要近，很抢眼。后又觉得眼熟，原来，她是童星出身。

　　我主持的《流金岁月》栏目曾经做过一部电影《上一当》，她在电影中演一个中学生，葛优演她的老师，那期节目还采访了她和葛优。有一天，隔壁栏目组要挑选新主持人试镜，有人推荐了瑶淼，我说了句"那姑娘不错"。后来她被选中，就开始主持电影频道的节目了。

　　在《流金岁月》停办之前一年的尴尬岁月里，我经常邀请瑶淼担任我的客座主持人。后来我接手频道老牌的《佳片有约》栏目，也经常邀请瑶淼、小涵她们帮忙主持。不仅是因为她们都拍过电影，还因为她们对电影的极度热爱。

　　从瑶淼做了母亲开始，她的女儿橙子就成了她朋友圈的一位小红人，我们几乎见证了这孩子的成长。瑶淼就是如此宠溺她的小宝贝，以至于后来她又涉足亲子节目的主持工作。

　　我也是在那天的长时间交谈中才把瑶淼的经历梳理清楚了：一个很简单的人、一个不跟自己较劲的人、一个有着自己独特审美和情怀的人。我相信，她现在最看重自己的是"橙子妈"这一身份。

6

地　点：漫咖啡北小河公园店
时　间：2018 年 11 月 14 日
受访者：瑶淼

潘奕霖：北京这几年空气治理得挺好，蓝天白云越来越多。可今天是一个雾霾天，咱们依然如约来到这里。在雾霾天，你会做些什么？

瑶　淼：我今天没让我女儿上学，就是因为雾霾。她有一点儿咳嗽，但也没那么严重，今天早上给她请假，起来就手忙脚乱了一通。我觉得健康是最重要的，我自己也是这样的，所以我宁愿让她缺一天课，也得保证好她的身体。用早上的时间跟各科老师联系，看她需要在家自学点儿什么，又给她布置点儿任务，让我妈妈取了一下课本。中午之前我得出去一下，下午要带她去看牙，让她自己把作业完成了。前些年，雾霾让我恐慌过一阵，我们家应该是北京最早接触空气净化器的，我们对这些比较敏感。

潘奕霖：你是敏感体质吗？

瑶　淼：我一开始不是，后来是了，各种过敏，先是皮肤过敏，去年又有过敏性哮喘。我发现好多主持人都是容易过敏的体质，身边好多朋友都容易过敏，不知道跟咱这行业是不是有关。比如欧阳夏丹，我们聊天的内容超不过五分钟就会过渡到过敏；跟凯叔也聊彼此过敏有多么严重……不知道为什么这个行业这么容易过敏。

潘奕霖：这是个有趣的话题。通过朋友圈常看到你女儿的照片，十岁了吧。你怎么平衡妈妈、妻子、职业女性这几个角色？

瑶　淼：我长得显小，又属于结婚比较早的那种，所以大家才会有这种诧异。我有很多北京的同学现在都没结婚，这在北京还是挺正常的一件事。但是我挺传统的，那天回忆了一下，我都结婚十几年了，二十八九岁的时候结的婚，三十岁孩子已经生出来了。因为我从小就给自己定了一个目标，三十岁之前一定要当妈妈。其实二十九岁结婚也挺突然，再不结，我的目标就实现不了，然后就结婚了。其实那个时候没有特别多的深思熟虑，但是现在我觉得还挺感谢这一步的。我孩子现在九岁多了，她已经长得跟我差不多高了，我们俩现在可以换着鞋穿了，她鞋码跟我的一样，衣服有时候也可以互相换着穿。她有一次跟我说："妈妈我特别幸福，我有一个很年轻的妈妈。"不过我觉得也没有那么年轻吧，我们这个职业的状态，会显得比同龄人更活泼一点儿，所以她会觉得她的妈妈跟别的妈妈不一样，看起来总是很有趣，很有活力，可以带着她一起疯一起玩。不过我不想要二胎，真的没有精力，再像七八年前背着她扛着她撒欢儿也做不到。

潘奕霖：*女儿的出现给你带来了改变。*

瑶　森：其实不是我陪伴她，是她让我成长了。我是属于需要这么一个小生命去激发一下自己生命活力的人。有孩子之前，我其实是挺死气沉沉的，也不知道每天工作生活都是为了什么。从小，我就是一个好孩子，虽然也干过出格的事，但总体来讲也是一个不想让父母对我失望，不想让别人对我失望的乖孩子。我学习也很好，大学上得比较顺利，做的也是体面的工作，可每天就觉得也没有那么大精神头，不知道每天来录节目的终极目标是什么。有的人挺明确的，有一个职业规划，我就没有。但是我就觉得，我既然是中央六台的主持人，就应该好好珍惜每次机会，把每个活干得好一点儿，就这样而已。其实每次完成了一个任务之后，我也不知道下一个目标是什么，可能觉得明年应该有点儿改变了，但是也没改变，就这样到了二十七八岁。有的时候，我觉得也没干什么特别有意义的事，那时候还向领导争取过，比如汶川地震的时候，我说我特别想去灾区做点儿什么，领导说你去了也做不了什么，别再出危险。但是不知道为什么，我特别想让我的生命有点儿分量，或者真的对这个世界做点儿什么事。我就想，既然别人都不需

要我，那我就应该生个孩子，起码有个孩子需要我，我的生命就变得特别有价值了，所以就生了。我是真的被这个孩子改变了，有六个月的时间什么都没干，就在家带孩子，孩子是我自己带的。好多我们这行业的人都是请老人带孩子，但我爸爸妈妈听说我怀孕了就跟我说，我们可不帮你带孩子，我们好不容易把你带大了。而且他们也觉得我挺突然的，怎么突然就结婚要生孩子？他们觉得没做好要当姥姥姥爷的思想准备。我说不带就不带吧，我自己带。然后就请了一个保姆帮我。我之前完全就是小孩儿的状态，跟父母住在一起，只不过是以前上学，后来变成上班。但是，突然从那个家里被分离出来了，而且老人也表示，你结婚了，你就是有自己家庭的人了。

潘奕霖： *你也是独生子女。*

瑶　淼： 对，独生子女，他们觉得只要我结婚了，就跟我先生是一个家庭，有了孩子也是我们俩的孩子，跟他们没有那么多关系了。他们俩有他们俩的生活，也不想介入我们的生活。我爸我妈都没跟我们俩一起住过，后来别人说，那他们俩是得有多烦你们俩啊？我说还好，没那么烦，他们就是很保持独立性而已。孩子她爸爸有时候也挺忙的，我就突然觉得从一个其乐融融的家变成我带着一个孩子和保姆。而保姆毕竟是一个陌生的人，我要和这个陌生人相处得跟我们自己家人一样，但又得提醒自己毕竟我们俩是雇用关系，要有那种分寸感。我以前根本不会处理这种关系，但也没辙了，要不孩子怎么养？所以就激发了我这方面的潜能。在家带孩子这六个月对我改变特别大，我一下就接地气了，知道怎么去跟别人相处了。

潘奕霖： *你也是在宠爱中长大的。*

瑶　淼： 对，就是不太操心这些事。我小时候确实是没有那么大生活压力，也没有心眼，看着好像挺安静的，还有点儿成熟。突然变成了妈妈之后，你得去操心好多事，怎么跟阿姨相处、怎么跟先生相处、怎么把孩子带好，我也有了时间去看一个生命的成长。我之前不知道我们院里有什么样的树什么样的花，每天都是匆匆忙忙走到车前，开着车就走，甚至这个小区别的楼在哪儿我都不知道。但自从有了孩子，推着孩子在院子里面散步，一下知道了好多东西，比如认识了苹果开花是什么样，苹果长在树上什么样……一下就安静下来了，而且也会去菜市场买菜了。

潘奕霖：自己去吗？

瑶　淼：都是自己去。我原来都不逛菜市场，都逛商场，我能背出来哪个商场什么品牌在哪儿，特别熟。后来我就对菜市场特别熟了，哪个菜摊在哪儿都知道，每天的乐趣就是去菜市场挑菜、买鱼、买肉，包括看人怎么杀鱼，肉怎么分类，特别了解。

潘奕霖：当了妈妈不一样了。

瑶　淼：是啊，就连工作之后跟人采访聊天，都比以前会聊天了，以前就跟不食人间烟火似的。

潘奕霖：你在教育孩子过程中是比较发展她的个性，还是相对来说你会对她有要求？

瑶　淼：都有。我还是比较尊重她的个性的，但是我觉得家长还是一个权威，孩子一定需要引导，要有边界和原则，该管的事一定要管，这就是为什么我一开始花了那么多时间，也没去工作，一直在陪她。我觉得我没有带过孩子，以后怎么有资格陪孩子？所以我必须对孩子足够了解，花了很多时间在她身上，我才能去管她。

潘奕霖：瑶淼是北京女孩，也是我们湖南的媳妇，女儿更像她爸还是更像你？

瑶　淼：我觉得她长得像她爸，也可能女儿长得都更像爸吧，气质上其实也挺
　　　　像她爸的。我从小很在乎别人对我的感受，大家对我是不是满意，但
　　　　她好像不在乎，还挺我行我素的。她很酷，特别酷，她也不怎么说话，
　　　　上幼儿园的时间一年没有跟别人说话。

潘奕霖：有自己的内心世界、小宇宙。

瑶　淼：但是她该吃吃该喝喝，如果想喝水，她会以自己的方式跟老师提要求，
　　　　她也没有被饿着、渴着过，她好像不太在乎别人对她的评价，包括我
　　　　带她参加一些比赛，她赢了也挺高兴，输了对她心情也没有造成什么
　　　　影响。

潘奕霖：她脑门儿挺大的，有一个智慧的脑门儿。

瑶　淼：我们家都是这样的，我脑门儿也大，她爸脑门儿比我还大。我觉得现
　　　　在小孩都比我们那一代人聪明，可能是信息量大，比我小时候有主见。

潘奕霖：还好，毕竟九岁多。回到你小时候，你从小演电影，也是童星，是你
　　　　爸妈有意栽培你还是偶然的机会？

瑶　淼：是我爸妈有意栽培我。

潘奕霖：你父母的职业是什么？

瑶　淼：我爸爸是中学老师，我妈妈在工厂工作，他们都是知青，我爸十六七岁、
　　　　我妈十三四岁的时候就到北大荒插队，他们插队之前就认识。

潘奕霖：你是知青子女，形象就立体了。

瑶　淼：1978 年恢复高考，我爸那时候已经超龄了，二十七八岁了，他回北京
　　　　参加高考，考到了他们区的前几名。我爸是特别聪明的人，别人如果
　　　　花一个星期来学习，他只要花一天就能够学得特别明白，记忆力超好。
　　　　他本来报的北大，结果因为超龄了，就去了师范，当了一个数学老师。

潘奕霖：你小时候学习好吗？

瑶　淼：小时候好，但后来因为拍戏，我没上高中就直接跳级了，所以我是不
　　　　到十七岁上的广播学院。

潘奕霖：那你应该是你们班最小的。

瑶　淼：对，是因为初三毕业之后，高一在家自学了一年，然后就考大学了。
　　　　我干的出格的事就是这件！小时候太乖了，就干了这一件让别人觉得
　　　　特别不可思议的事。

潘奕霖：你从小就拍戏，怎么后来没有学表演，反而考了广院，做了主持人？

瑶　淼：我小时候开始拍戏，初中也拍，经常缺课，但我属于自学能力特别强的人，
　　　　这可能也是遗传了我爸。我初中大半学期缺的课，回去考试还是考了
　　　　班里的前几名，我在外景地的时候会把书带着，自己会很认真地学。
　　　　后来老师一看，你拍戏也不耽误学习，那就去吧，所以那时候老师对
　　　　我出去拍戏挺支持的。初中毕业的时候就是因为平时成绩好被保送到
　　　　市重点的学校。

　　　　上高中后，我请假要去拍戏，老师说高中你不能这么随便请假，学习
　　　　会跟不上的，后来我们又承诺说肯定会跟上。结果我拍了两个多月戏
　　　　回来之后，老师跟我爸谈话，说不管她学习能不能跟上，不能接受这
　　　　种学习方式，最好让她留一级。我爸说我可以考试，如果考过了，分
　　　　数也不比别人差，您就让她跟着。老师说不行。后来我们家里讨论了
　　　　一下，不想留级，后来我就退学了。退学以后只能考艺术院校，因为
　　　　高中的数学不可能迅速突击出来，只能考不算数学分的专业，所以就
　　　　筛选了一下，当年考播音系不要数学分，其实后来也要了，可能我就
　　　　是不考数学的最后那几届吧。

潘奕霖：当年数学成绩不计入总分。

瑶　淼：对，然后就开始准备考大学。后来准备了一段时间就开始高考，就去

面试。其实也想考表演专业，我现在反思一下，起码那个时候我真的不太适合做演员。

潘奕霖：*为什么？*

瑶　燊：我的性格不太适合做演员，小时候做演员，真的是因为长得好看，那个时候长得还是挺出众，每次去学校选人肯定把我选上。

潘奕霖：*你的眼睛，你的眼睛会说话。*

瑶　燊：反正每次选跟外貌有关的事都会把我选出去，小的时候确实颜值很高，父母觉得这么好的机会，在几百个人、几千个人中选中我了，我可能就是适合当演员。那个时候父母好像不太完全从小孩的性格去考虑，他们觉得有这个机会，就可以一直拍戏拍下来。但我的性格做演员有点儿放不开，所以我觉得不适合，到艺考的时候就能体现出来了。我也报了电影学院、中戏，结果我的面试都是到三试的时候就没有过，主考老师们都能看出来。

潘奕霖：*你还是偏文静、偏内敛。*

瑶　燊：我发现一个问题，前两天我女儿问我，她觉得主持人没有意思，觉得演员特别有意思。她知道我演过戏，问我为什么不演戏，你看她不爱说话吧，但特别想当演员。我说要不然哪次我去一些片场，你去试试，她说，她就想去好莱坞当演员，我说那我帮不了。所以她问我为什么不当演员，我思考了她的问题，我没办法成为另外一个人。当演员要有信念感，这一刻属于那个角色，但是我的头脑特别清晰，我没有办法觉得我是另外一个人，所以我没有办法投入到另外一个角色里面去。

潘奕霖：*这是一个很有趣的话题，主持人和演员其实是两个职业，比如说我上学的时候有些译制片配音的活，我也发现我不喜欢，但有的同学去给角色配音会觉得很开心，当时就发现配音演员跟主持人其实是两回事。*

瑶　森：我小时候还喜欢写东西，喜欢想些事。我就发现，当你想多了之后，越来越难成为另外一个人。那时候我身边的演员朋友都是随时可以哭出来、笑出来，人多的时候给大家讲笑话讲得特别忘我，我真做不到那样，所以那时候考表演会出现这个问题。

潘奕霖：都会卡在三试。

瑶　森：比如朗诵之类的还好，即兴演一个小品，让你突然成为另外一个人，突然让你一瞬间化身为小偷、小保姆或者不正常的人，我真的是做不到。但是广播学院的考试我通过得特别顺利。

潘奕霖：你演的电影中有一部《上一当》，我看过。偏本色，演一个中学生，有忧郁的大眼睛，葛优演你们班主任。其实你走向银幕是很早的，但还是报考了广播学院。

瑶　森：当时报没有数学分的学校，就看还有什么样的，才知道有一个学校叫广播学院。当时知道的已经比较有名的主持人有孙晓梅等，感觉上就是一些气质特别好的、有才华又漂亮的、学习又好的人会上这个学校，感觉他们都饱读诗书，真的就是知性美，跟演员不是一个路子，演员都特别感性。所以就报了这个学校。

潘奕霖：之前从来没有在学校主持过活动？

瑶　森：主持过大队会什么的，二年级就是大队委，老师说这小孩长得挺好看的，就主持大队会，但必须有一个头衔，老师说让我当大队组织委员。学校有活动什么的，都是由我出面当主持人。

我小学跟崔征是同班同学，那时总看见方明（著名播音员）老师去送崔征，那时候方明老师都是亲自去接送儿子的，他跟我爸都是在学校门口等着。那个时候崔征是我们班的班长，他爱行使属于他的权利，我们没有站齐，他就会拖着不放学。出去以后一看，他爸也得在门口

瑶淼大二时参加军训，与同宿舍的同学的合影，
都是九五级播音的女孩子。其中，后排左一就是
不到十八岁的瑶淼同学。

等着。所以考完广院之后，觉得不如让崔征父母帮我问一下我考得怎么样，考试的时候都没有想到。

潘奕霖：*面试老师是谁？*

瑶　淼：当时张颂老师和吴弘毅老师给我面试的，印象特别深。因为张颂老师还挺喜欢我的，我去面试的时候，穿了一个牛仔背带裤，头发随便一扎，没有化妆。后来我入学了，吴弘毅老师跟我说："当时张颂老师跟我说，你看这个小女孩穿着一个工装裤，跟要去工地干活似的就来了，她跟别的女孩不一样，也不怎么打扮自己，挺朴素的。"后来真的找了方明老师，方明老师的夫人是广院教音乐的，请她帮我打听一下成绩。结果当时崔征的妈妈给我打电话，说我考的专业课排名很靠前，让我一定要好好准备文化课。广院文化分要求挺高，比电影学院要高很多，我就开始去准备文化课。

潘奕霖：*这是你擅长的。*

瑶　淼：真的是我擅长的，当时我政治只准备了二十天的时间，我高考政治考了 120 多分，我爸爸找了广渠门中学的一个老师帮我辅导政治，老师说你学十几天想参加高考，不太可能，就帮我大概讲了讲。结果当他知道我考了 120 多分的时候，这事成了他说给他们同学的谈资。语文和英语考得还不错，但总分最后只超了广院文化课的提档线 10 分。

潘奕霖：*这么惊险？！*

瑶　淼：我是少数民族，又加了 10 分。我是锡伯族，等于超了 20 分。反正过了文化分就看专业排名，然后很顺利就录取了，不过还挺惊险的。

潘奕霖：*于是我们能看到主持人瑶淼的出现。广播学院播音系在那个年代招生，每个省有名额限制，哪怕你这个省有三个考生特别优秀，但如果只有一个名额，那就要淘汰两名，很残酷。*

瑶　淼：对，很多省的录取名额只有一个人或者两个人，还有一些省预计今年不招生，那就没有了。

潘奕霖：你当时那么小，来到一个陌生的大学环境，这个学校给了你什么冲击吗？

瑶　淼：一进校就蒙了。

潘奕霖：最蒙的是什么？

瑶　淼：我拿到录取通知书的时候特别激动，我觉得我的人生已经圆满了，我活在这个世界上目标都实现了，我大学都考上了，我人生还有什么遗憾的？太满足了！但是一上学就蒙了，跟我想的不是特别一样。广院那时候播音系的艺术氛围不是很浓，我觉得。

潘奕霖：开始主要是学新闻学的课程。

瑶　淼：对，是学新闻的。

潘奕霖：第一节课就是新闻理论。

瑶　淼：而且告诉你说主持无艺术，主持不是一种艺术，其实它主要是培养新闻工作者。

潘奕霖：耳边的声音在说：你是记者，你是新闻工作者。

瑶　淼：对，其实也不是说我不喜欢这个职业，但是我之前对这职业没有概念。还有，同学比我年长了两三岁，我们班最大的比我大五岁，感觉跟大家不在一个维度上。本来我长得显小，年龄又特别小，当时系里的迎新会快把我吓死了。

潘奕霖：这个我特感兴趣，你是九五级，那就是九四级欢迎你们，怎么把你吓到了？

瑶　淼：开学之前先去报到，领蚊帐、竹竿。第一天，我第一次进我宿舍，跟宿舍的人打了招呼。我住上铺，我就爬到上面去支蚊帐的竿。这个时候，门就被撞开了，有三个长得很好看的师姐进来了，进来就问："谁是关瑶淼？"我说："我是。"她们也没有说什么，就盯着我看，看了看，说："行，没事，我们走了。"然后就走了。当时我觉得气氛不对，有一种不祥的预感。后来她们跟我说，其实是因为张颂老师跟九四班说，他们要进来一个师妹，长得特别像陶慧敏。这一句话就在师哥师姐心中埋下祸根了。

当时关于播音系的迎新会有各种各样可怕的描述，我问同宿舍的怎么办？又去问我们当时的班主任会不会开迎新会，什么时候开。班主任说现在学校整顿这个事，应该不会开了，就从咱们今年开始迎新会取消了。但是有一天下课，我看到黑板上写着明天晚上几点几点请咱班同学到播音系的小楼。播音系有一个小白楼，里面有一个阶梯教室，让我们到阶梯教室集合。大家开始想是不是迎新会，最后有 50% 能够确定是迎新会，或者说可能是改良了，大家跟师哥、师姐见个面。

那天晚上集合整顿，就去了，结果还没有接近那个楼呢，就听到里面敲锣打鼓的声音，真的是锣鼓点。

潘奕霖：按惯例，迎新会上，每个班确实会有两到三个被整的。

瑶　淼：哎，我们班就有我，就让我上前面去，说你既然是演过戏，那就给你一句台词，请你用三种不同的口气把这个台词表演出来。台词是：别碰我。我说了三遍，我觉得可能也不太令他们满意，但是也没辙了，我尽力了，就演到这样了。

潘奕霖：他们没有继续为难你吧。

瑶　淼：没有，可能大家看出来我长得像神经比较脆弱的。

潘奕霖：不忍心再折腾你了，就把你放了。

瑶　淼：我过关比我想象中容易，你让我说我就说了，用我想的三种语气跟你说了，大家就让我下去了。我们班有一个女孩叫于丽丽，后来去了澳门卫视，现在又开始经商了，很成功的商界女强人。刚进校时，她总戴帽子，确实从入学起我们没见过她不戴帽子的样子，师哥师姐对她说："你不是爱戴帽子吗？我们为你准备了很多帽子，有纸糊的，还有洗衣盆什么的。你把这些帽子都戴一遍，做个造型。"她属于特别倔强的那种，她开始说不想戴，但最后好像还是把每个帽子都戴了一遍，但是一副"我特别不服"的表情。她后来跟师哥师姐的关系一度不太好，我们印象最深的就是帽子这个事。

潘奕霖： 迎新会后，你全新的生活开始了。

瑶　淼： 原来大学里面跟我想的不一样，真的一下无拘无束到这样。我发现大学里面确实是挺自由的，有抽烟的，有喝酒的，干什么的都有。但是其实我没有到那个年龄，我心里没有准备好。

　　我家离得近，后两年我就不怎么在学校住了，后来我的床位成了大家堆东西的地方，所有的东西都堆在我那儿。有可能是因为我从小拍戏，在中学没有特别好地融入集体，大学又因为年龄小，所以一直独来独往。我特别喜欢一个人去做事情，包括这几年经常一个人去欧洲旅游。我可以一个人去很多地方，逛街、看电影、吃饭都是一个人。

潘奕霖： 当时学校的舞台登过吗，"广院之春"、歌手大赛？

瑶　淼： 刚入学的时候有个大学生汇演，还是王潮歌做导演，当时我配的是《简·爱》。

潘奕霖： 在专业学习上呢？

瑶　淼： 专业课我也不太好，因为我属于嗓子比较细的那种，咱们老师说，那种宽音大嗓特别好。

　　我从小肺活量就不及格，总软绵绵的，所以专业课其实一般。我当时成绩好的就是自己组织语言的课，比如说看完一个电影让复述出来，那种还可以。文化课一直还可以，包括英语。

其实我还是挺感谢我在那个时代上的广院，后来再回中传的时候，感觉这个学校跟记忆里不太一样了，我那个年代是流行校园民谣的年代，《冬季校园》《睡在我上铺的兄弟》这些，我特别喜欢那个时候的校园。

潘奕霖：你还是挺喜欢广院的。

瑶　淼：虽然给我很多恐惧感吧，但是那种感觉还是挺真实的，大学就不应该特别规矩。我就觉得现在校园里，大家比以前规矩多了，因为大家知道我在这儿上学是为了奔个好前程，没时间在这儿浪费。大家看看比以前要光鲜亮丽很多，那个时候觉得校园里有好多形形色色的人，现在看起来特别美好。

潘奕霖：你们那时候还有舞会吗？

瑶　淼：有。

潘奕霖：你也不参加。

瑶　淼：我不会跳舞，所以去过两回，就没再去过。

潘奕霖：还真是乖孩子。

瑶　淼：我喜欢看电影，那时候各个小礼堂都会放一些电影，其实就是放录像或者DVD，我就会去看一些原版的电影什么的，还有一些讲座。我觉得其实是一个四年的文化浸润吧，而且咱们前两年专业课没那么多，我们到大三才学吐字归音，前两年都是学文科类，什么文学、哲学、艺术概论、新闻学，是一种文化上的熏陶。

潘奕霖：你毕业之后决定做主持人，还是动摇了？

瑶　淼：就动摇了，中间有一段时间不想上广院，我老去电影学院，觉得他们学校特别有意思，觉得人活得更真实一些，有一颗躁动不安的心。可

能还是想做电影，对编剧或者是导演这些特别感兴趣。我就老是从广播学院跑到电影学院去，坐着公共汽车和地铁去，还挺远的。那时候特别喜欢跟电影学院有关的事，所以有时候不想在广院待着。

潘奕霖：想过做其他职业。

瑶　淼：那时候觉得我不适合当主持人，又觉得自己适合当演员。

潘奕霖：是不是看到其他的同学风风火火？

瑶　淼：我觉得她们跟我不一样，现在我总结出来是因为社交恐惧症。

潘奕霖：不喜欢人多的场合。这过程长吗？

瑶　淼：还好，所以大三大四的时候我又去演戏了，我这人特别矛盾。那时候拍了台湾的古装戏，还是跟李立群老师一块儿演的。还演了《屈原》，我演婵娟。毕业的时候，其他同学都会积极地找工作、实习，我都没干这些事，就拍戏去了。那时候不管分配，但会给你推荐到各个电台、电视台去面试，如果你被录取，可以直接去工作。那时候系里给我打电话，大家都找到接收单位了，就差我还没有找，农影厂还有面试的机会，问我要不要去试一下，去农业频道当主持人。最后，我都没有去。所以我们那届最后就只有我一个人，等于毕业就待业了，没找工作。

潘奕霖：去旅游卫视是后来的事？

瑶　淼：对，那个时候都毕业两年了。毕业之后，我把档案转到人才市场就拍戏去了，我觉得我可能还是想当个演员吧，找一个单位待着特别没意思，我还是比较喜欢自由。但是不知道为什么，拍了一年多的戏又不想拍戏了，太纠结了。

潘奕霖：你一直跟着自己的感觉走，有意思。

瑶　淼：我就是属于那种试错的人，别人跟我说什么都没有用，就得自己去试。

潘奕霖：*你父母什么态度？*

瑶　森：我爸妈从来都是你爱干吗干吗。因为我拍戏比较早，自己独立得挺早，我大学的学费都是用自己拍戏挣的钱交的。我上中学的时候，因为我也挣钱了，如果我跟我妈去逛超市，我妈都是把我需要的东西给我单放出来，我自己掏钱，我妈是不给我结账的。可能就是太独立了，自己就想起一出是一出。

潘奕霖：*后来什么时候又冒出了"我还是要干主持"这样的想法？*

瑶　森：拍了一年多的戏，觉得没有安全感，拍完这个戏不知道下一份工作在哪儿。那时候拍戏赚得很少，过的生活也挺拮据的，漂泊感又特别强，经常在各个剧组之间奔波，慢慢觉得还是不太是我想要的生活。

潘奕霖：*你挺另类的。很多广院播音系出来的，都非常坚定自己要成为一个出色的主持人。*

瑶　森：没错，他们就觉得要成为一个优秀的主持人，我从来都没有。拍了一年多戏之后，我觉得我可能还是得当主持人。

　　　　当时就开始看各种招聘信息，从《中国电视报》上，最开始看的不是旅游卫视，是青岛电视台，青岛电视台说要招主持人，我就投了一个简历。他们说让我于几号几号到青岛电视台面试，我就自己坐着火车去了。到了那儿之后看到全国各地来应试的主持人，大家说这个好，可以给青岛户口，我说我不需要青岛户口，我只是想来工作。他们问我一个北京人跑这儿干吗？我说我觉得这儿很好，是海边，我说我想到海边生活。

潘奕霖：*你还有这么任性的经历。不过，青岛很美。*

瑶　森：因为以前拍戏的时候去过一次，我觉得那个地方特别好，生活挺好的。

潘奕霖：*你这个面试是一路绿灯完全没有问题吧？*

瑶　淼：他们那时候有选择，你是新闻播报还是文艺主持。反正我都选了，你让我干什么都行，就是想来青岛生活。当时也有笔试、面试，跟考广院一样。但当时面试完了没有立刻通知我们结果，让我们回去等消息。等消息的过程中，我看到旅游卫视在招主持人，是在海南，我觉得海南比青岛的海更好了，然后就去旅游卫视应聘，后来才知道不用去海南工作，在北京工作。因为旅游卫视是公司化运作，当时说他们是第一个制播分离的，其实是电视的一种改革，所有节目都是由北京公司承制，只不过在海南播出，不过确实经常有机会去三亚出差。我就觉得还挺好。因为是公司运作，不像青岛那边会有一个很长的时间才告诉你说，你已经通过这些考核了，可以来这儿工作。

潘奕霖：到旅游卫视工作之后，青岛那边才通知你。

瑶　淼：对，才正式通知我，旅游卫视也没有笔试，就是录像。我从导播间一出来，他们领导就说"你明天上班吧"。他们效率特别快，所以第二天就去那儿上班了。

潘奕霖：你是主持人、演员，后来你来到电影频道，刚好把这两者结合起来，你觉得是不是有一种机缘的东西在？

瑶　淼：我觉得是一种机缘巧合，我来电影频道这件事有时候想起来，会有让头发都会竖起来的感觉。到电影频道之后采访了好多人，其实都是我之前演戏的时候合作过的，有一些都是看着我长大的。电影频道在以前儿影厂的院子里，我是这个院子里长大的，我从六岁开始上儿影的艺术班，一直上到十一二岁——西土城路2号，我在这儿待了五六年的时间，所以我每次去开会，刷卡进门的时候就觉得跟时空穿梭一样。

潘奕霖：神奇。

瑶　淼：与电影有关的东西还是更适合我，我还是比其他的人更了解这个过程，对于电影更有一份感情。同时，我也是一个影迷。而且，现在年龄越大越确定，这是自己特别喜欢的一个领域。

潘奕霖：你是影迷，那电影带给你的是什么？到底为什么那么喜欢，想过吗？

瑶　淼：因为人只能活一辈子，在自己有限的时间空间里面，反正我每次看电影都属于特别投入的那种，会跟电影里的角色过另外一种生活，虽然你让我去演我很难投入到另外一个角色里。但是每次看电影，当灯光一暗下去，只有银幕，放大很多倍，在发光，你会进入到那个故事里面，或者那个人的人生里面去。

你可以生活在你向往的时代或者向往的地方，我觉得那个还是很有魅力的一件事。

还有，电影会让你去思考人性。生活中遇到过的事就这么多，但电影会把你带入特别有戏剧性或者说特别需要你做出选择的那些时刻，因为你投入进去了，就会想，如果真的是我，我会选择生存还是死亡？也会想到自己的很多事情。

潘奕霖：还真投入。在电影频道有特别难忘的主持经历，或者特别难忘的嘉宾吗？

瑶　淼：我觉得每一次采访都挺有收获的，有的收获是镜头里面可以记录下来的——我们的对话。还有一些收获是采访时观察这个人的时候，会看出每一个明星也是普通人，能看到他的一些犹豫、彷徨、不好意思，或者哪个问题触动到了他，让他愤怒、生气，很真实。

采访的有一个电影叫《童梦奇缘》，是陈德森导演，刘德华、莫文蔚参演的，大家从小变老，冯小刚给了他一个什么药，他从老变小的。那个时候的首映，不像现在的大晚会，那次采访我们就是用特别淳朴的方式，把所有的主创请到棚里，也没有什么唱歌跳舞、表演节目，就是大家围坐一桌，一个主持人跟所有嘉宾聊，也没有任何渲染气氛的，没有小乐队，纯粹是靠聊。聊之前会做好多功课，会把电影看了，看好多材料。在现场，你看着每个人眼里都泛着泪光。以前演戏的时候，觉得演了一个重场戏特别过瘾；那时候每次主持完这样的节目，都会觉得特别地过瘾。

后来，刘德华的好多电影都是我主持。尽管我第一次去采访他的时候，我忘了他演的片子的片名，而每个记者只给三分钟的时间，得言简意赅、语速很快，我就反问他一句："你自认为你长得很帅吗？"我记得他听到我说那个问题的时候，他的表情有一秒钟凝固，他的意思就是你觉得呢？后来我好像回了一句，我说："你是自以为很帅吧。"

潘奕霖：哈哈。

瑶　淼：后来，刘德华自己做的电影也会找我主持。一次一次地接触，真的被他的敬业所感动。我觉得每个人的成功都是有道理的，我们只是看到他风光的一面，但是他背后的辛苦、认真，还有较真，大家都是不知道的。

他最近出来少了，他当爸爸之后出来得少了。

潘奕霖：他也投资电影，他确实是华人影坛的常青树。

瑶　淼：常青是有道理的。

潘奕霖：你能不能给读者推荐几部你比较喜欢的电影？国内的国外的都行。

瑶　淼：因为是女观众吧，我比较喜欢看对女性成长有帮助的片子，有一个片子让我印象特别深，叫《成长教育》，是英国的片子。它里面的台词说"人生没有捷径"。因为那个女孩很漂亮，又很有才华，上大学没多久就跟一个成功的男士好上了，她父母也觉得可以少奋斗二十年，干脆退学，跟这人结婚吧。结果她退了学，却发现那个人是有妇之夫。这个女孩子一下觉得被欺骗了。当然她最后通过自己的努力，又考了回去，最后成了成功的女性。她说人生其实是没有捷径的。比如我比别人早上了两年大学，而我毕业了之后晃了两年，时间完全就找回来了。我出现在旅游卫视的时候，年龄正跟我的中学、小学同学是相等的，其实我应该是九七级，我小学同学崔征是九八级，他因为心肌炎休学了一年，他每次都觉得这上哪儿说理去。

潘奕霖：你说的《成长教育》对我来说很难忘，《佳片有约》做影评版的改版，选的片子就是《成长教育》。做这期节目时我也试图探讨一些很有意义的问题，好电影是让你有所思索。

瑶　淼：是啊，还有《成为简·奥斯汀》我也特别喜欢。这部电影也是让我经常会在人生一些重要时刻想起来的电影，就是讲女人怎么样能够更自尊，包括在爱情里面怎样能够不自私地去爱一个人。

潘奕霖：说到这儿我们把话题转一下，你现在事业、家庭都很圆满，作为女性，你会给女同胞怎样的建议？关于情感，关于恋爱观、人生观、价值观。

瑶　淼：我觉得还是要尽可能地去实现自我价值。要接纳自己是个不完美的人，这是这两年我的想法。我以前比较要强，不太接受自己的软弱或者恐惧。现在我会想起来，那个时候不愿意承认这些。前段时间一个节目讨论产后抑郁症，她们都说自己有产后抑郁，我说我没有，我不允许自己抑郁，如果你再抑郁了，这摊子事怎么撑起来？所以我不允许自己有负面的东西。现在我知道了，人应该去接受自己不好的情绪，要接受自己的弱点，比如我，要承认自己长得不够高，或者偏内向，现在接受了这一切：内向的人也可以实现自我，也可以有自己的价值。只不过人的价值是不一样的。我看了一本书叫《内向者的优势》，因

为这个世界普遍都更认同外向者，外向者是主流，很多改变的事都是由外向的人做出来的。但你应该知道自己可以有自己的方式，这个特别重要，每个人都要知道自己是独特的。这也是我有了孩子才悟出来的。

潘奕霖：你是渐渐形成了自己的风格，形成了自己独特的气质。

瑶　淼：这个真的是后来慢慢形成的，这两年我开始敢于保持自己的特点。刚来电影频道的时候，有一段时间也挺迷失的，主要是我觉得自己做主持人不够外向，不够有活力。但是这两年我发现一个内向的人也可以做一个好主持人。

现在大家越来越接受真实的人，包括我主持《今日影评》，我希望对我说的每一句话负责，希望我说的话都是经过内心的思考，而不是别人给你词，我把这词机械地念了。

潘奕霖：这个我要检讨。原来节目录制量太大，不够走心。好几次有人跟我说"我上过你的节目"或"你怎么忘了，你采访过我啊"，而我真的忘了，再回忆，想起来了。回到电影，你还有什么推荐的片目吗？

瑶　淼：近期我很喜欢《江湖儿女》。从电影里面看到一种女性的力量。我觉得男性在时代中其实还是挺脆弱的，类似短跑先生，一瞬间冲得很快，迅速受伤了、骨折了，脆弱地就倒下了。但是我觉得女性的力量是很绵长的，而且她可以很有信念感地在各个时期都撑起这摊事。

潘奕霖：你说《江湖儿女》，赵涛的表情看似木讷，但她其实心里很有数，她演这个女人的几十年，展现了女性的坚韧，她们是生活中很平凡的存在，很可爱。你喜欢《爱乐之城》吗？

瑶　淼：《爱乐之城》我也喜欢，结尾挺伤感的。

潘奕霖：最近《毒液》你还没看吧？

瑶　淼：没看，但我挺喜欢上一部的《蜘蛛侠：英雄归来》。

潘奕霖：是不是跟女儿一块儿看的？小孩儿比较喜欢的。

瑶　淼：对，其实以前我根本不怎么看漫威，现在居然成了一个漫威粉。

潘奕霖：斯坦·李前两天去世了，惋惜。前几年我率《佳片有约》团队赴美国好莱坞录过节目，把老爷子请到了现场，留下了珍贵的影像。当年我还邀请他来中国，他很爽快地接受了。他的创作力一直保持到他生命最终的一刻，这是作为一个电影人的幸福之所在。现在《毒液》还在上映，里面也有他，我觉得电影的魅力在这些地方都会闪现。

瑶　淼：上次《蜘蛛侠：英雄归来》给我印象特深的，就是钢铁侠跟那个小男孩说怎么样匹配上他的战衣，如果他没有内心的强大的话，这个战衣是帮不了他任何忙的。电影里表达的那个点还是让我很受触动的。

潘奕霖：有中国记者问过斯坦·李，这些英雄是怎么创作出来的，斯坦·李回答说，大家想去实现却无法实现的东西，就让电影实现！老百姓、观众会认同的，这是最朴素的道理。

瑶　淼：而且他的每个英雄都有弱点，就像我说的每个人要接受自己的弱点，每个英雄都有自己要克服的不足。

潘奕霖：你最近签了李静的公司，是出于什么原因做出这样的选择？

瑶　淼：当时就是想给自己的人生更多一点儿可能，我想去一个女领导的队伍，
　　　　更懂我，而且我很佩服能够实现自我价值的女性。她也是一个妈妈，
　　　　又是一个女强人，又是主持人，其实我以前挺爱看她节目的，所以当
　　　　时就毛遂自荐了。

　　　　我有时候脑袋一热就会做选择。我跟静姐谈了一下，我也想看看我除
　　　　了电影还能做什么，我花了那么长的时间在专心带孩子，就跟静姐说：
　　　　"你们公司基本都是时尚类的节目，或者是明星类的，干吗不做一个
　　　　母婴类的节目？现在母婴市场那么好，而且怎么去科学育儿，大家也
　　　　挺需要这方面的信息的。"我觉得我这么多年，每天都在做的功课就

是带孩子，积累了这方面好多的经验和感受。她说，对啊，当时真的没有做这种母婴方面的节目的。后来就做了《拜托了妈妈》这个节目。

潘奕霖：量身打造。

瑶　淼：后来真的做了这个节目，当时说找谁主持，因为李静是老板，肯定她是主持，然后还要再找一个主持人，她说就是瑶淼。一开始很不适应，但是后来我已经真的把这个平台当作自己可以有话语权的一个地方。主持这个节目一年多后，我写了一本书，写了跟孩子相处的感受。

之前我有一段想转型的时候，还找人聊过，别人就觉得我好像没有那么大倾诉的欲望，反而觉得说我应该再去演演戏。我还是一个比较感性的人，后来我发现当我做育儿节目的时候，真的挺有倾诉欲的。我佩服有影响力的女性，也希望用自己的一些经历或者感受影响别的人。

潘奕霖：你时间分配上是母婴节目多，还是电影节目多？

瑶　淼：基本上是一半一半吧。

潘奕霖：两大爱好，挺幸福。

瑶　淼：挺感慨的，那么多年都纠结于自己适不适合做主持人，直到这两年才觉得我很满意现在自己的状态。

潘奕霖：在你每次做选择的时候，你先生会给你建议吗？

瑶　淼：他会给我一些建议，但我还是尽量听自己内心的声音吧。他是湖南人，还是挺敢作敢为的，包括我们孩子选择的教育也是特别非主流的一条路，也都是他提的建议。

潘奕霖：非主流你指的是？

瑶　淼：我女儿没有上公立学校，上的学校都是特别小众的，不是国际学校，最开始是华德福学校，只是玩的，不用学，就是到农村去。我们为什么搬那么远，就是因为她上学，一个村里的小学，每天生活得跟个农村孩子似的，这就是她爸爸的意见，觉得孩子不能够被城市给束缚住。我经常一个人旅行，有时带着我女儿我们两个人去旅行。她从五岁开始世界各地去转，我们经历过很可怕的事。比如去巴黎，刚经历完恐怖袭击的时候去的，很多人说你别去了，后来我问孩子她爸，他说没事，去吧去吧。他从来没有怀疑过我，反而觉得我肯定没问题。还有我们俩在这个暑假去巴厘岛做国际志愿者，好多人觉得主持人怎么还做这种志愿者？一个巴厘岛旁边的小岛上，做保护海龟的志愿者，跟世界各地的年轻人住集体宿舍。我好久没住过集体宿舍了，吃的也是特别简单的食物，自己刷碗、打扫卫生、保护海龟，跟每天上班似的。我女儿是最小的，我应该是年龄最大的，很多都是大学生。我们还经历了两次地震，先在酒店住了一晚，然后去营地，第二天早上一起来整个楼都在晃，赶上地震了。

潘奕霖：我看你发朋友圈说一下子成了地震前方报道记者。

瑶　淼：《北京日报》还发了我拍的照片，第二次又赶上了，在餐厅吃饭，所有的楼开始晃，跟着人开始往外跑。

潘奕霖：那一刻你女儿什么反应？

瑶　淼：她挺镇静的，跑得比我还快，可能与跟着我世界各地到处跑有关，在美国酒店住着突然有警报响了，她说不要换衣服，先冲到街上去，不要停留，也不要想带什么东西，这都是她跟我说的。

潘奕霖：这小姑娘。刚刚你说到巴黎，去了这么多都市，你眼中的巴黎是怎样的？

瑶　淼：我特别喜欢，我觉得是待着特别舒服的地方，包容性很强。
　　　　在巴黎，坐在街边喝咖啡就可以喝很久，而且那儿的人特别感性。我第一次去巴黎是自己去的，在街上走，有一条街道没有人，有一个大叔可能有五十岁左右，过马路的时候是红灯，我站在马路这边，他在马路那边，他拿着一个法棍，等到绿灯亮了以后，我们俩擦肩而过，他突然叫住我了，我就回头，他开始跟我说法语，我听不懂他说什么。后来他觉得我听不懂法语，他用英语说了两三句，他最后跟我说，"我爱你。"

潘奕霖：我第一次去巴黎是 2002 年，去戛纳前在巴黎逗留。当时坐地铁，我不太会操作那张卡，我在犹豫的时候，一个很友善的穿着风衣的法国男士，突然把他的卡一刷把我推进去了，然后他自己就翻过去了。他们爱帮助人，也不易被那些规矩所束缚，回忆起来依然会觉得这些人好生动。

瑶 淼：我带我女儿上过埃菲尔铁塔，当时世界各地的人挤在一块儿，各种各样的味道，还有嘈杂的声音，我在想这是在欧洲吗？觉得比东方明珠电视塔还闹腾。

我从来没打过车，除了坐地铁、公共汽车，就是靠走。我自己去了一次佛罗伦萨，觉得特别好，待了一个星期，别的地方哪儿都没去。我喜欢去一个地方慢慢待着，不喜欢到处赶景点。逛了好多博物馆，那时候刚演完《但丁密码》，我就是带着电影里好多的记忆去的，看了好多电影里面出现过的东西，我还去博物馆找了但丁的面具，还去了但丁故居。有时候看完一部电影就会萌生一种去那个地方的想法。之前看了一些关于文艺复兴的书，我觉得那几天过得特别慢，坐在河边看到河水一直流。另外，我还挺喜欢东京的，电影《迷失东京》我也很喜欢。

可能好多人不喜欢东京，喜欢日本其他的地方，我觉得东京的包容性也很强。日本其他的地方，街道上经常会一个人都没有，大家都有自己生活的节奏，好像谁都挺怕你打乱似的。所以我觉得东京很好，有特别安静的一面，也有人来人往的一面。国内，我喜欢上海。

潘奕霖：我认识的一些北京人不太接受上海。

瑶　淼：我以前也不接受上海，包括刚去电影频道的时候，做活动去上海的时候感觉被欺负。这几年好像还是挺喜欢上海的，觉得上海其实比北京更国际化，而且生活起来也更舒服一点儿。

在上海，人挺有原则的，知道什么是我要的，什么是我不要的。也可能是年龄大了，不能什么事都说好，必须要学会拒绝很多事情。我觉得还是要有规则、有边界，并且该拒绝的要拒绝。

潘奕霖：上海是中国的一个宝贵的存在，我的一个好朋友是摄影师，他太太是香港人，他在上海和香港两地居住。他说，上海比香港洋气多了，举出了许多具体的实例。这是一个艺术家的感觉。

瑶　淼：上海比北京要洋气，现在觉得比香港也洋气。

潘奕霖：包括王家卫，是一位在香港的上海人，他的电影似乎很有腔调的。

瑶　淼：我喜欢能体现出中国美的城市。比如杭州，还有西安。

西安好吃的多，又便宜又好吃。西安这几年旅游发展得特别好，你走在大街小巷，能够感觉到对城墙的修复，还有一些古文化的保护，做得好。

可以在城墙上骑车，在大街小巷里骑一圈。

潘奕霖：西安的城墙瞬间会让你有回到唐朝的感觉。我看一个报道，说陈凯歌拍《妖猫传》，其中日本一位演员，他第一次去西安，见到城墙，问："这是长安吗？"回答说："是的。"他当时就热泪盈眶了。别人问他："你为什么在这儿热泪盈眶？"他说："不知道为什么，我来到这片土地，这就是两千年前最国际化的都市，是我们祖辈膜拜的城市，所以站在这里忍不住就要哭了。"

瑶　森：我最近一次去西安是带我女儿参加剑道比赛，剑道是从唐代传到日本的，从我们这儿失传，但是在日本却一直延续下来，现在如果你去日本会发现好多人门口摆着剑道的假人，都会在家里练。

潘奕霖：今天聊得挺开心的。问几个小问题：从出生到现在最遗憾的是什么？

瑶　森：最遗憾的是，如果可以更好好学习的话，就好了。我其实是有点"速成"。我只有到这个年龄才知道那个时候应该多看一些书，那时确实生活得更简单，可以有一些时间去看书，应该更珍惜时间。

潘奕霖：最幸福的时刻是什么？

瑶　森：最幸福的时刻，现在就挺幸福的，我永远都是觉得现在的自己是最好的，甚至我也不怕以后年龄更大了。我相信每一个当下都是最好的，我希望我女儿可以做成这样的女性，不是在一个男人审美的角度去看的。

潘奕霖：你的梦想是什么？

瑶　森：梦想就是可以有一颗自由的心，不被一些没有价值的事情所牵绊束缚困扰住。

潘奕霖：刚才你多次提到女儿，此刻面对九岁半的女儿，今年的瑶森对女儿有什么样的期望，有什么样的寄语，希望她怎么成长？

瑶　森：希望她身体健康，现在对于小孩来说身体健康是很不容易的事，她现在作业很多，她每天写作业都要写到晚上十一点。我觉得有的时候，身体的健康更重要，所以今天是雾霾天我就不让她上学了，有时候宁愿她没有完成作业，也希望她能够身心健康，能够保持住她对世界的好奇心。

潘奕霖：有没有希望过她将来会从事什么职业？或者她自己想从事什么职业？

瑶　森：她就想当个艺术家。她特别喜欢画画，喜欢下雨天，讨厌出太阳，她希望生活在一个每天都下雨不见阳光的地方，不知道她这是什么爱好。

潘奕霖：请对未来想从事传媒行业的年轻人说几句话。

瑶　淼：我总觉得大家是不会听忠告的，就像我自己从来不听人家的忠告。不过听的人虽然不听，但是说的人还是要说。我觉得还是不要太心急，特别是主持人这个行当，我觉得没有十年八年、二十年，真的是做不成一个好的主持人，它就是需要时间。专业提升是一回事，主要还是对生活的感悟，还有对人情世故的洞察，体会到的这些事情，没有时间熬制是不可能的，所以别太着急。

2018.11.6

王凯主持的《财富故事会》让我们记住了这个光头小伙儿，语言那是相当生动，长相、神态就是我们常说的"有观众缘"。

　　在此之前的某一年，总局举办歌咏比赛，在那个著名的广播剧场。那场歌咏比赛的主持人就是当时在中央人民广播电台任职的王凯，我只记得他的好声音回荡在整个礼堂，嗡嗡的。那是很久以前的事情了。

　　这次采访记录整理完发给王凯后，他的团队细心地把我原文所有的"王凯"字样改为"凯叔"。是的，现在所有人知道的名字是"凯叔"，他成为孩子们喜欢的故事大王、成为一位优秀的企业家。

　　当我走进凯叔公司的时候，我看到了一个忙碌的公司老总的身影以及他的数百名员工。我挺高兴的，播音专业出来的孩子就这样走出了一条不同寻常的道路，他是一位率领一个规模不小的团队打拼的创业者，而且，做的事情如此有意义，甚至独一无二。

　　他是我同学王群的学生。交谈中得知，他一入校就知道自己是不想做传统意义上的主持人的，他的理想是当一名配音演员，于是他去寻找一切机会。然后，他成为"棚虫"、成为会讲故事的人，又因此去了广播电台讲故事，然后又去了电视台。此时，他又清晰地明白自己该走出舒适圈，迈出创业这一步了。

　　他似乎没走什么弯路，被命运之神格外眷顾。他的热情、执着、果敢，以及独属于他的好口才、好声音、好头脑，成就了他。也许，还因为有一个好妻子。

7

地　点：望京保利国际广场

时　间：2018 年 11 月 6 日

受访者：凯叔（王凯）

潘奕霖：你好！从约你一直到来你们公司的过程，我感觉到你很忙，永远在路上或者正在做你的项目。

凯　叔：这已经成为一种生活状态了，可能我不是特别能闲下来。原来在央视的时候，朋友们开玩笑说我是出差在北京，当时我同时兼顾着好几档节目，就被安排住在央视旁边的酒店里。虽然家在北京，但是回不去家，那个时候就忙成这样。所以后来创业，人家说创业这个事挺苦的，我反倒没感觉，早些时候每天早上四五点起床，早晨是《王凯读报》这档栏目，读报之后八九点钟吃个早点再去睡觉，睡到中午起来再吃午饭，极不健康，吃完午饭录像或者是开策划会，一直忙到晚上八九点钟。

潘奕霖：那样的生活持续了三四年？

凯　叔：是的，因为每天早上四五点钟起床，所以干脆就住央视旁边了。那个时候人在北京一周回一次家，就忙成这样，所以这已经变成一种生活的常态了。

潘奕霖：比如这一周你的行程是怎样的？

凯　叔：大会要开两三个，小会就不定了。基本上每周有两个上午是集中录音。我现在不像过去，过去刚创业的时候所有的录制都是我一个人，现在有了团队，我个人的录制已经减少了很多，但就这两个上午的集中录制也是极其耗心力的。现在我身上有一个产品叫《凯叔三国演义》，这是我们一个S级产品，上周录一个上午，但我缓了一周。那一上午录了四集《张辽对阵孙权》，连续四集全部是战争，是一个人的战争！一个人演出千军万马，完事之后整个人都被掏空了。中午，想喘口气，可是中午有一个午餐会，勉强吃两口饭，别人都能吃下去，我已经吃不下去了。结束之后，后面连着三个大会和两个小会，到最后一个会的时候，小伙伴说你别开了，你走吧，你现在已经完全开不了会了，人已经坐不住了。

创业这件事本身就极耗心力，你每天都要判断未知。创作这件事，更要真听、真看、真感受，比原来的播音主持要耗体力得多。

潘奕霖：《凯叔三国演义》是完全按照小说来播？

凯　叔：没有，我们叫原创性改编。我们公司做第一个付费产品《凯叔西游记》时，公司没有什么人，我一个人带着助理，把我用三年写的七十万字浓缩到四十万字，这才敢录成产品讲给孩子听。一开始做的时候也觉得，我就是把半文半白的内容翻译成孩子听得懂的语言，后来发现不是这样的。我早期给女儿讲《西游记》的故事，第一集印象特别深，石猴出世，写了三千字，讲给我女儿听。可我发现根本讲不下去，不断地被她的问题打断，问这个是什么意思，那个是什么意思，这个为什么，那个为什么。我从中悟到一个道理，我做儿童产品绝对不能拿自己的常识去触碰孩子的第一次认知。这个领悟还是蛮重要的。

有位作家说过一句话：我根本不想我的作品是谁看是谁听。所以他们所产出的这些内容叫做作品不是产品。产品是什么？产品是你从用户的角度，慢慢去体验他的体验，怎么能让他的体验更优化，从而得到的东西。那个时候做《凯叔西游记》，我把女儿提出的问题记录下来，写出答案，到情节里，我不等你问，我就讲给你听了。然后再找别的孩子听，又一堆问题，再改再糅，所以像《凯叔西游记》第一步就是要让三四岁的孩子听起来也没有情节障碍，他放松，才会听进去。但是光让他喜欢还不行，因为父母还有诉求，家长希望通过你的内容让孩子得到成长，我们这种儿童教育工作者也有这样的使命。你光做到孩子喜欢，那你的竞争对手就是手游，你怎么能让他选择你。比如说前面你把他的认知门槛已经拉下来了，你怎么在里面搭建一个认知阶梯，像电梯一样拉下来再带起来，让他成长。

说回《凯叔西游记》，我们每个产品背后都有一个教育目的，《凯叔西游记》的目的就是让中国古典文化和常识得以普及。既然孩子已经喜欢上了，什么时候加入成语、什么成语要解释它的背景、意义、典故，什么词语大概孩子能猜到一二就让他踮着脚猜，什么时候加入古诗，什么古诗由凯叔的嘴里说出来，甚至讲到诗人是谁，不要去打断孩子对于戏剧的沉浸，让他去体味里面的音乐平仄和大致的意境。密度越来越大，难度越来越高。《西游记》不是一个儿童故事，这里面也有不适合孩子听的部分，这是成年人欣赏的名著，但是把这些东西滤掉之后，你会发现逻辑上不成立了，所以，当你把逻辑补齐的时候要有好的方式，要适宜地更改作品的价值观。《西游记》经常会传递这样三句话：我灭了你，你灭了我，我找人灭了你。典型二元论。

情节、对话基本是这样的，以至于我们记住《西游记》里面的妖怪都是前半部分，为什么后半部记不住呢，因为玩法打法都一样，你就记不住了。这种处理问题的方式，这种价值观一定不是我们现在的价值观。我们现在的价值观一定是找到第三种选择，像社会主义市场经济、"一带一路"，不是二元对立、非此即彼、非善即恶。我们有多大的分歧都没有关系，我们只要找到里面一点点的共识，就可以把它放大放大再放大，然后，你发现分歧没有了或者不重要了，你我可以站在一起，甚至你我可以成为彼此，这是第三种选择。

你如何把第三种选择讲给孩子听，这个就叫重塑价值观，所以我们把这种创作叫作原创性改编，《凯叔西游记》光这一个内容卖了五千多万，而且持续效应特别高。你是不是真正做到了快乐，做到了成长，甚至做到了穿越，我们指的"穿越"是穿越时间，你这个产品二十年之后，三十年之后，能不能给那个时代的孩子带来快乐价值、成长价值。当你找到了能够穿越时间不变的价值的时候，你把它放大，这个东西就可以穿越时间。

创业五年了，慢慢形成了很多的方法论。早期的时候一个人完成一个大作品，那是一个人活成一个团队，后面是怎么让一个团队活成一个人，这个是最重要的。像《凯叔西游记》能够打造出来是这个公司的幸运，因为没有任何一家创业公司允许一个人闷头干三年，万一出不来怎么办，就算出来，创作时间太长这个公司也黄了。最早期的时候这个公司就是一个个人艺术工作室，我就花钱养团队，那个时候不叫团队，就几个人。我把自己做到极致，就在这样的状态下产生了极致产品，就给公司定性了，我们要做就做极致产品。我用了三年的时间做一个产品，你跟我说这个产品你做了三个月就可以做出来，我不信，所以这个公司特别尊重时间。我们吸收最牛的人，我允许你用比我想象的还长的时间去干一件值得的事情，但是绝不允许不极致的产品出现，我们是这么去做产品的。

像《凯叔三国演义》，说出来好多人都不相信，第一集的稿子改了八个月，谁信哪？但是你想，一个创始人三年做一个产品，这个团队就能干出这个事来。这八个月是筹备上线时间，从筹备到上线，稿子一直在改，后来这个产品预售第一天，预售额就有三百五十万，三天卖了五百万，十个月卖了两千多万。为什么这个产品这么好呢？当时我们内部分享的时候，产品经理把自己电脑上的内容投在墙上给大家看。看第一集的稿子，有二三十个文件夹，每一个文件夹都是一次推倒重来。点开每一个文件夹里面有七八篇到十几篇不同数量的稿子，每一篇稿子都是微调，然后再开一个推倒重来，这是干吗呢？不断训练自己，

内容公司特别难的就是让全体都知道我们打造的是好产品，什么叫好产品，什么叫好？好的标准是什么？这个共识特别难达成，我们是通过《凯叔西游记》实现的。

每一个产品本身在打造过程当中团队内部也要达成共识，我们这个产品批量生产能够达到什么样的水准，这个是绝对没有任何可以取巧的可能，唯手熟耳。这就是为什么一篇稿子改了八个月，到最后达成了团队的共识，一开始团队携手十几个人，淘汰、淘汰、淘汰，然后到四五个人反而能够支撑一个大作品一年的产量，这只是写手，不包括音乐、后期、混音、绘画，不包括其他的，只是一个文案的打磨。

好多人一开始不理解，你们成本怎么那么高？我说这要看你怎么说，我们公司基本上把这个行业的成本提到了别人不能想象的地步，我们一个产品一年下来的打磨成本是在大几百万甚至上千万，音频产品，都可以拍一个小电影了。

潘奕霖：　"三国演义系列"成本多少？

凯　叔：　"三国演义系列"基本上四五百万吧，《凯叔讲历史》五百来万，我们 2018 年出的特别牛的产品叫《凯叔诗词来了》，它一年的成本是在一千多万。所以表面上看好像挺高，但是你想，这是一年销量能到两千万以上的产品。

潘奕霖：　你在这个领域目前来讲是唯一的吗？

凯　叔：　应该算是唯一的，没有对手。

潘奕霖：　你刚才说到了极致，用极致这两个字要求自己。你是学播音的，你又喜欢配音，你还当过电台主持人，电视台的主持人，现在你又是一个创业的老板……关键是你现在讲故事的方式跟评书还很像。

凯　叔：　《凯叔西游记》是有评书味的，因为我从小学评书，我没有拜过师，但是我觉得我语言上的启蒙是田连元先生。

潘奕霖：靠听。

凯　叔：听，那个时候他讲"水浒""杨家将"，我这边听一集，转头我开录音机就把这一集自己说出来录下，小时候就那么喜欢，我听完一遍借着这个新鲜感自己再说一遍。

潘奕霖：初中开始听的吗？

凯　叔：小学时候开始的。小学是听，初中就开始自己说，也没拜过师，所以我的《凯叔西游记》本身有评书的痕迹，但是后边所有的东西都没有了。你现在听《凯叔诗词来了》，我们把中小学必背一百五十首诗，每一首诗做了一部戏剧。众多演员拍戏、进棚，这个真是达到了我们所说的儿童产品的"榫卯结构"，里面的每一条分工都做到了极致。什么是榫卯结构，就是能用语气表达的不用语言表达，比如说这个人很不耐烦地讲话，那你就让他用很不耐烦的语气说，不用加这样的解释。能用音乐铺陈的氛围就不要靠其他的手段去做，所以每一条分工，每一条供应链单拎出来都不完整，但是当它们榫卯到一起的时候，没有任何信息冗余都很极致，它就是一个特别完整的极致产品。

一百五十部戏剧，又做了一百五十首歌，每一首歌都谱曲、配乐。然后又做了一百五十个脱口秀，就是讲知识，用孩子喜欢的方式去给孩子讲诗词的知识。我们塑造了一个马桶的形象去说脱口秀，这是一个IP，通过马桶，孩子可以穿越到他的唐宋兄弟身边，去看、去见证诗人的感受和表达。然后又做了一百五十个游戏，其实是考试，通过闯关答题的方式，去验证孩子是不是学会了这样的知识。像这样一个大产品做出来，它已经不是故事了，更不是评书，它是一个多元的东西。我们还做图书，我们叫出版前置，这些书都是我们出的，我们陆陆续续出的童书有一百多本了，完全都是原创的。

潘奕霖：你的书最大的特点是既有文字又有声音。

凯　叔：对，不仅有文字和声音，还有插画。像《凯叔神奇图书馆》《凯叔
365夜》，里面的插画，都是水准极高的插画师的作品，甚至可以
说是艺术品。

《凯叔三国演义》刚出版，这本书一天卖了一百万册，就在我们的
App和公众号。没有做书的时候，每一幅画就是App里播放三分钟的
头图，我们已经把出版这件事在App的音频产品里边完成了，到最后
给出版社的稿子，质量已经达到印前要求。

潘奕霖：怎么想起做这个事的？

凯　叔：一开始就是给自己女儿讲故事，我从电视台辞职之后，有一段时间，
就想创业，但是没有想好自己干什么，那一年陪女儿时间比较多。

潘奕霖：你辞职的时候还没有想好自己要干什么？

凯　叔：大多数人就像猴子在树枝上打吊悠，你松开这个树枝的时候，前提是
你抓住了另外一个树枝，悠来悠去，越悠越高或者越悠越低。我不是
这么一个人，我心里的安全感是极强的。

潘奕霖：安全感很重要。

凯　叔：我做任何事情会有一个推理，我要不要做这件事情取决于做这件事情
的结果，最差我能不能承受。比如说我辞职的时候，我就在想如果我
找不着创业的方向，或者创业不成功，我能不能接受？我想我能接受，
我还可以继续做主持人。如果没有人认识我了，没有人请我做主持人了，
我可以做配音演员，我依然可以活得非常好，再不行我写字，我的创
作能力也很强。怎么样都可以活，当你有这样的安全感的时候那就闯吧，
基本上我是这么一个逻辑，所以那个时候辞职没有想好干什么，无所谓，

有时间去想。

潘奕霖：*直到女儿天天缠着让你讲故事。*

凯　叔：这个完全是跟着感觉走了，其实企业发展到一定程度的时候，战略有
　　　　着至关重要的作用。企业早期战略是不重要的，是因为你没有能力定
　　　　战略，定的战略很可能被推翻。这个时候把手头每一个工作做到极致，
　　　　让市场给你判断。我做任何一件事情都是MVP（最小可行化产品），
　　　　你去把它打磨好，把事情做到极致，美好自然会来。当企业发展到一
　　　　定程度的时候，你驾驭的资源越来越多，你犯错的成本就越来越高，
　　　　这个时候就必须得有顶层设计。你作为创始人的考验就在这个地方，

你是不是把这条路想清楚了，这件事情就变得越来越重要了。

潘奕霖：你的公司有三四百人了吧。

凯　叔：到现在已经五百多人了，之前是分散在几个办公地点，现在都搬到一个办公区域了。

潘奕霖：没想到一个播音系的男生能做到这种程度。

凯　叔：我觉得人的性格不会有太大的变化，但是创业会让一个人变化特别大，只是骨子里的东西不会变。我一直是做事目的性比较强，我为什么要考播音系，我不是想当主持人，我考了两年，第一年没有考上。我的路程跟别人都不一样，我上的是职业高中，当时学的是摄影专业，毕业应该直接进照相馆。但是我一直喜欢语言，在幼儿园时就给人家讲故事。幼儿园的时候，老师就特别喜欢我，一开始教训我，后来发现这个孩子可以讲故事，老师就不上课了，就让我给大家讲故事，权当上课了。

潘奕霖：这是某种意义上的天赋了。

凯　叔：天赋，怎么看这个事呢？天赋来源于热爱，但是你为什么要热爱，我总说我小时候讲故事并不是喜欢讲故事这件事本身，而是我喜欢讲故事之后别人给我的激励。

潘奕霖：别人对你的认可，小朋友们都围着你。

凯　叔：对，老师不教训我了。那个时候的幼儿园老师有一个水舀子，铝做的。那个水舀子有两个功能，一个是舀水，一个是教训我，因为我太淘了。突然有一天不教训我了，是因为我讲故事这件事情。你说一个孩子被看见、被发现、被尊重，全源于这个事情，你能说你爱这个事吗？其实不是，你爱的是做了这件事这个社会给你的激励，你越爱这个激励，这件事情做得越好，所以就变成这件事或者这个能力的正向循环，我觉得是这样一个关系。所以热爱的本身是你的人性需求成为被看见的需求、被尊重的需求。到最终别人看天赋，其实不是，我觉得是激励。那个时候我就想做配音演员，那些录音带让我听烂了，好多经典都可以背，但是当时没有教配音的专业。

潘奕霖：针对配音的专业非常少。

凯　叔：只有广播学院比较像，所以我就考广播学院，第一年没有考成，第二年继续考，文化课不行，没有上过高中，学渣一个。但是上职业高中的时候，我就把北京知名高中好老师的培训课都上了，因为那个时候有复读班，专门给高考失败的学生开设复读班，各个学校都有创收，复读班授课的全是最好的老师，我就白天在职业高中学摄影，晚上去各种复读班。

潘奕霖：学文化。

凯　叔：对，第一次高考失败之后我就有了更多的时间，白天也在图书馆和复读班度过，第二年就考上了。目的性非常强，所以我应该是那个时候我们班唯一一个知道自己未来要干什么的人。

潘奕霖：当你考上的时候，你知道自己未来可能要做配音演员。

凯　叔：必须干这个，所以我用了两年的时间在上大学的时候打进中国的配音圈。

潘奕霖：目标很明确。

凯　叔：对，目标特别明确，我找到了所有我能找到的配音演员的电话。那个时候没有手机是寻呼机，老师接到呼叫电话，以为来活儿了，回电话问王先生，你哪位。我说对不起，某某老师，我是广院播音系的学生，我特别喜欢配音，我特别喜欢您的作品，您能不能带带我……我跟哪个老师都这么说，基本上，就没有回音了。后来，给徐涛老师打电话特别有意思，我还是那一套，说特别喜欢您的作品，能不能带带我。

徐涛老师说："我最近工作太忙，不做配音了。"那个时候他在北京电视台做主持人，我的心就凉了。忽然他又说："我下个月的这个时间，应该是到中央台配音，你下个月再给我来一个电话问问。"那个时候，那种感觉就好像沿街乞讨好久，突然间一个大门轰然中开，里面传出包子的香味。

过了一个月，数着日子，再呼他，打电话过去问，您还记得我吗？徐涛说："你叫王凯，是吧？"那天特别幸福，去央视的东门等着他，那天认识了廖菁、张伟，后来我们合作了二十来年。

潘奕霖：你确实目标明确。

凯　叔：所以我到大学四年级的时候已经在配音圈有了一定名气，开始一部一部配主角了。我们大学毕业的毕业作品特别有意思，同学们都是在某个电台节目录音，或者在某个电视台播一段新闻，我的毕业作品是正版的 VCD，是我为很多电影主角配音的影片 VCD，当时把老师震惊了，从来没有见过这样的毕业作品。

潘奕霖：另类。

凯　叔：不是时间选择你，也不是你选择时间，就是这个时间干这个事，你只能干这个事，或者你想干这个事。

这也是一个自我认知吧，当我配音到一定程度的时候突然发现自己遇到了瓶颈，就是自己没有原来进步那么快了。后来我就分析到底是什么原因，发现个人的努力已经要输给时间了，你后边再成长已经不是你通过量的积累进行训练能得到的成长，而是时间的积淀给你带来的影响。

我从现在起不配音了，三年之后我一定比现在配得好。

这是岁月给你的成长，而不是你的训练。那个时候，在配音圈我已经算是我这个年纪里最棒的了，往上走只有比我岁数大的人比我强，所以这个时候我就不想这么混了，挺浪费时间的。正好当时中央人民广播电台有一个《文艺之声》刚创台，就想把我请过去做主持人，说他们一直想找自己的主持人去播小说，因为原来都是请演播艺术家。

潘奕霖： 《文艺之声》，"小说联播"是不是它的主要内容？

凯　叔： 小说、相声、评书，就这三种。他们请我过去，是因为我当时在业内小有名气，他们想有一个电台的主持人在这里播小说。原来在这之前所有的小说演说都是请演员或者艺术家来演播，很少有专职的主持人做这个事情。我当时觉得好玩，我一直想干这个事。当时自己配音也遇到瓶颈了，小说是一个人驾驭千百个人物，它有一个上帝视角，我觉得特别吸引我，所以我就去了。在那里工作了两年，播了几十部小说，拿到了最高奖。

潘奕霖： 是直播还是录播？

凯　叔： 录播。小说演播艺术家协会给我评的奖是"中国小说演播艺术家"，当时我是拿到这个奖的人里最年轻的。拿奖之后又遇到瓶颈了，跟以前的情况一样。

自己在这条路上不能进步了，剩下的是岁月给自己的价值。这个时期，我同时在央视解说很多节目，我应该是在央视解说节目最多的人。

潘奕霖： 比如说什么著名的节目？

凯　叔： 太多了，《世界影视博览》《国际艺苑》《地球故事》《走遍中国》，等等。其中的《地球故事》，我一直给他们解说，后来他们想换一个主持人，就找到我。他们对我说："你解说那么好，其实你面对镜头解说就是我们想要的主持人的风格，能不能试试？"我说，那就试试吧。

潘奕霖：*这一切来得这么偶然。*

凯　叔：对，其实我第一次出镜是在北京电视台，我在上学的时候做过一个节目，叫作《中国中关村》。

潘奕霖：*广院还是中学?*

凯　叔：广院。《地球故事》是我第二次出镜主持了，但是意义不一样，我在话筒前，我觉得我的能力可以做到极致了，但是面对镜头我没有体验过。

潘奕霖：*再次挑战一下。*

凯　叔：再次挑战一下，也是讲故事，当时就给他们录了一个样片，估计是八字不合，我录完样片这个节目黄了。

潘奕霖：*《地球故事》就没了?*

凯　叔：对，过了一年之后，这个团队要做另外一个重量级的节目，就是《财富故事会》，当时领导试了很多的主持人，都不行，突然想起样片的"光头"来了。

潘奕霖：*你那个时候已经是光头了。*

凯　叔：我大学一毕业就剃了光头。他们想起我来了，说那个光头不错，要不让他试试。我就做了一次试镜，大家都觉得特别满意。当时我就一个要求，我说我想重塑一下视觉表达。当时节目的场都已经搭完了，是一个西式酒吧，我说能不能撞击一下，我穿着中式服装，又是一个光头，拿一把折扇，手里拿着紫砂壶，我那时收集紫砂壶，特别喜欢。我要把这个场变成自己的场，这样我会非常自如，我说这样行不行。他们说行，可以尝试一下。所以就这么开始了，基本上那个节目是一炮而红。当时没有创业节目，这应该是中国第一个创业节目，而且以一个人讲述的方式，像半个脱口秀的方式去做。

潘奕霖：*记得是中午十二点半播出。*

凯　叔：晚上十一点半重播，当时别的节目还模仿，各地方台主持人动不动拿一把扇子就出来了。但是别人学不像。那个时候都叫小老板，做小老板的节目，小老板其实就是创业者。这个节目做了几年之后升级成《商道》，由做创业者到做世界五百强，等于我在央视这八年的时间，我讲了两千多个公司案例。这件事，让我改变非常大，我觉得是认知的改变非常大。原来我给自己的定位是，这辈子应该做一个艺术家，恨不得最后一口血喷在话筒上，这个人就没了……我觉得特别酷。但是艺术家，总会觉得除了艺术其他的什么都看不上，商人都是为利益，无商不奸，我会有这种感觉。但是你真正和这些创业者成为朋友之后，会发现他们身上有一种特别吸引人的魅力。

其实我做《财富故事会》一年之后就想辞职，我想自己创业了，但是幸亏没有这么干，不然的话会死得很惨。创业这件事不是你想象中那么容易，这不是拼智商或者情商的事情，这是人性的磨砺。当然在这个阶段，人已经发生非常大的改变了，你从"无商不奸"这样一种认知，变成了突然发现这个世界上最强大的催化剂就是商业，这个世界上最有效率的组织应该是公司。

创业者的生存状态是什么状态呢，就是你一直在一个伸手不见五指的黑夜里摸索，你一直想熬出黎明，但是大多数是在黎明到来之前就已经熬不住了，放弃了。还有一部分人是一直想坚持到最后，可是黎明到来的一刹那他倒地而亡。

潘奕霖：还挺惨烈的。

凯　叔：所以你是不是有这样的心智和勇气去坚持，但光有勇气、光有坚持行吗？也不行。因为你走的这条路也许是错的，但是你是不是能清醒地自我认知和判断错误非常重要。大多数人做不到，因为他会被成本绑架：我在这条路上付出这么多，万一我努努力就能成呢？但是没有希望，因为路错了。你是不是有这样的智慧懂得放弃，我觉得这个跟智商情商都没有关系，完全是一种自我煎熬、自我认知。那个时候我还会做一种心理游戏，每采访一个对象，我就想如果我是他，这些节点我会怎样选择，我能不能承受他承受的这些事情，后来我的答案是我做不到。一直到2009年，发生了一件事，就是微博诞生了，我是第一批用微博的人。

潘奕霖：你这方面的触觉嗅觉很敏锐。

凯　叔：对，当时在微博上除了大 V 开始有了话语权之外，大家一直想做一些好事，于是在微博上诞生了一个又一个公益组织，那个时候我也是在大家推动之下，成立了一个公益组织叫"爱心衣橱"，用了三年的时间解决了十几万个孩子穿冬衣的问题。在这个过程当中，我经历了考验。那个时候的认知是什么呢，我做这些事情也不是为自己，而且顶着极大的舆论压力，因为我们刚做"爱心衣橱"、刚成立基金，十四天之后，整个中国公益舆论走向就降到冰点，但是既然做这件事我就想做好，一直坚持往前努力，整合各种各样的资源，做得还不错。到现在为止我也觉得那是我的第一次创业，叫公益创业。

潘奕霖：为什么选择"爱心衣橱"？

凯　叔：似乎一切都是命。有一天我发了一个微博，我好多中式服装没有地方用了，好多人问我在哪里做的，我说有人要吗，要是有人要的话把它卖了，我把这个钱再捐出去。就发了这么一条微博，结果看到微博的朋友就开始推着你往前走，这个愿意帮你，那个愿意帮你。那个时候你就觉得通过这种方式可以做成一件事，可以真正有效率地帮助别人。为什么解决冬衣问题，因为这件事是从衣服开始的，我想回到衣服，形成一个闭环，就想做这么一件事情。

从创业到现在，我觉得那一段时间是我最煎熬的时候，因为公益舆论已经差到这样一种境地，在当时中国的舆论导向下，你不可能给捐助者合理的回报，募资难度极大。我印象当中最痛苦的一天是我做慈善晚宴头一天晚上，募集了很多艺术家的作品以及很多明星的服装，打电话把我这辈子积累的所有资源都用上了，请了五百个人到现场。有企业家、明星、媒体，但是我并不知道结果。我们现在创业，很多事情做与不做心里大概有一个百分比，成功的概率我心里是清楚的，可那个时候是完全不可控。

我就打电话给企业家，我那个时候打十个电话，能有一个来就已经很不错了，甚至有的直接就说："凯叔，你怎么也干这个。"有的就说从来不参加这种活动，直接回绝了。能来的都已经是好朋友了。来的头一天晚上，我想最后确认一下，给各方打电话，结果发现，越打电话心里越毛，没有一个人愿意给你托底。因为什么呢？人家第一次参加你组织的这类活动，就算认识你凯叔，也不知道明天是个什么样的场合，不知道有多少媒体，要是答应你凯叔花多少钱买什么东西一定做到，但是万一有其他的因素呢？我不知道第二天会如何。可怕的是，你已经撬动那么多的社会资源，如果最终没结果会怎样？那个时候只要能募集到一百万，这个事就成了，如果没有到，我觉得这是对社会资源的浪费。况且对我来说，自己这张脸都没地儿搁。结果到第二天，一晚上募集到五百八十万。

潘奕霖： 在哪儿办的晚宴？

凯　叔：第一次就在北京，北京的一个酒店，一切的一切都是大家的支持。

潘奕霖： 五百八十万？

凯　叔：那一晚上五百八十万。

潘奕霖：*那很好啊。*

凯　叔：对对对，第一天晚上起生理反应，就是头抬不起来，极其焦虑。我创
　　　　业到现在为止都没有过这种感觉。

潘奕霖：*就很难忘啊，太难了。*

凯　叔：那一天晚上太难了。所以这件事后来越做越顺了，我觉得我有这个
　　　　能力，我可以经受住这种考验，"爱心衣橱"做了三年我才决定辞
　　　　职创业。

潘奕霖：*那个时候还没有辞职？*

凯　叔：对，但是实际上真正创业之后你会发现，跟原来想的又不一样。你原来觉得公益创业是最难的，但跟你利益无关，利益无关反而好办，真正做一个企业的时候，把自己的利益，把自己的身家放进来，你做决策是最难的。你是不是能够把自己和企业画一条线切割开，在心里跟企业有一个边界。就像育儿一样，做父母一定要跟孩子在心里有一条边界，你知道什么不可以侵犯，什么要容错。你不能说没边界，什么都要听我的。有边界是我允许你犯错误，我知道你的成长是要经历很多的磨难，我可以眼睁睁看着你去磨砺，但是我保护你最底线的安全。我觉得我很多的管理思路是和孩子相处、读育儿书籍得到的灵感和方法论。你做艺术家是怎么做的，每一个产品每一个细节你都要把握，都要按你的想法去做，做企业这样做要做死的，因为你手下任何一个人再也没有了创造力，所有的都变成一言堂。可是你有的时候明明知道他会做错，你多说一句话，结果就会更好一点儿，能不能忍住，因为你的团队要成长，他摸火炉知道烫和你告诉他烫，那个体验是不一样的，造成的结果也是不一样的。

其实创业这件事是自己和自己不断对话，自己对自己一次次的诘问。

潘奕霖：你做这些决定、尝试各种可能的时候，周围是什么样的声音？

凯　叔：团队内部会听，团队外部不会听，但这不重要，只有参与其中的人才知道我们遇到什么问题，别人就是对你好，对于你的建议都是没有根据的，最重要的是学习。我觉得做任何事情你去挖掘事情的本质和规律特别重要，任何一件事都会有规律在驱动，你把这个本质和规律找到之后，你就不是空中楼阁。

潘奕霖：就是说很多电视观众认识你是通过《财富故事会》，也很巧，那个节目是一个创业节目，多年之后自己创业了。

凯　叔：对，你往前看一切都是偶然，你回头看一切都是必然。但是从某种程度上来说，人这一生和这个世界的发展都是在偶然和必然当中不断交织。为什么是牛顿发现了万有引力，为什么是爱因斯坦提出了相对论，你往回看他的人生就是必然，但是本人不这么认为，当事者特别知道哪一个环节如果当时不是这样的决定就不是现在这样的状态。做这种复盘的思考，然后往前去看特别有魅力。我相信一个说法，一个人在一个领域做到全世界第一的概率极小，但是如果你在这个领域是前25%，在另外一个领域是前25%，你把这两件事放在一起成为一个事，你有可能就是最好的。

潘奕霖：这个很有意思，这个理论值得大家去琢磨一下。

凯　叔：比如说我在讲故事，以我这样的能力在国内肯定是最好的几个人之一了。前百分之几、万分之几都是可能的，因为从小叠加的经验，讲故事的人里面有多少人像我讲了两千多个创业案例，有多少这样的艺术家对商业有极大的好奇心必须愿意实践。

潘奕霖：还得有头脑和意愿。

凯　叔：对，这两者叠加你会发现没有几个人了，比如说这样的人有三个，这三个人里面有谁有这样的命运，有谁有这样的勇气，天时地利人和，偶然中有必然，必然中有偶然。

潘奕霖：你喜欢配音，也许现在这个环境是萎缩的，但是亲子故事是一个庞大的产业，一代代的小孩都是要听故事的。

凯　叔：这是刚需嘛。这几年大家太习惯挣快钱了，现在出版业一枝独秀就是童书，中国人把外国的绘本、版权炒得高到离谱了。

潘奕霖：今年开始控制了，有一个限度。

凯　叔：我觉得这个控制不是没有道理的，为什么？该引进的好东西全都进来了，总共几万种书，值得买的不超过八百本。

从一开始到现在我们就做原创，包括《凯叔西游记》这样的产品也都是原创，把原创的根扎得特别深，我们不着急，就一点儿一点儿做。

潘奕霖：你生于 1979 年，回顾之前，觉得你没有怎么浪费时间，走得都挺对的，刚才你也说到了，情商也好，智商也好，并不一定是一个人成功的绝对因素，你觉得你运气好不好？

凯　叔：运气特别重要，创业这件事特别凭运气，千万别觉得自己做企业做好了就是我的能力强。做企业尤其是一个人有一点儿能力之后特别容易膨胀，不是这样的，你要不是赶上移动互联网的蓬勃发展，你有越来越多的工具，你怎么可能做到现在这个份上？

潘奕霖：回到咱们这次的主题，回顾学校这四年，广院给你留下最深刻的记忆是什么？

凯　叔：我在上学的时候体验到了一种宽松，播音系的这些老师大多数人不会告诉你必须怎么样，但是如果你做好了，他会给你鼓掌。

潘奕霖：还真是。

凯　叔：我的班主任王群老师对我说过一句话，让我受益终生的，在我比较彷徨的时刻这句话给了我一个提醒。毕业一年之后，那个时候我在录音棚，基本上与世隔绝，每天早九点到晚九点，中午十二点到晚上十二点。那年同学聚会他也在，后来一边喝酒他一边跟我说了一句话，说："王凯，我觉得你跟大家不怎么聊天，是不是因为他们说的你都已经不在乎了。"其实不是，是因为我有点落后了，跟时势、跟社会有点脱钩了，完全沉浸在自己的艺术创作里面了。老师给我特别大的提醒，所以才有了那样一次想改变的心境。

潘奕霖：专业方面呢，有什么记忆？

凯　叔：我最深的记忆是"齐越朗诵艺术节"，我应该是有史以来参与"齐越朗诵艺术节"次数最多的一个广院人。我从大一开始参加，大一的时候拿的三等奖。我就树立了一个目标，每年都要参加，用这样的方式检验自己的水平是不是得到了提高，所以我基本上每一届参加完之后就去准备第二年的作品。

潘奕霖：你参加了几届？

凯　叔：我作为选手参加了三届，一直到大三，作为辅导员参加了一届，辅导出了一个齐越奖，最高奖。当然我那个时候也拿到了最高奖。毕业之后就以评委的身份出现，以助演嘉宾身份出现大概参与了十来届。

潘奕霖：那你跟齐越节真的是颇有渊源。

凯 叔：我特别感谢齐越节，每一年能给自己一个检验。

潘奕霖：你第三年的时候是冠军了吗？

凯 叔：冠军。

潘奕霖："广院之春"参加了吗？

凯 叔：唱不了歌，我一般在台底下起哄。

潘奕霖：谈谈爱人曾湉，你们俩是同学吗？

凯 叔：没有，师妹。

潘奕霖：偶然相识？

凯 叔：她大一的时候我们俩就开始合作了，但是我们俩成为恋人是我毕业她大三的时候，我说的辅导出一个齐越奖就是她。

潘奕霖：问得还真巧。

凯 叔：她压力会比我大，我忙成这样，家里都靠她，与此同时她还做产品，她在我这里有个人工作室。

潘奕霖：曾湉从央视辞职了吗？

凯 叔：早辞职了，我辞职第二年她就辞职了，她在我这里成立了一个工作室，我们一个黄金产品《凯叔声律启蒙》，她是总导演，我们的《凯叔诗词来了》她也是总导演、制作人，这两个产品都是极牛的产品，《凯叔声律启蒙》一年也卖了

两千多万，《凯叔诗词来了》一年五千万的销售量。

潘奕霖：你俩这就是传说中的琴瑟和鸣啊！

凯　叔：我觉得是，因为我们两个人对语言艺术都是挚爱，她比我更广一

　　　　点儿，我是语言艺术，她是导演艺术，包括音乐、作曲，到整体这种

　　　　产品的把控，这一点比我强多了，所以她在我这里做了两个产品都是

　　　　极牛的产品。

潘奕霖：你回顾一下三十九年的人生，最幸福的画面是什么？

凯　叔：幸福的场景会有很多，和家人一起度假那个瞬间很幸福；我们家里学术氛围很浓，跟夫人探讨业务讨论产品，经常会有一个瞬间觉得特别和谐；女儿的出生，女儿的每一个瞬间，我觉得都很幸福；还有一个好的产品上线，用户给你的回馈，都让我感觉到幸福。

　　　　有一个可以说，2013年12月22日，我们做了第一次线下活动，当时还是个人工作室，就想看看是什么孩子听我讲故事。我没有想到从全国各地来的这些孩子没有一个空手来的，每个孩子基本上都自己画了一幅画，送给我，其中有一个天津的孩子送给我一个泡沫塑料做的雕塑，做的是凯叔，自己捏的，染上颜色，那个给我印象特别深刻。那个瞬间我就告诉自己一句话："哥们，这辈子就干这个了。"

潘奕霖：遗憾呢？

凯　叔：确实没有什么遗憾。

潘奕霖：这个回答我很喜欢。那你还有什么想做的？

凯　叔：我是希望有朝一日"凯叔"这个品牌可以成为影响一代又一代中国人童年的品牌，能够成为一段国民记忆，能让更多的孩子因为接触到"凯叔讲故事"，能够拥有幸福的童年，这是我的终极愿望。

潘奕霖：为你鼓掌。你将来会面向成年人开发产品吗？

凯　叔：我们用户上限定在了12岁，0～12岁，只为童年服务，我提出一个口号：要打造中国最牛的童年品牌。为什么是童年而不是儿童品牌，我们是希望把时间变成我们的服务对象。

潘奕霖：有一天凯叔就成了凯爷爷。

凯　叔：依然叫凯叔。

潘奕霖：永远叫凯叔？

凯　叔：对，对！

知行合一
知足常乐

冒健

2018.10.24

有一位内蒙古青年，在当地的师范学院中文系毕业后，偶然进入宁夏的电视台担任新闻播音员。在银川，他第一次得知了有一所大学叫北京广播学院，那里培养出了许多优秀的主持人、播音员。他萌生了一个愿望：去考广院的研究生……

　　听上去这是一部励志电影故事的开始，实际上这是个真事儿。故事的主人公就是日后被大家熟悉和喜爱的中央电视台国际频道的主持人鲁健，他第一年考研落败，第二年再失败。然后，他辞职了，背水一战，第三次备考（写到这，我突然眼眶要湿了），这是一个怎样执拗、执着、固执的人啊！第三年，他终于考上了……他人生故事的后半段从此改写。

8

地　点：富力城咖啡库

时　间：2018 年 10 月 24 日

受访者：鲁健

潘奕霖：鲁健你其实是我师弟，九八级传媒大学播音系研究生，那你本科学的什么？

鲁　健：本科中文系，九〇级的。

潘奕霖：你是九〇级，毕业以后四年想到考播音系的研究生。

鲁　健：有情结吧，因为我大学是内蒙古上的，包头师院。我上学的时候被选到了大学校园电视台，指导老师和同学们经常聊起来，其实好多人都有这个理想，就是想考广播学院。

潘奕霖：本科没想考广院？

鲁　健：因为那个时候信息不像现在这么灵通，我上了大学进了校园电台干起了播音，我们指导老师和师兄弟在聊天的时候，他们会谈起他们的理想，也说了当年离广播学院播音系一步之遥的遗憾。所以我才知道这个学校，因为那时候没有网络，1990年，在内蒙古获取这种艺术类院校的信息还是非常有限的。

潘奕霖：你是内蒙古人？

鲁　健：对，内蒙古最西部的那个盟，叫阿拉善盟。阿拉善，善良的善，所以我经常开玩笑说上海人应该比较了解我们，阿拉善，我本善良。

潘奕霖：你是蒙古族还是汉族？

鲁　健：我是汉族。因为阿拉善那个地方是一个大民族聚集区，它很大，有二十七万平方公里，包括三个旗，阿拉善左旗、阿拉善右旗和额济纳旗，额济纳旗是靠着甘肃，左旗是靠着银川。所以阿拉善就是汉族、蒙古族和回族等多民族聚集区，它正好是位于贺兰山的一个山缺的缺口，过了这个山口就是塞上江南银川，典型的塞外风光。我经常开玩笑说岳飞的《满江红》会不会就在这儿看了以后写出了"踏破贺兰山缺"，这儿不就是贺兰山缺那个位置嘛。当然我们知道岳飞当年不可能来到这里。

潘奕霖：*你上了大学之后才知道有广播学院，有播音专业这个事，然后又等了四年？*

鲁　健：我们家离银川比较近，我又有在校园电视台当主持人的经历，后来银川电视台正好在招播音员，我就去报了考试。进了银川电视台当播音员之后，先被送到北京广播学院培训，上了一个短训班。短训班其实很关键，一方面是熟悉环境，另一方面也让自己的理想逐步清晰了。

那个时候就在想，既然干了这一行，总觉得自己的所学还远远不够，要干播音主持，还是要有专业院校的学习背景和经历，我觉得广院可能更正宗一点儿。我的想法很单纯，那个时候喜欢看武侠小说，总觉得要进名门正派，要正宗嘛。当时就开始谋划说考什么好？考双学位还是研究生，考研究生要难，要辛苦很多，但是研究生机会比较多，因为它有重新分配、重新就业的机会。

当时短训班也就一两个月，但是那一两个月的学习让自己思路更清晰了。那时我工作可能有一年多的时间了，我就在想，如果着手做一件事情的话，光有一个想法肯定不够，因为你要不把第一步迈出去，回去以后这想法很快就烟消云散了。那个时候二十岁出头，太年轻了，很难做到心无旁骛地学习，因为年轻的时候太想玩了。大家都有过年轻的时候，那个年代你想想，蹦迪、看电影、约着喝酒啊，朋友也很多，很难静下心来去学习。所以我就想，不管怎么说，我得先开始学习，哪怕第一年不行，最起码我先进到学习的状态当中，就逐渐会知道自己有哪些不足。短训班那一个多月，我利用在学校的时间，去了解这些情况。

潘奕霖：*那是 1995 年？*

鲁　健：对，1995 年，我开始买考研的参考书，像语文、政治、英语，还有两门专业课，我在学校的书店把这些参考书买齐了。我还去招生办了解怎么报名，什么时候报名，需要准备哪些材料。只有在做的过程当中才能真正走出这一步，如果只是一个想法，那不是理想，那是空想，很快就烟消云散了。我那时候在银川其实也面临这样的情况，回去以后开始着手复习，就想着我先考了再说，其实我心里也知道第一年我肯定考不上。

潘奕霖：这些想法没敢跟台领导和同事说吧？

鲁　健：因为刚刚进到台里一年多就有这个想法确实不太好，我没敢说，就自己复习。但是复习时，身边的诱惑太多了，今天朋友说出来喝酒，明天朋友说晚上蹦迪，那时候年轻，一蹦一晚上。

潘奕霖：是不是很快就成为当地的名人了？

鲁　健：是，一出镜大家就都认识了，那个年代也没有手机，都是看电视，所以我那会儿开玩笑说，我其实也挺安逸的。单位还给分了个小宿舍，当时他们叫鸳鸯楼，给单身职工分的，其实就一个卧室旁边带一个半间的小餐厅，估计也就是三十平方米吧。说句玩笑话，虽然我才工作了一年多，但那个时候出去买菜，菜市场的大爷都认识我。

潘奕霖：因为已经开始播新闻了？

鲁　健：对，《银川新闻》，但地方电视台主持人少，所以文艺节目和晚会都一起主持。我那时生活还是很舒适的，所以打破它需要勇气。我运气比较好，我姐姐先我一步到北京工作了，我就像有了个靠山，也有一个奔头，就想着反正去了北京的话，再怎么着还有一个姐姐在那儿，也不是说自己完全孤立无援。

有些时候理想才是最大的驱动力。那时我特别坚定，就不想放弃，因为我觉得，放弃一件事太容易了，坚持下来才不容易，我一定要把这个事情坚持下去。

当时的想法很单纯，就是想如果考上广播学院的研究生，我就会非常幸福了。我去报了一个考研英语补习班，因为我最差的还是英语，之前多年的中学大学，英语没好好学，基础不牢，但是一直也没有放弃，一直在坚持有一点儿没一点儿地学着。考研对英语的要求还是挺高的，最起码相当于大学六级以上的水平，说句不好听的，我当时也就是大学二三级的水平，连四级都达不到。当时我记得很清楚那个复习材料就是《大学英语》第六册，到了补习班直接学，我真的跟看天书一样，完全看不懂，只能一点儿一点儿地抠。我觉得就跟学新的文字一样，一个单词一个单词开始背起。

这个是硬关，这个关你过不了，就别考了，但是我的心态特别好，觉得自己考上考不上都好，当时就感觉学习本身是一件特幸福的事。人有些时候需要过那个坎。回到武侠小说里我说的那个状态，我记得《倚天屠龙记》里的张无忌，一开始他义父谢逊教了他一堆的口诀，很枯燥，但是最后会发现很多武功融会贯通之后，功力就会上一个台阶。我觉得学习就是这样，学英语一开始觉得特别头痛，但因为有个理想在支撑着，就不觉得痛苦。我那会儿还买了一本《星火英语记忆法》，每天拿着小册子不停地背。当你单词量积累到5000个的时候，再跟着老师去看那些书，会发现很多语法结构弄明白了；单词量到10000的话，很多英文的文章看起来就容易多了。

好多年轻的孩子在微博上问我怎么学习，我就说学习这个事，当你有一天体会到它的快乐的时候，那就真是你一辈子丢不掉的本事。一开始，可能有一定的目的性，从初中高中到大学都是为了应付考试去学习，考上大学以后可能学习的动力没有了。但当你从学习当中找到了快乐，自己就会总结出很多学习的方法。但即便是这样，我学了一年以后，第一次考研还是失败了，1995 年第一次考试，英语当时考了三十多分，差距比较大。政治及格了，语文更没问题了，本来就是我的专业。考研挺难的，总分必须过关，单科成绩必须过关，一科不过就全挂了。其实就跟经历了一番高考差不多。而且就招两三个人，有些年份还空招。

潘奕霖：有挫败感吗？

鲁　健：挫败感倒不是特别强，因为第一年我做了充分的思想准备，我也觉得自己可能会失败。

潘奕霖：1996 年又开始考了。

鲁　健：是的，1996 年 11 月份第二次报名，那时候单位里的人都已经知道了。开始准备第二次考研，这一次心理压力比较大，因为第一年失败知道自己准备得不充分，但是第二年，已经知道自己欠缺在哪儿，每天猛攻英语，心还是有所期待的。而且那个年代我们住的宿舍还没有暖气，条件确实挺艰苦的。

潘奕霖：是什么动力激励着你？

鲁　健：就是觉得既然干了这行，一定要在一个更高的平台去发展。况且单位的人都知道了，一方面觉得这小伙子还挺上进的，这是好事，但另一方面单位领导并不太支持。领导每年给我签字，对我来讲是一个很痛苦的过程。所以自己也很苦恼，如果考不上的话，所有这些复杂的程序又得重来一遍，很痛苦，压力也挺大的，那会儿头发都有点愁白了。痛苦不在学习，学习很快乐，但是程序性的东西在折磨人，每年报名，要准备大量的材料。

那个年代我就一心想考张颂老师的研究生，因为张颂老师是咱们播音的泰斗，我特别想成为他的学生。但第二年还是失败了，不过英语有大幅度的提升。

潘奕霖：*我能想象你在寒冷的小宿舍里孜孜不倦学习的样子。*

鲁　健：点个电炉子，那个年代也没有电暖气，裹着厚被子学习。我记得有一回我姐去看我，说这冬天你就这么扛过来的？有一次半夜睡着了，电炉子的丝烧断了，半夜冻醒了起来自己又把丝给接上。后来我姐给我弄了一个烧蜂窝煤的小炉子，弄个了烟囱接出去。那时候我挺能扛的，因为父母不在身边。一个小炉子，也不是特别热，裹着被子龟缩在家里学习，还落了一身毛病。

潘奕霖：*怎么了？*

鲁　健：那个房子比较潮，是背阴的，白天也没有阳光。时间长了我浑身关节都疼，尤其是肩膀，患上了肩周炎。我记得有一回胳膊突然就转不动了，后来检查说是粘连了，因为常年关节不动，后来我自己忍着疼强行活动开了。医生挺震惊，说我还挺有毅力的，相当于自己把肌肉撕开了。你想想，真的很疼的。还有那时候经常偏头痛，精神压力特别大，尤其到第二年的时候，头疼起来经常去撞墙。

　　　　还有一次是犯了急性肠炎，就犯过一回，疼得动不了，就在床上躺着，一直强忍，还没有电话。哪像现在打个电话就叫个朋友来，后来直到有一个比较好的朋友去我那儿，才把我搀到医院去。如果真没有朋友来的话，说不定就肠穿孔了，有生命危险。结果第二年又没考上，确实有点"白头搔更短，浑欲不胜簪"的感觉。

潘奕霖：*你还是没有放弃，又考了第三次。*

鲁　健：经过一番痛苦的挣扎，一定要考上的心态战胜了放弃的想法，我真的不想放弃。还有一个原因，因为单位的人都知道了，去的时候觉得怪没面子的，你都已经考两年了，然后你放弃了，害怕大家认为我是一个失败者。我告诉自己不能当失败者，不管怎么说还是要继续。

痛定思痛，我觉得还是因为不能做到有规律的学习，虽然当时报了辅导班，但是一星期可能就两节课，很多时间真的经不起各种诱惑。比如说，好朋友找你玩，会说："学什么呀，出来喝点酒得了，叫几个好友，男帅女美，去蹦迪吧！"诸如此类的，我又特别喜欢热闹，喜欢朋友，就很容易动心，太贪玩。后来我想这不行。我姐姐在北京，我就跟她商量。因为我跟广播学院一直还有联络，我知道广播学院有研究生进修班，它不是正规的研究生，参加一个简单的考试后就可以先进去，学习一年以后，会给你一个研究生进修的结业证，没有学位，也没有毕业证。所以，我有了一个想法，我干脆辞职，就去广播学院学习。那时是1997年。

潘奕霖：你做了一个重大的决定。

鲁　健：还有一个重大的变化，1997年我第二次考研的时候，我父母也从内蒙古搬到银川，我们在银川买了房子，他们搬到银川和我生活在一起。因为我父亲那个时候身体不好，他是脑血栓后遗症，好几年了，只能拄着拐杖行走，所以他太需要人照顾。对我来讲，那个抉择实际上真的是非常非常痛苦，如果父母在当时极力反对的话，我就真的没有办法，就只能忍受此生最大的痛苦，可能就这样了吧。但是他们没有反对，所以还是给了我挺大的决心。

潘奕霖：你决定去追逐你的梦想。

鲁　健：辞职了。我当时是这么想的，要考播音系的研究生，就别再上播音系的研修班了，我上电视新闻的研修班，如果一年以后，还考不上，我就得考虑退路了。不能做自己心爱的播音主持，我就做点其他的，再看看还要不要继续考了，考三年考不上，那就真的做别的打算了。我就上了电视系的研修班，那一年我觉得收获特别大，真的不能傻读书，研究生的学习和考试，要求你有一个更开阔的眼界，要求你对这个专业领域的知识有自己的一些看法和见解，它不再像我们高考那样把书本上的知识整理好运用方法找到答案的这个套路，更加考验自己去整理信息、梳理信息、获取信息的能力。

给我们上课的这些老教授都是各个领域颇有建树的人物，是领军者，我们学的都是他们的著作。还听了很多讲座，我觉得这些讲座确实打开了我的眼界。

我来北京那一年住在学校，生活特别规律，那个年代顶多就有一个 BP 机，也没有手机。我的目的很明确，就是考研究生，因为是第三年了，也比较自律了，知道考不上的后果很严重。

潘奕霖： 拿着青春赌明天了。

鲁　健： 对，那一年是我长这么大，学习最认真的一年，我每一门课的笔记都做得极为完整。后来班里的好多同学考试都借我的笔记来抄，因为我每节课都做笔记，记得特别工整，内容全面到相当于整理出一个老师的教案。那一年简直是太幸福了，白天上完课，下午有时候还去踢个球，踢完球洗个澡去图书馆占个座，晚上再开始学习，学到熄灯回宿舍，大部分有记忆的时间都是这么规律地度过的。那一年觉得很多知识就像融会贯通了一样，真的是打开了一个新的世界。所以后来考播音系发现好多知识都是贯通的，我记得复试面试的时候，张颂老师问我一个问题："你觉得播音是新闻性更强还是艺术性更强？"我回答，播音工作既有新闻性又有艺术性。播音专业和电视所学的很多知识都是相通的，理念是相通的。而且从另一个学科的角度去观察这个学科，很多东西一下子融会贯通了，答题的时候真是有信手拈来的感觉。

第三年考试结束后我有一种特别强烈的自信，觉得肯定没问题，事实证明也是这样的，两门专业课考得特别高，我记得应该都考了 90 分以

上，那一年的单科成绩也终于过关了。

潘奕霖：英语终于过关了，英语和政治过关了。

鲁　健：对，其实考研最难的就是英语和政治，英语词汇量达不到10000，可能有些东西就是答不了。

潘奕霖：那一年录取了几个？

鲁　健：三个人，我、陈玉东和赵琳，陈玉东后来考了社科院的博士，研究汉语言文学了。赵琳是研究双语播音的，因为她的本科是学英语播音的。

潘奕霖：你还记得当时收到录取通知书时的心情吗？因为我也考了两年，所以第二年拿到通知书的时候，反而比较平静。

鲁　健：你本科考了两年，你就是我们当时崇拜的那个类型。

潘奕霖：第一年分数差一点儿，第二年我拿到通知书的时候，就觉得还是晚来了，他们终于还是要我了，就是那种感觉，所以心情会有点平静。

鲁　健：我嘛，我觉得就像恋爱的感觉，比如你特别喜欢一个姑娘，简直可以为了她抛弃生命，朝思暮想的都是她，这种情况大概率是得不到的，因为往往太喜欢一个人的时候，爱情是不平衡的，从能量守恒定律来讲成功的可能性比较小。所以一旦最后成功了，那个心情就很复杂，不是你想象中的狂喜。应该说我是悲喜交集，就是平静当中暗流涌动，首先肯定是特别幸福，我终于达成了愿望，但是又特别悲情，觉得自己太不容易了，就是当你大喜大悲的时候，绝对不是单纯地喜或者单纯地悲。

潘奕霖：考试那三年的一幕一幕都印到脑子里了。

鲁　健：悲喜交集，印象深刻！那种忐忑不安，那种对未来的不确定性的顾虑，我永远忘不了。不到最后报名入校的那一刻，还会不会存在变数，复试会怎么样？所以我就觉得各种心情混杂在一起。实际上，人在成功的那一刻是很复杂的，但那种快乐的感觉，这一辈子很难再体会到了，真的是付出了太多的努力、承受了太多的压力之后，当你获得成功的那一刻，确实会觉得挺幸福的。人生真的一定得有努力的过程，如果没有这个过程，真的会觉得缺少很多。

潘奕霖：太重要了，努力之后得到了才会珍惜。

鲁　健：太可贵了，还是跟爱情一样，你经历了这个过程，你才会更珍惜这份爱情，如果得来太容易，可能会弃如敝屣。有时候对待自己的学业、事业，跟爱情有很多相似之处。

潘奕霖：这样的话父母、姐姐也都踏实了，知道你这个选择，终于有了一个结果。

鲁　健：所以别提有多幸福了，再回到银川去转户口、转户籍的时候，那腰板倍儿硬，幸福的感觉真是油然而生。

潘奕霖：我相信你再次回到广播学院，开始你研究生的学习生活的时候，心情应该还是不一样的。

鲁　健：对，实际上只有真正地拿到研究生证，进入学校的那一刻，才能够感觉到自己是这个学校真真正正的一分子，确实像你说的，因为之前不管是在短训班还是在研修班，都有一种临时人员的感觉。

潘奕霖：研究生三年？

鲁　健：三年，但是这三年是多么地幸福。当时全校的研究生加起来才七十多人，九八研是一个班，有各个专业的人。当时住在一个楼里，先是住在2号楼，后来到了留学生住的6号楼，学校把那个楼改造以后给我们了。我记得当时第一次开会的时候，研究生处的云贵彬老师还询问同学们，男女生分开在不同的楼是不是更好一些，后来我说大家都是研究生了，还是比较能够自律的，其实住在一个楼里，这样的话交流起来更方便。研究生处居然采纳了我的这个意见。

潘奕霖：好像广院一直挺开明的。

鲁　健：对，真的特别开明。本科的时候女生楼都不让男生进，所以我们真的最幸福的就是这一点，女生在楼上，男生在楼下，同在一个楼里，大家相处得很好，专业课可能不在一起，但公共课都在一起，而且下了课在宿舍楼里互相能见到，所以感情确实都挺深厚的，这么多年我们一直都有联络。

潘奕霖：大家都跟你一样，真的是历尽千辛万苦考上的。

鲁　健：好多都挺不容易。播音系因为有专业课，专业课就是我们三个当年播音系研究生去上，教播音基础理论的就是张颂老师，我终于见到了期盼已久的张颂老师。当时发声学是李刚老师教的，主持人理论是吴郁老师教的。

潘奕霖：广院三大名师。

鲁　健：他们是发声学、创作基础和主持人学这三个学科的领路人。研究生这

这是鲁健与恩师张颂教授的合影。张颂是我
国播音学的创始人、播音界的泰斗，我们当
年就学时他是播音系主任。算了算，他当年
才五十多岁，但因他的满头银发，大家都以
为他很老了，对他很是敬畏。给我们班上课
时，他掷地有声地宣告，作为播音员、主持人，
"男生不能女气、女生不能嗲气"。下课后
回到宿舍同学们都纷纷模仿他说这句话时铿
锵有力的语气，至今难忘。

三年简直是我人生中的巅峰体验。

潘奕霖：巅峰？

鲁　健：对，那三年真的很幸福，就像你说的，只有努力过了你才知道珍惜，考上研究生之后没有生活和学习的压力了，一下把重担卸下，剩下的就是快乐地享受这三年的幸福生活了，所以我那三年真的是如饥似渴地学习。

潘奕霖：你觉得广院是一个什么样的学校？

鲁　健：应该说在传媒领域绝对是顶级的，到现在我都觉得我能进广院特别地幸福，我老用"幸福"这个词，真的是涵盖了我对这个学校最大的感受。我在研修班的那一年深刻地感觉到了，那些老师在学科领域的建树，他们永远保持在传媒研究的第一线。因为传媒研究是一个内容变化很丰富的学科，要不断地更新和调整自己的学科内容。不像有的学科真的是一本书可以吃到老，因为它变化不大，但是传媒永远保持在一线。看看就我们这些年，从我们上学到毕业，传媒发生了多大的变化，从传统媒体到现在新媒体的出现，融媒体的概念，整个发展变化太大了，学科体系不更新，很快就会被淘汰，这就是传媒领域的特色。

作为一个主持人，你要学会读懂一个作品，你如果没有读懂一个作品的能力，就成不了一个好的主持人。举个简单的例子，比如说一个新闻作品，一个好新闻，一个现场报道，记者出来现场报道然后做了一个片子回来，你得分析这个片子好在哪儿，主持人的报道语言好在哪儿，记者的报道方式好在哪儿，摄像的镜头好在哪儿，整个方案的策划好在哪儿，整体节目的构思好在哪儿。实际上这种学习会对你的整个眼界、观念,甚至你的世界观、人生观、价值观都有提升。做主持人也是一样的，你能不能从中读出人性的力量，这都很重要。

潘奕霖：这三年参加文娱活动、体育活动积极吗？

鲁　健：“广院之春”我们参与得比较少，因为那是本科生组织的，我们就是去看热闹。

潘奕霖：觉得怎么样？对“广院之春”有什么印象？

鲁　健：“广院之春”太好玩了，那个年代“广院之春”就是一个热闹，怎么热闹怎么来，现在可能不如那个时候热闹了，纸飞机乱飞，现场各种喝倒彩，没一点儿心理素质根本不敢在那个台上站。

潘奕霖：因为干这一行嘛，你就要习惯被喝倒彩，这样才会有一个强大的心理，广院文化之一是心理承受能力要加强。

鲁　健：尤其你要做主持人，要站在台上，不经历一下“广院之春”，心理素质哪能锤炼出来。

潘奕霖：我大四的时候在首都体育馆主持过一次黑豹乐队的演唱会。当时因为观众都急着看歌手，我们两个主持人一说话，底下就嘘声一片，但是我特淡定，我说我的，不受任何干扰，确实需要点心理素质。

鲁　健：做主持人这一行，你必须得经受得起这个，而且要接受被人去品评。

潘奕霖：你跟你太太是在学校认识的吗？

鲁　健：没有，当时我们不认识的，毕业以后才认识的。

潘奕霖：这么说那三年你基本上就是学习。

鲁　健：也不仅仅全是学习，前两年主要是学习，第三年就开始实习，而且前两年也有各种机会去试镜，去外边主持一些节目，也经历过很多的失败。当时最主要的娱乐活动，就是踢足球，参加学校的比赛，我们研究生第一次组队，拿了广院杯的亚军。我还会参加学校的田径运动会，当时我以二十六岁的高龄获得了校运会 800 米的亚军。但是在主持方面，我没有太开窍，因为我是地方台出来的，虽然游走于各个节目、新闻、文艺，但是做不到游刃有余。我记得有一回对我打击挺大的，当时中国教育电视台有一个类似于金曲榜的节目，我去试镜，还心想着自己文艺节目也主持过，这个试镜小意思。结果去了以后就给我一沓稿件，就是没有主持人的词。比如说今天他们要评出十大歌手，或者十大金曲，就跟电台的节目主持一样，我得自己去说，有点像脱口秀。当时我就傻眼了，我真的是笨到这种程度，我还以为应该是写好的稿子，在那儿去播呢。结果不是，就让你自己去说。现在想起来多简单，说不就成了吗，我们现在给大家推荐这首歌，这首歌是谁唱的，最近有什么故事，说几句，照那个材料念念就行了。但那会儿不行，当时我就呆了，拿着那个稿件不知道怎么办。要知道他们是希望招上手就能用的人，没有给你去了以后再培训、学习的时间，所以当时两个制片人看完以后就说好的，那你回去等消息吧。然后，就没消息了。

潘奕霖： 那你什么时候开始把目标放到中央电视台的？

鲁　健： 其实进央视之前我经历过很多的失败，还去北京电视台试过，也是以失败告终，挺受打击的。我考上研究生之后有点自信心爆棚，觉得自己气质还不错，哪个栏目会不要我啊，但是经历过失败以后才知道主持不是那么回事。不过我能从每次的打击中吸取经验教训，其实这种打击是有好处的，好在还没有完全把信心打掉。后来有一个机会，中央电视台体育频道，他们正好来广播学院招人，他们新上了一个节目叫《篮球公园》，因为引进了 NBA 的节目，需要大量的配音，我就去给那节目配音了。开始是需要配音，之后还需要出镜主持，我就和一些男生到中央电视台试镜了。其实说实话，我那时候更喜欢足球，篮球也会打，但是从热爱程度上来讲，比足球差远了。那时候有些人对 NBA 痴迷到什么程度，各个球队如数家珍，我根本达不到这种程度，但是我经历过很多次的失败，也慢慢总结了一些经验，比如说怎么样表现得更活泼一点儿，多加一些手势，我记得那会儿还有"大鸟"拉里·伯德，我还比画飞翔了一下。其实就是从失败当中总结了一些经验教训，知道怎么去表现一些语言了，别光在那儿说，虽然也很笨拙吧，但是起码有一些变化。当时那个制片人叫任江舟，他就看上我了，跟当时的频道总监说，小伙子不错。但他们不知道其实我喜欢的是足球。

人生有时候就是这样，特期望的东西可能不一定成功，但是有时候当你放下了特别高的期望，心态比较平和的时候，反而它就来了。

潘奕霖：一个喜欢足球的小伙子被一个篮球栏目给选上了。

鲁　健：北京台和教育台都没被选上，反倒直接进了央视出镜，所以我还在念研二的时候就开始做《篮球公园》的节目了。后来他们需要找一个女主持人，我就推荐了春妮，因为春妮跟我是去北京台面试时认识的，就把她推荐去了，我们俩一起主持《篮球公园》。后来这个节目取消了。这个节目要取消的时候，我也快毕业了。2000 年的时候，正值悉尼奥运会，中央四套要做一个早间的新闻节目，叫《直通悉尼》，要做一个体育版块来播报奥运会的信息，他们就想去广院找人，正好体育频道那边马上没节目可做了，我就抱着试试看的心态去了。我主持了那么多节目，播新闻对我来说反倒成强项了，所以我试镜非常自信。不巧的是刚好脸上起了粉刺，一个大包从鼻子旁边凸起来，当时我也有点忐忑，结果恰恰又选上了。因为这个节目实习就进了四套，毕业以后就顺理成章地留在了四套。

潘奕霖：你没有去参加主持人大赛?

鲁　健：就是因为进了四套实习了，所以没有参加主持人大赛，其实我当时还挺后悔的。

潘奕霖：你毕业那年有吗?

鲁　健：就是小撒（撒贝宁）他们那一期。但是我现在想，人生可能就是这样，有得就有失，因为以我当时那个状态，其实很多事还并不明白呢，我在舞台上的表现力，肯定比不过小撒他们，所以我觉得没去参加大赛也挺好的。

后来我当过主持人大赛的评委，能深切地体会舞台上表现力很强的选手特别占便宜。但是对很多新闻节目主持人来说，你把他放在那个舞台上，他不一定能有很强的表现力，所以确实存在这个问题。我当时要参赛的话，作为一个播音系的研究生，如果最后连前十都没进去，那丢死人了。记得在短训班的时候，我曾经站在中央电视台东门外的停车场，就是现在世纪坛的位置，我站在那儿远远地看着那个东门，还不敢走过去，当时就想什么时候能来这儿工作那得多幸福啊。但是当你最后经过那么多的努力和失败之后，你再进去，心态其实就已经平和很多了，加上在去四套之前，在体育频道已经主持过一年了，所以心态就更平和了。我一进台就先被送到基层去锻炼了有半年多的时间。我是 2001 年 7月份毕业，我跟我妻子天亮就是那个时候认识的，她是本科毕业，我是研究生毕业，我们是同一年分到中央电视台。

她是在《东方时空》实习的时候被选拔上的，然后《东方时空》改版出镜，我们都属于那一年比较幸运的一批人，我是在四套出镜，她在《东方时空》出镜，她比我起点还高呢，本科毕业直接就进台了，这女孩挺好的。

我毕业的时候去播音系办理手续，因为我们三个研究生都签了留校协议，要是违约的话要赔六万块钱。当时因为中央电视台迟迟不给消息，我就签了留校协议了，任何单位我们都不许考虑了，否则违约赔六万。最后，中央电视台来消息了。

潘奕霖：但你已经签约了？

鲁　健：我已经签约了，电视台人事办给我打电话，说你来一趟，我当时很忐忑，觉得可能要被录用，还挺不敢相信的。去了以后，人事办说，我被选入中央电视台了，要准备毕业证之类的。好在我那时候证真全，毕业证、学位证、六级证，还有"中央三台奖"的奖学金证书。

我就去学校办手续。记得当时的党总支书记是马桂芬老师，马老师跟我说："好事，学校说不罚你们钱了。"所以我一直都特别感激，真是如此有包容、对学生充满善意的一所学校，那个时候六万块钱对我们来讲是一笔巨额数字，如果真要交这个钱，去不去央视我可能就要犹豫了，我最后也会选择去，但是会觉得去得不是那么地顺畅，就觉得人生又多了一个坎。

比较幸运，进了中央电视台，接受培训，培训以后就把我们同一批分进来的研究生、本科生送到内蒙古赤峰去锻炼。当时赤峰经济也不是很发达，我们去那儿待了半年多，也没什么可玩的地方，每天就在电视台那个大院里。

有时候也帮忙主持，但是主持少，主要是出去采访，自己去做做采访拍片。那一年不是发生了911事件吗，我们真的是空有新闻理想，但是无法施展，因为911发生的时候，我们正好在赶往赤峰的火车上，就没赶上。后来911之后，中央电视台酝酿改版，2002年新闻频道成立，我们是2001年年底回到北京的，回来以后正好赶上整个中央台新闻改革，频道制。因为实际上从九几年《东方时空》那一次改革开始，中央电视台就发生了非常大的变化，也培养出了一大批首屈一指的主持人。其实过了这么多年以后，中央电视台急需再有一次改革，就是直播时代的到来，因为之前的很多直播它没有真正地对这种国际性、突发性、事件性的新闻进行中外直播。

但是因为有了 911 的冲击，大家就意识到对于一些国际性的事件也是可以进行持续的大规模直播的。我还记得香港回归的时候，凤凰卫视做了七十二小时不间断直播，当时被树为了新闻标杆。2001 年 911 事件发生以后就急需像 CNN 那样不断地进行这种重大事件的追踪直播，当时正好赶上央视第二次改革机会。我那个时候又特别地理想化，就写了好多的改版方案。比如说《中国新闻》周日一小时的改版方案，设立《财经时讯》的改版方案，还有午间改版方案，写了好多这样的改版建议书给领导。当时我们领导是从香港驻站回来的杨刚毅，杨主任也比较开明，他把这些改版方案给到那些各栏目组的制片人，说你们研究研究。这就说明他还挺重视的，特别给予我信心，我觉得我写得还可以，如果特别垃圾他可能随手就扔了。我就说新闻有些时候可能真的需要"初生牛犊不怕虎"的劲。

潘奕霖： 你刚回合里上班就敢写改版方案。

鲁　健：做新闻不要太世故太精明，你太世故太精明了，干不了。新闻有些时候就是要直奔主题，开门见山。我很直接，经常找领导谈自己的想法。911 事件之后，先是阿富汗战争，紧接着伊拉克战争，被各新闻媒体集中关注。我们在 2003 年元旦，尝试做了一个直播。当时我和两位主编一起策划，做了一个方案。我就说咱们能不能尝试改成两个主持人聊天的方式，这在那个年代挺冒险的，我提出的两个主持人聊天的方式，其实主持人还是会说那些导语，但是要稍微口语化一点儿，算是小小的突破，结果播出以后效果还行。当时有同事还挺担心的，我说没事，没问题。真的是不怕失败，也不考虑后果。这些领导还是看在眼里的，就觉得你既想干，而且能干得成。后来我就开始策划，当时我们国际组的制片人，叫王跃华，他也想干点事，正好赶上当时联合国安理会要讨论伊拉克问题，打还是不打，各国的外长去讨论。我们决定要做一个直播，直播这次安理会的会议，叫《直通安理会》，这是第一次打开国外的媒体的窗口，把那个直播镜头引进来，然后我们现场去评述。请专家来点评，就这样开创了一个模式。我们当时做了很充分的准备，但还是有很多的教训。比如，有一个镜头是各国外长入场，我准备得就不充实，首先各国外长得先大致认识，每个人的资料你得准备。假如德国外长进来了，最好能说出昨天他刚刚针对伊拉克问题发表的讲话，很自然地加入解说，从播音到评论到解说、现场点评。这事情给我们提供了很多的经验教训。第一，要准备得非常充分；第二，要知道在什么样的场合镜头下调用哪些信息，然后恰如其分地把它放进去。你不仅要掌握大量的背景知识，还要学会调用。后来开始准备伊拉克战争时，就有经验了。充分准备各种材料，每天拿着看。嘉宾在电视台旁边的酒店待命，因为随时有可能开战，随时有可能开窗口。我每天就拿着各种材料看，伊拉克的情况、军力情况，美国的军力情况，然后整个海湾地区、中东地区的地理图，伊拉克各省的状况，民族宗教情况，每天就了解这些。因为有大量的功课得做，之前确实对这方面了解不多，没有先例。结果就在大家都说有可能开战的那天晚上，我们都在准备，那天晚上还有三个主任，都没回家，就在单位熬了一晚上，就等着第二天这个消息。

这个时候，国际组就监控到说巴格达响起了爆炸声，当监控到这个消息之后，我就坐到主播台上了，马上就联系嘉宾往台里赶，在第一时间播报了这个消息，我们是国内电视媒体第一个播出去的，巴格达响起了爆炸声，就意味着伊拉克战争开始了。当时没有想到窗口会持续那么长时间，因为就想着，我们以这种形式把这件事件报出去就完成

任务了，但是没想到，从这个新闻报道以后，在嘉宾来之前，我们就大量地滚动播发各种相关的报道，那时国际组承担大量的任务，就是扒海外媒体的消息，然后报道，等嘉宾来了以后开始访谈。我没有去想那些技术性的问题，完全是出于对新闻的冲动去做的访谈，所以我觉得恰恰在那种状态下问的问题全是合适的，为什么？因为你代表的就是观众，所有的问题全都是合适的，而且那种状态是最自然的。反之，如果你准备了一个提纲，然后列十个问题，还一本正经地说"那么请问……"，那不是真交流，感觉就真是傻极了。所以要真交流，真沟通，而且那真的是完全战事直播的感觉，一直直播了几个小时，后来领导一看反响特别好，一播成功之后这个直播就没停过，我从头一天晚上熬到第二天的晚上。我记得领导在中午十二点时说，让徐老师（徐俐）来顶你，你先回家休息。我回家睡得人事不省，台里下午又给我打电话说，这个直播要一直坚持下去，徐老师顶一下午，晚上你还得接着来。

我就又去熬了一晚上，一直到第二天凌晨三四点钟才收了直播窗口，然后第二天早上再接着拉开，一干整整一个月。

潘奕霖：你直播了一个月？这在央视也是第一次吧。

鲁　健：是的，以前四套没有这样的直播，而且从中国的电视媒体来讲也没有先例。你想，一个频道所有的节目全没有了，变成一个战事直播频道，二十四小时都在关注，整点可能会插一些别的新闻，其余时间都在关注这件大事，比 911 事件报道时还要厉害，这种规模，再加上那个时候有了新闻频道，后来新闻频道也开了直播。但是四套因为先声夺人，加上最好的一批嘉宾汇聚在四套，所以当时的收视率翻了 28 倍，全在看四套。

潘奕霖：这一个月的直播让很多观众认识了央视一个新来的年轻人，你一下就火了。

鲁　健：我觉得那个时候真的是有一种做新闻的兴奋感，就是你赶上了一件新闻大事的兴奋感，特别单纯，没有想过任何其他的东西，全心全情地投入到这个事件的报道当中。而且毫无疲惫感，一是那个时候年轻，二是因为我一直期待着能够赶上这样的一个新闻事件的报道，正好赶上了，每天做的是自己特别希望做的事情。因为每天都在关注最新的情况进展，每天就想去和嘉宾分享，想去和观众分享，所以也总结了很多的东西。比如后来写了好多篇关于这次直播的论文，对主播的功能有了很多新的认识，随着这种大事件的全时段拉开，标志着主播的功能定位与以前相比发生了很大的变化，以前可能就是播新闻，那么现在可能是播、说、评、析、访，就像一个信息中枢一样。主播绝对不是一个简单的信息传递者，应该是一个信息的中枢。因为国外是主播中心制，那是自然而然的职业功能要求你这样。但是中国不是，主播实际上只是各个环节的最后一个链条而已。但是这样的事件直播就要求我们从职能上要把自己定位成一个神经中枢，不能再简单地定位在最后一个链条了，我当时就是这么想的。必须要对全盘了解，比如哪个点上都有哪些记者，他们此刻在干什么，我要有一个形象化的认知，要有推进感。还有，要熟悉新闻事件的发展脉络，从哪天开始打的，这几天发生了什么情况，伊拉克这边是什么情况，美国又是什么情况，又有什么军队派进去，伊拉克的 51 师如何了，精锐之师哪儿去了，国民警卫队哪儿去了，萨达姆现在什么状态，等等，你每天都要对最新的信息有了解。前方记者的报道，海外媒体的情况汇总，还有我们后方的一些指令，都汇聚在我这儿，我其实是多项传播的一个神经中枢，要把专家评述的观点带去问记者，要去求证；还有观众的疑问，收集上来以后问给前方的记者，或者问给专家，让专家解析。这都是事后梳理的，当时真的是很单纯，一心一意地做报道，做了一段时间以后，突然有十几家媒体来采访我的时候，才意识到我也成为被报道者了，才意识到四套现在的影响力出去了。

潘奕霖：记得那次连续报道把国际频道的影响力也大幅提升了。

鲁　健：对，我们领导也挺开明的，别的媒体要来采访，他们就把我推到前面去，每次有媒体采访他们，他们就说具体的情况你们还可以再去采访一下鲁健，因为他参与了整个策划，所以基本上最后都到我这儿来。我那时接受了很多的采访，在被采访的过程当中，总结了很多理论方面的东西。

潘奕霖：你是一个有新闻理想的人。

鲁　健：真的是第一次找到了做主持人的成就感。我记得有一天晚上我都回到家了，特别困的情况下，我们主任给我打电话，问我在哪儿。因为我刚下直播，迅速回家就睡下了。他说那就算了，刚才在东门外有七八个大学生，他们在那儿等着，都半夜十点了，说想着你没下班见一面就好了，给他们签个名。那是我第一次实实在在感觉有观众在门口等着我。后来我觉得真的挺遗憾的，如果是现在的话，我很有可能就回去了，和他们见一面。但当时满脑子想的就是工作的事，没有意识到，这其实是观众的热烈反馈，后来才意识到多么珍贵。我印象特别深刻的是有一位美国观众，从美国寄信来，都是繁体字，写得特别厚，对我的各种节目提了很多意见，我一直保存着那封信。

潘奕霖：*其实无论是华人，还是想了解中国的外国朋友，四套国际频道是他们最重要的窗口。*

鲁　健：对，全球的华人观众比较多，所以走到国外的时候，大家都非常热情。人在国内的时候，可能还感受不到那种乡情，但是到了国外以后，看到中国人会觉得特别地亲切，好多华人华侨见到我们特别地激动，甚至热泪盈眶。

潘奕霖：*在国外待久了的同胞很想听咱们家乡的声音。*

鲁　健：都说越是走出国门越爱国，在国外真的深切地感受到中国的好处，中国现在的发展和强大。在国外住酒店、购物消费、往来交通都觉得不如国内便利，欧洲经常发生盗抢事件，还是国内安全状况好，生活电子化更便利。

做完新闻直播以后，我找到了事业上的成就感和荣誉感。而且新闻事件永远有一种新鲜的感觉，总会有新鲜的事件发生，让你的人生总是保持一种鲜活度。我就下定决心全身心投入在新闻事业上。但是，做新闻主持人也是一个成长和积累的过程，一开始完全是凭着新闻理想和好奇心以及锐气支撑着我，但是真正走到新闻事件当中的话，会发现还是需要很多新闻的积淀的。不是说我这件事做完，把这一个月的事完成以后，就蜕变成一个成熟的新闻人了，完全不是，因为后边还

要经历其他类型的报道，比如说走到新闻事件当中去进行现场报道，然后现场直播。后来我开始做两会节目，每年两会推出一个《鲁健观察》，去做采访，做现场的报道，就是从那个时候慢慢锻炼自己，丰富自己的眼界，所以做新闻人其实可以一直做到老，它是一个不断学习的过程。

潘奕霖：你想没想过到六十岁，甚至七十岁了还在主播。

鲁　健：想过，因为这是一个必然的趋势，白岩松曾经说过渴望年老，他可能处在一个特定年龄段，可能中国的新闻人、电视人、主持人都有这样的理想。其实一个真正的新闻人是能够影响整个社会的变化和进程的，只是影响力有大有小而已。但是从我们的理想来讲，大家都希望做这样的新闻人，即使做不到一言九鼎，但身上担负的那份责任对社会的进步是有意义的，只是这个责任有大有小。我们上学时学新闻学、传播学也会提到西方的一些新闻人，CBS的汤姆·布罗考，ABC的彼得·詹宁斯，NBC 的丹·拉瑟，后来的华莱士、克朗凯特，最早的爱德华·默罗。一说到默罗，感觉好像他一个人终止了越战一样。这些人确实对社会的发展变化起到了很大的作用，像 CNN 的拉里·金，工作到八十多岁，华莱士也是。其实做新闻特别讲究权威性和专业感。比如，国外的体育解说员就非常的专业细分，解说 NBA 的可能一辈子就在报道 NBA 的赛事，这样的话他才是一个专家，能信手拈来。新闻节目其实也是这样的，像彼得·詹宁斯，他一开始是中东的记者，曾长期报道中东，三十岁出镜当主播，那时候觉得他太年轻了，观众不买账，他又去中东驻站十年，然后又回来当主播，相当于是一个资深的记者，他就负责那个地区的事务。

我们也去国外采访，中东我也都采访过一圈，埃及、阿联酋、卡塔尔、

约旦，必须得有这些经历，得走到新闻现场去采访，总结一些经验，这个对充实自己的新闻能力非常重要。

潘奕霖： *谈谈你的业余爱好吧。*

鲁　健：我还是喜欢看书。我虽然是学中文的，很多经典著作也读过，但是有时候觉得那种特费脑筋，就觉得好像有点故作高深，特别见不得故弄玄虚的文笔。一个经典著作明明是很通俗易懂的，他们非要写得特别虚幻缥缈，我们用开玩笑的话说，就是不好好说人话。举个简单的例子，我们说话的时候经常会有一个手势、表情，如果你手势、表情传达不到位的话，可能会影响你说话的意思，甚至会产生相反的传播效果。但是你用非语言的反向性进行控制，别人就不知道你在说什么。我就特别讨厌这样的说话方式，真正的专家和教授特别擅于把专业领域抽象的东西，用通俗易懂的语言浅显地告诉你，这是好的专家学者。我觉得一个好的主持人，也应该是这样的主持人。

我小时候爱看的书就是"四大名著"，此外还有《隋唐演义》《明英烈》《三侠五义》《七侠五义》《小五义》《封神演义》，觉得特别热闹。《说岳全传》《杨家将》《岳飞传》，我也爱看这样的小说。长大以后呢，我特别喜欢看轻松的，首先武侠小说不用说了，梁羽生、金庸、古龙，我看了无数遍，不厌其烦地看。还喜欢看倪匡的小说，《卫斯理传奇》我也看了好多遍，也百看不厌。现在还喜欢看东野圭吾的，推理小说，也是百看不厌。

潘奕霖： *当代作家比较喜欢谁？*

鲁　健：当代作家喜欢的还真是蛮多的，张贤亮、梁晓声、阿城，还有余华。

潘奕霖： *你喜欢电影吗？*

鲁　健：电影也喜欢。

潘奕霖：*来过《佳片有约》吗？*

鲁　健：没去过，但电影的活动也参加过。

潘奕霖：*电影喜欢哪种类型的？*

鲁　健：喜欢"007"系列、"谍影重重"系列、"谍中谍"系列，反正就是喜欢这种类型的。以前喜欢香港电影，周润发的《江湖情》《英雄好汉》《纵情四海》。

　　　　从我看的书和电影来看，我老觉得自己很庸俗，有时候别人一说，喜欢看《二十五史》，喜欢看《1984》之类的小说，我就觉得自己很俗。

潘奕霖：*你是什么星座？*

鲁　健：我父母把我的生日搞不太清楚，原来我一开始以为我是天秤座，10月4号，是天秤座，但是后来又说我有可能是8月17号，是狮子座，所以我现在也不管了，反正我不是天秤座就是狮子座。

潘奕霖：*我还有一些问题，比如几个"最"，最难忘的时候，最遗憾的是什么？*

鲁　健：最遗憾的是，本科就应该考到广播学院去。

潘奕霖：*研究生、本科生有什么区别呢？*

鲁　健：有区别，比如有些可以通过后天的努力，考研究生把这个遗憾弥补上，但是呢，本科毕竟是人生的第一次选择，高考是最重要的。那个年代我多么期盼说早点开窍，能早点有网络，让我早点知道有广播学院，我就可以把我的热爱第一时间表达出来。如果我的本科能够在广播学院上，我觉得我更幸福。有些人说你别那么想，也许本科上了广播学院，还不一定有今天呢。但是我觉得从青春记忆来讲，其实高考的第一次选择，就是人生的第一次选择，最重要，所以如果当时就知道北京广播学院，我考三年也愿意。

潘奕霖：*如果你本科上了广院，那你刚好比我小一级，咱俩在学校就认识了。*

鲁　健：我多么希望。

潘奕霖：最难忘的事呢？

鲁　健：我觉得还是我的人生第一次的成长，那时经历了一个挫折，家庭的挫折，
就是 1988 年的 8 月 8 号，我考上了我们当地最好的高中。我父亲答应
我如果能考上就带我来北京旅游，结果我就真考上了，父亲就兑现了
这个诺言，就带着我来北京了。暑假时第一次来北京，当时北京天气
特别闷热。有一天我们要去颐和园，从旅店出来以后他突然说头有点
晕，胳膊抬起来很无力，很难受，他说你一个人去吧，我先回去休息。
我就一个人坐着公交车，到了颐和园门口，但我心里突然很慌，就没
有进去，直接就回来了。回来以后，旅店的经理拦着我说，你父亲被
送到医院了。我记得应该是 304 医院，去了以后一看，我父亲基本上
已经意识不清了，但还保留了一点儿意识就是说不出话来，挣扎着说
别告诉我母亲，他怕我母亲担心。我说好的好的，我都不敢让他多说
话，然后他就失去了意识。我当时才高一，也不知道该不该告诉我母
亲，正好有一个叔叔和我父亲一个单位的，也在北京，我就找到他了。
他说这种事怎么可能不告诉你母亲呢，必须通知她，就给我母亲打了
电话，说我爸爸病倒在北京了，我妈就准备来北京。结果就在那一天
我姥姥又去世了，我妈把姥姥的后事托付给她的姐妹后就来北京了。
这件事情对我的影响非常大，我在北京的医院待了一个月，当时医院
因为条件有限，接收不了病人，后来我父亲只好转到一家民营的医院，
一个老大夫退休以后专门治疗这个病。我父亲在那个医院长期住院，
也没有陪床的床位，我和我母亲在医院的硬长椅上睡着，陪着我父亲。
我陪了一个月就回去上学了，我母亲一直在那儿陪着。父亲从那以后
就脑血栓后遗症，恢复之后半身不遂，虽然后来也能开助力车，挂着

拐杖也能走，但是再没有恢复过，他的生病对我后来的高考还是有很大的影响。因为他和母亲不在家，姐姐在外面上大学，我一个人在家，各种事情都得操心，高考也受了一些影响。

潘奕霖： *你现在取得这些成绩了，老爸都看到了。*

鲁　健：对，他后来恢复意识了，也搬来北京。我姐姐在北京买了房，我父母就搬到北京来，后来我也买了房，他们就一直跟我们一起生活，一直到2008年，还是过了几年幸福日子的。2008年父亲第二次中风，中风以后意识就不清楚了，送到协和医院抢救，抢救完再接回家，那时他的话说不清楚了，也不太认识人了，可能潜意识里还知道我是谁，但是已经没办法表达了。我们请了专门的护工，在家里护理，过了整整两年，在2010年父亲因为心脏病发作去世了。现在我母亲跟着我们住在一块。

所以你要说难忘的事，我觉得这个是终生难忘的事，而且日子都这么难忘，1988年的8月8号，那之后一下子就觉得自己长大了。之前完全是在父母的呵护下，什么都不用操心。

父亲生病这件事对我高考影响还是挺大的，那个时候又没有网络，真的是两眼一抹黑，也不记得高考考得怎么样，报志愿也没人辅导，就直接清华北大先报上，实际上哪儿都不挨着。从那个事件以后，好像身高也长了，我姐说感觉一个假期没见我，我就长起来了，也许经历点挫折有利于长个儿。

然后我想说说幸福，考上研究生的时候，这是第一重幸福，幸福之浪击来；考进中央电视台了，这是第二重幸福之浪，爆击；第三重幸福爆击应该就是跟天亮爱情结出硕果；第四重的幸福爆击有了两个娃，一女一儿，真的是非常幸福。我现在真的还是挺知足的，觉得老天简直对我太好了。

潘奕霖：*天道酬勤，你一直在努力。*

鲁　健：我还不够努力，还有比我更努力更有才的人，优秀的人太多了，但我也觉得自己挺幸运了，知足常乐嘛。

潘奕霖：*你小孩自豪吗？看电视看到你会觉得爸爸很厉害。*

鲁　健：幸福，我不是都主持十五年的中秋晚会了，每年的中秋虽然没法和家人团圆，但是天亮都会给我发照片，两个娃守着电视看我，老二都快趴到电视上了，特别好玩。

潘奕霖：你对年轻人有什么寄语吗？

鲁　健：我觉得兴趣还是最重要的，古人不是说"学之不如好之，好之不如乐之"。所有东西的起源可能都是兴趣，你得对一个事情真的是热爱，你的一生跟你的热爱结合到一起，那才是一个幸福的人生。俗话说，强扭的瓜不甜，跟爱情是一样的，你肯定不会有幸福感。事业也是一样，学业和事业就是你的兴趣和爱好，你热爱的东西就不会觉得辛苦，因为就跟踢足球一样，会非常累，也会经历伤病，但是太喜欢了就觉得根本不算什么，有时候我脚都踢伤了，我还想去踢，就是因为热爱。播音主持也是一样，因为我热爱这个事业，又从事我热爱的职业，就是一个很幸福的事。所以第一就是兴趣，你要不喜欢这个你千万别干，不要勉强自己。

第二，我觉得还得有点坚持。因为干播音主持的人吧，多少会有点自恋，要不然也走不上这一行，因为这就是一个被人去评价评判的职业。干这个职业的人多少还是挺在乎自己的一些外在的东西，不管是你的外貌也好，你的才艺也好，所以多少会有点自恋，恰恰因为这样，干这一行的人也很容易放弃。真正执着的人是更有内在驱动力的人，当你干这个职业注重外在的时候，可能你坚持的东西就少了。其实我也很痛恨自己很容易放弃，所以为什么说我当时不能在考研这个事上放弃，因为它可能决定我的一生。想一件事很容易的，但如果你不把第一步走出去，其他的都是空想。

潘奕霖：生活中你其实是挺幽默诙谐的一个大男生，还很感性，感悟很多。

鲁　健：人生的每个阶段会有每个阶段的看法，所以做新闻也是这样，我觉得每个阶段的历程都值得珍惜，三十岁看一个新闻事件是一个时代的价值，到了四十岁、五十岁做出来的新闻和评论，又是一个年代的价值，这也是做新闻主持人最幸福的一件事，它不会因为苍老而变得积累负能量，反而会觉得更充实。所有的积淀都是有用的。就像我们今天做节目一样，我今天做《今日关注》，有些东西需要你一辈子的积累，不管新闻事件怎么变化，背后大量的历史人文的知识，都是有用的，岁月的积累反而是一笔财富。

潘奕霖：知识的积累也是作为一个主持人所必须具备的技能，这些积累也是需要时间的。你对人生关键点有什么看法？

鲁　健：我觉得人生的关键点要把握住。快乐的关键从自己的内心出发，就比如我很享受这种平淡但是却很充实的生活。虽然在一个小城市里，也能享受着那一份安逸，但是我觉得我不是那样的人，我必须去感受这个世界的精彩，而且我从事了这个行业，我就要感受这个行业最精彩的部分，我绝对不能甘于平庸。我不是说成名如何，我是说干了这个职业一定要干到最好的平台，我当时是有这么一种驱动力。所以，到了关键点不要轻言放弃。怎么做到不轻言放弃？就是你勇敢地走出第一步。就像考研，你先去把那个事做了，先去报了名，强迫自己把书先买回来。如果你连书都不买，一拖就完了。书买回来你就得看，一看也许你兴趣就来了，先把第一步做了，才可能有第二步，第三步……如果你仅仅在一个想法上就放弃了，那就前功尽弃了。这就是王阳明说的"知行合一"，光"知"不行，还得"行"，所以"知行合一"。

潘奕霖：在这本书里，也希望你手书一行字——你此刻的感受。

鲁　健：那就写"知行合一，知足常乐"。

潘奕霖：我觉得今天聊得很完整。我们了解了一个全面的鲁健，看到了一个幸福的你。

鲁　健：谢谢。

Follow your
heart!

2018.11.7

第一次看见邵圣懿出镜是在中央电视合体育频道，屏幕中的他口齿清晰，模样清雅，很有朝气，有别于传统的体育主播。当时我还判断了一下他是否出自广院，一时未能确定。后来对他做了些了解，看到有人评价他是体育节目主持人的一股清流。

　　后来他间或做客《佳片有约》栏目，除体育外，他也很爱电影。

　　他是在本书出现的两个80后主持人中的一位（另一位是尼格买提）。当年他同时报考了播音（汉语普通话）和英语播音两个专业，结果两个系的教授都要录取他，且播音系的专业成绩排名第一。

　　他与父母几经斟酌，最终选择了英语播音专业就读。

　　虽然普通话清澈流畅，举手投足间还是会流淌出江南好的儒意。看起来他的事业发展很顺，但我相信他在奋斗的道路上也绝非一帆风顺。那天我们喝着咖啡聊了一下午，对他的了解也更具象。他走的地方比较多，眼界开阔，看世界、想问题的角度也会有自己独特的视角，这给我留下很深的印象。

　　他具备80后这一代很多鲜明的特点，是时代的宠儿。作为一个刚过三十五岁的男主播，他，未来可期。

9

地　点：漫咖啡将府公园店

时　间：2018 年 11 月 7 日

受访者：邵圣懿

潘奕霖：小邵你好，客套咱们就省略了。你做体育节目，会去全世界到处转播、直播，去了这么多国家，能否分享一下你对各国的印象。

邵圣懿：去过的国家挺多的。一方面是工作机缘，另一方面是我本身也喜欢旅游，工作之外也会到处走走看看。好像每个阶段喜欢的目的地还不一样，五六年前特别喜欢去大城市，尤其喜欢伦敦。

潘奕霖：我刚从伦敦回来。

邵圣懿：听说了。2012年伦敦奥运会之前，我们拍摄了一系列呈现伦敦体育和文化底蕴的节目，叫《伦敦行动》。前期需要走访伦敦，那半年里去了四次，我快长成半个伦敦人了，那个时候就特别喜欢伦敦和英国文化。但是这两年反而更喜欢乡野生活了，可能是年岁增长了，诗酒田园成了心头好。今年夏天世界杯后我休了一个假，去了南法（法国南部）和意大利，体验乡野生活。薰衣草、农庄、葡萄园、小村落都特别好。所以每个阶段喜欢的目的地可能完全不一样，一方面是心境的变化，更重要的是世界很大，值得到处去看看，有无数的可能性。我可能命中注定是游历的人，无论读书还是工作都离家千里。

潘奕霖：南方小伙儿在北京。

邵圣懿：对，我是江苏无锡人。考大学的时候，爸妈希望我和大多数同学一样，要么上海，要么南京。家里更倾向于去上海，因为很多亲戚朋友都在上海，也有个照应，另外就业机会也多。但是我就坚持要来北京，我觉得北京这座城市很吸引我。

潘奕霖：英语也是你的专业，在各国游历过程中，语言上有优势。

邵圣懿：语言是基础，至少不会怵吧，但更多还在于心态。需要保持好奇心，愿意体验、观察甚至融入其中的心态。我觉得旅游和旅行是两个不同的概念，旅游可能是说参加一次旅游团，来个几日游，在景点打卡购物；

但旅行不一样，旅行必须要融入其中。像我就很喜欢在一个地方待上一段时间，由于工作的原因，我们常常会在一个举办比赛的城市待一段时间，例如刚才说到的伦敦，我好几回都是待了半个多月。所以现在再去伦敦，我就主动要求给同事当导游，整个中心城区我熟门熟路都能带着他们走。而且哪里有好吃的、好玩的，好的茶馆、博物馆在哪里我几乎都知道，这就是旅行的收获。需要体验市井生活，去慢慢地、深入地了解。

另外我无论去哪个国家，都特别愿意去菜市场，我觉得那是最能体验这个地方普通人生活的去处。像在巴塞罗那、伦敦、威尼斯、布达佩斯、东京，甚至里约，我都去了菜市场。我们报道大型运动会，比如奥运会这样的赛事，有时候会住公寓，要自己做饭，这就要去超市买东西，奥运会可是二十多天都扎在一个地方。这对于我们来说既可以展现生活技能，又能更好融入当地生活。菜市场才是真正的市井，那才是真正的城市气质所在，那是真正的百姓过日子去的地方，了解当地的文化、融入其中，一定是通过细枝末节、点点滴滴来感受的。

当然，如果要说外语能力带来方便肯定有，甚至可以说语言还曾经救过我一命。那是 2007 年，我刚到电视台还是个年轻小同志，有个项目是去美国休斯敦跟拍姚明。当时有几场比赛，在洛杉矶、萨克拉门托、休斯敦几个城市来回穿梭。在休斯敦的时候，正好有一个休赛日，我们"假公济私"，利用休息时间几个同事想一块儿出去看看。美国都租车嘛，就问当地的房东哪里好玩。房东告诉我们从休斯敦去圣安东尼奥，每小时一百多公里车速的话两个多小时就能开到，值得去。我们就决定走一趟，一大早起来就开车出发了。我们那个时候是小团队，总共两男两女，我是年龄最小的那个。

2007 年的时候还没有 GPS，开车全靠看地图。另一个男同事开车，我就坐在副驾看地图，充当"人肉导航"。开出去大概一个多钟头，已经接近圣安东尼奥，我说直路往前走就到了，然后就睡着了。没眯一会儿，开车的同事突然叫醒我，说你看看后面是不是警车啊？我一看也不太确定，因为后面的车不是顶上闪警灯的警车，而是前大灯处有俩蓝红的警灯，不是特别明显。我就问开车的同事怎么回事？他说，可能超速了，开得有点快。美国高速公路路况好，车普遍开得快嘛。我们也不敢马虎，那就靠边停车吧。当时我们车上四个人不约而同第一反应都是，这要罚多少钱啊？那年代出国的时候会稍微发点美金做饭费和生活费，也不多，手里没粮心中就慌啊，又赶上人生地不熟，头回碰上这事。大家都在猜得怎么罚，说不会罚五百美金吧？当时觉得那是巨款啊，多少天的饭费没有了。

我在这儿犯了个经验主义的巨大错误。我说要不然下车找警察解释解释，咱是外国记者嘛，您高抬贵手。因为我英语最好，这任务肯定就交给我了。警车停在我们车后大概三五米处的应急车道上，我打开副驾车门就朝着警车走过去了。我这满怀诚意想跟警察叔叔卖个好，结果美国警察已经直接掏枪了！他也不下车，坐在驾驶座上，拔枪隔着玻璃就对着我。

当时我脑袋嗡一下就空白了，完全没明白这点事警察怎么还掏枪啊。而且美国警察，那可是真枪实弹，真开枪我就交待在异国他乡了。当时警察在车里冲我大喊，但因为车窗是完全摇上的，我听不见他喊什么。但我记得特别清楚就是下意识的反应，赶紧双手抱头，完全是求生的本能。

后来我看警察口型，我感觉应该是在喊"Back off！"——后退。人在那个情况下，肾上腺素会急剧飙升，我反应还是挺快的，赶紧双手举过头往回退，直接退到车边，乖乖回到副驾。后来警察就走过来了，查证件。我说我们是媒体，过来报道火箭队的，我们不太清楚限速，可能开得有点快。他说你们确实超速了，限速 65，开到 80 了。然后他还挺客气，教育我们，说在美国如果警察逼停你，绝对不能直接下车！因为美国警察的标准处置程序就会默认为你有袭警企图，警察是一定要拔枪的，如果你再往前走，警察就有开枪的权利。

潘奕霖：*我们是不下车好像对警察不礼貌。*

邵圣懿：对，但在美国如果你直接下车，事情就严重了。后来那警察人挺好，没有罚钱就放我们走了，还提醒我们下次要注意限速，而且千万别下车。这事想起来还有点后怕，所以要问语言是不是有优势，我就得说英语

真的救过我一命。

潘奕霖：*说到大都市的游历，那你在伦敦、巴黎、纽约这几个国际都市有什么不同体验？*

邵圣懿：大城市当中我个人比较中意伦敦。一方面去得多，很多城市是越深入越有趣；另一方面就是英国文化的影响吧。因为我这英语学的是英式，对英国口音迷之喜爱，上大学的时候就天天泡在BBC新闻、《福尔摩斯》还有《哈利·波特》里。要说巴黎、纽约也都去过，但其实我对巴黎的第一印象不是很好。

说起来有意思的是，巴黎是我第一次出国的目的地。相当早，2000年的时候我还在读高三，我的高中无锡一中跟很多国外的学校是友好学校的关系，当时有一个交流项目，法国学生到我们那里，我们也有学生对等去法国交流一段时间。

实际上那个学校是在马赛，但是航班得先飞到巴黎，只有一天多的游览时间。我印象比较深的是航班落地特别早，大概早上五点多，那时酒店房间不让入住啊。于是就在很困顿的状态下，去游览晨光微露的巴黎。那个时候可能这城市还没打扫，保持着前一晚的样子，给人感觉就是市中心甚至香榭丽舍大街都是很脏乱的。满地都是烟头、纸杯、垃圾。我当时只有十几岁，还没见过世界。对自己没见过的事物，往往就会被内心画像先入为主洗脑。时尚之都，应该无比美好，结果亲眼所见之后心理落差很大。

尽管第一印象不好，但是后来对巴黎的感受有很大改观。要是华灯初上去看巴黎，那真是灯红酒绿的漂亮。另外英法文化泾渭分明，两个国家互相瞧不上的历史很有意思。了解得越来越多，印象就全面起来。纽约我也去过，曼哈顿让我觉得太压抑了，头一回去就觉得喘不过气。

抬眼一看，全都是钢铁丛林，仰望蓝天是一线天。另外曼哈顿的人口密度很高，汇集了大量不同民族、肤色的移民，城市节奏又非常快，这种环境多少是有压迫感的。相对来说，我更喜欢洛杉矶，那里除了downtown（市中心）几乎就全是乡村，开车出去几十公里视野就非常开阔。但以上都只能代表个人喜好。

潘奕霖：我这次去伦敦印象也很深刻，但当地的华人朋友告诉我说英国人是特别聪明、精明的。

邵圣懿：英国文化中有一种强势，这种强势是从日不落帝国那个时候开始的。作为曾经世界上最大的帝国，它有对外来文化的包容，更重要的是历史积淀形成的大帝国自信，所以英国人骨子里是有点小傲慢。但是要说聪明，我觉得全世界谁都没有中国人聪明，中华民族真是最聪明的了。跟中国有一拼的，恐怕是意大利，意大利的文化和中国特别像。好多人开玩笑说，意大利是欧洲的中国，表现在哪儿呢？就是精明，讲人情世故多过讲规则。欧美社会更多是规则社会，包括英国，德国就更不用说了。但意大利不是，它很随便，非常随意。

但是如果从文化自信的角度，英国人确实也有他们的聪明之处。即便今天英国的经济略有衰落，但它现在仍然是一个强大的文化输出国，不管是英国小说、电影还是戏剧，莎士比亚、福尔摩斯甚至哈利·波特和憨豆，风靡全世界。所以英国人对自己文化有很强的认同感，从文化创造角度来看，英国人确实是聪明的。

潘奕霖：有一些好莱坞的班底，包括导演、制片人，他们在选演员的时候很喜欢去英国挑，需要文化底蕴很好的演员来塑造他们需要塑造的某种人物时，通常就会找英国的演员。再说说亚洲吧。

邵圣懿：我去过日韩，也去过东南亚、西亚的一些国家，但印度还没踏足。亚

洲是文化上差异非常大的地方，不像欧洲，虽然有区别，但历史上互相影响，你中有我、我中有你。如果单纯从游客的角度来说，日本是一个服务极好的国家。

潘奕霖：作为一个游客，你的体验很好。我有一位在日本留学一年了的年轻朋友，他说，自己有点受不了了，日本的食物太单调了。

邵圣懿：作为游客来说，日本是最友好的国家之一。服务至上，服务意识比欧美强太多了。比如说欧美有些餐厅真会写一个标语——"我们保有拒绝服务的权利"类似于这种。意思是你不符合我的规范，让我不舒服了，我可以拒绝服务你。而且在欧美吃西餐，节奏特别慢，你还不能催。他们文化就是这样的，把吃饭作为一种社交和个人享受。但东亚人，太勤劳！很多时候吃饭就是为了继续工作，尤其是午饭，快的十五分钟吃完。再看法国人，正经法餐，七道、九道，还有更多的，吃四个钟头、聊四个钟头，酒开好几种。当然这和社会发展阶段有关系，我们现在是迎头追赶，所以整个社会节奏都很快，会裹挟你往前去赶时间。说回日本，作为一个服务意识极强的国家，你会感觉自己的任何合法合理的要求都能被满足，而且他们的匠人精神又使得做事情、做服务极其严谨，品质你不用担忧，踩坑概率极低。还有一点就是，东亚文化同根同源，互相比较好理解。在日本看日文，有大量汉字，连猜带蒙能懂一半。

说到西亚，2006 年多哈亚运会去过卡塔尔，确实好。我报道多届奥运会、亚运会，从媒体人的角度，多哈的餐饮服务是最好的。现在奥运会不管是北京、伦敦、里约，惯例是只给媒体提供饮水和小点心，正餐要自己花钱买。但是多哈亚运会的时候，媒体餐全免费，随便吃。自助餐那餐台一眼看不到头，更重要的是全是肉啊。男生嘛，食肉动物，头几天真觉得太过瘾了。但是吃半个月之后，也真受不了，热量太高了。这个国家我当时有几个印象很深刻：第一，水比油贵，2006 年油才人民币两块钱左右一升。所以卡塔尔满大街全是大越野，全是大排量车。第二，是他们上午十一点才上班，下午四点钟就下班了，甚至老街市大巴扎有些店铺下午两点开门，四点就关门了，居然只开两三个钟头。第三，当然是一夫多妻了，这对中国人是很新鲜的。你经常会看到司机开车，大腹便便的男主人坐在副驾，后座几位太太，车是那种七座大越野，后备厢几把小椅子，孩子们都搁里面，一家七八口共同出行。我还记得问当地朋友，怎么区分人家有钱没钱？他说你看每家院里种的树，种树多就是有钱。因为树在这儿最贵，主要是水很宝贵，全是走埋在土里的滴灌管道来浇水。

潘奕霖：真不一样。刚才你说到东亚文化的亲近性，我想起有一次在大阪的时候，我在梅田点了一碗拉面，店主应该是一对母子，老太太穿着日本传统服装，应该有八十多岁了，儿子大概也有五十多岁了。梅田站是一个交通枢纽，在地下，人来来往往，密度极高，但非常安静。然后非常老的店主老太太把面做好，佝偻着、双手略微颤颤巍巍、高高举起递给我，那时候我突然有一种回到古代的感觉。我脑海里突然出现了《清明上河图》的画面，画也是无声的，我眼前的这些穿着现代服装的人在行走、各自奔忙、人头攒动，除了脚步的声音并没有特别多的喧哗声，挺像流动的画面的。那是真实的生活气息、市井气息。我接过那一碗拉面，那一刻，忽然产生了一种不是在异国，而是回到了北宋熙熙攘攘的都城汴京、融入《清明上河图》中的一种恍惚的错觉。

邵圣懿：很奇妙。潘老师你去过京都吗？

潘奕霖：去过。

邵圣懿：京都、奈良能有梦回唐朝的感受。因为历史的原因，不管是三千遣唐使，还是鉴真东渡，日本吸收唐文化是非常多的，京都又保存得很好。老城区的住家，几乎都是木质结构的小房子，木格窗。

当然一方面是建筑，另一方面就是文化。日本保留了很多我们曾经的文化传统，反而在中国已经渐渐被时代丢弃了。

潘奕霖：日本很善于学习，那时学强盛时期的中国。前几年我去了德国，发现日本很多地方是在学德国。

邵圣懿：这个话题就大了，我可以讲一个我更熟悉的领域，就是体育。日本在体育项目上学得最成功，就拿足球来举例，在90年代初，中国足球队跟日本队比赛是怎么踢怎么灭他们。现在咱们那些老国脚，像范志毅甚至他们再往前那一代的国家队，日本就是咱们手下败将。但90年代中期日本提出了足球百年计划，踏踏实实学习外国先进的经验。而且日本足球这么多年始终在学巴西，从巴西引进退役球员，到日本参加联赛，后来聘请巴西教练到日本执教、归化巴西球员，这都是日本人90年代做的事情。从90年代到现在，二十多年的时间，日本是什么水平？在今年世界杯上，日本队甚至可以被定义为世界第二梯队，就是比一流弱一点儿，但也已经具备向一流球队叫板的实力。世界杯打比利时那场比赛，日本差一点儿就把比利时掀翻了，比利时是四强球队，世界杯季军。

另外，日本这个匠人精神，做什么事情都不会离谱。还是说足球，日本人提足球百年计划的时候，甚至计划未来夺取世界杯冠军。大家当时觉得是痴人说梦，但现在日本足球确实正在向目标逐渐抵近，我觉得这个目标不是没有可能实现的。所以，日本在这二十年当中足球实力飞速进步，这挺让中国足球羞愧的。这件事特别体现日本人的学习能力。

潘奕霖：我也常听你的体育解说。我小时候的体育解说、节目主持人，比如宋世雄、孙正平、韩乔生，应该都是传统意义上的体育主持人和解说员。你是广院出来的，学英语播音的，你们这一批能不能代表新一代的央视体育节目风格？

邵圣懿：我觉得新旧不重要。怎么来划分代际？像孙老师（孙正平）、韩老师（韩乔生）、蔡老师（蔡猛）可能算一代，后来张斌老师、刘建宏老师算一代，再往前是宋老师（宋世雄）那一代，这是按年龄来划分。但是现在，划分代际越来越难，因为代际更迭太快了。十多年前，移动互联网没有今天这么发达，技术迭代就慢一些，自然信息更新也慢一些。但是如今恨不得几年我们就经历一次飞跃式的技术革命，信息也是几何级数那样地增长。像现在区块链都开始越来越多实际应用，几年前这还是个陌生的概念。我们也一样，观众对主持人、解说员的要求不断变化，甚至两年、三年，受众对我们的标准都不一样，这其实就逼着我们学习成长。互联网时代对媒体从业者一定有更高标准，受众见得多了，水平太高了，曾经沧海难为水，你可别糊弄。

宋老师讲过 80 年代去香港转播世界杯的经历。那时候信息渠道太有限了，只能靠自己做剪报，那个年代做体育解说真是太不方便了，因此那时候的核心任务是信息传递。因为电视观众也不知道马拉多纳、贝肯鲍尔长什么样，也不知道这个国家、这个球员是怎么回事，解说员是信息搬运工。现在对体育解说员和主持人的要求和当年不一样了。球迷和观众知道的不比我们少，只要说错一点，立马就会反馈。甚至我们必须承认观众有水平能够教育我们。

拿世界杯来举例，三十二支球队，七百多个球员，一个球迷可能喜欢一支队，他知道这二十三个人身上所有的故事，那作为一个主持人、解说员，会知道七百多个人所有的故事吗？不可能的。所以工作难度很大，我们就必须把自己的身段放低，虚心向观众学习。这也是当下这个时代带给我们这个职业的全新挑战。说白了，互联网把原来屏幕内外的落差和信息不对称给填平了，这是互联网带给我们的。

我们总说"受众"，我感觉这个词恐怕要改变了。二十年前，对观众是我说你听，这是受众；但现在观众随时可以通过社交媒体发私信跟你交流，所以观众已经不仅仅是受众了。我们心态也要改变，体育主持人特别容易被人骂，为什么？一个原因，体育比赛是情绪宣泄场。社会必须有情绪出口，体育比赛是最佳场景，可以做大家的出气筒、垃圾桶；另一个原因在于竞技体育本身是对抗性的，两边比赛，一定有 A 队的支持者和 B 队的支持者，我说 A 队好的时候，B 队球迷一定不爱听。即便你说的是客观的，可能也会有人说你表扬一边就是"屁股歪"。再加上互联网传播途径双向打通，体育节目的主持人和评论员是最容易挨骂的。我们微博收到的批评、指责甚至不理性的表达太多太多了。

我们这行的从业者，尤其很多年轻同事，如果没有强力心脏，不能一笑置之，那可能真做不了。对于我来说，经历的大赛多了，挨骂多了，承受能力就强了。我觉得更合理的工作态度是理性对待评论，观众发言中会有理性建议、有营养的东西，我会逐条看完所有评论和私信。其实观众的水平是越来越高的。比如有观众会说，这场球你关于 A 队说太多，明显有失公允，事后想想或许自己表达确实主观了。观众其实是我们的一面镜子。

所以这个时代或许已经不存在传统意义上的受众了。因为我们自己也是受众，我们受的是观众反馈的信息。受众和原来的概念已经完全不同，现在观众也是受众，主持人也是受众，这就是平等互动和交流。只有这样，我们才会不断地知道自己犯了错，或者了解自己的不足在哪里，进而理性面对各种声音。这个特别重要，在前互联网时代，电视屏幕隔绝了这样的沟通途径和通道。

潘奕霖： 对微博上各种评论，可以用自己的方式来化解，而且不会被各种不理性的话影响心态，这是工作的一部分。

邵圣懿： 对，这是工作的一部分。必须承认这个工作会带给自己很多，尤其是在公众传媒平台上发声的权力，这是掌握着一个公器，所以当然需要对自己提出更高的要求。我们的表达要被更多人接受，要更理性、更有底线、有高度和营养，绝不能公器私用。一方面这是自我教育，另一方面这也是观众教育。所以我特别理性对待观众发私信，欢迎他们指出我们的错误或者表达他们的意见，大多数的观众还是很平和地探讨问题。所有的观点我们都会倾听，也会自己去做复盘和考量。

潘奕霖： 你是央视主持人大赛选拔出来的？

邵圣懿：对，那次比赛确实是改变了我的职业命运甚至人生。这个真的是要感谢北京奥运会，我们经常说"时也，运也"，对于通过比赛进入体育频道工作的十几个人来说，真的是太贴切了。

潘奕霖：*哪一年？*

邵圣懿：2005 年的比赛。我正好大学毕业，所以我说"时也，运也"，这就是命运。当时是体育频道办的一个比赛，叫《谁将解说北京奥运》。我大四本科毕业的时候，赶上北京奥运会的筹备期。体育频道要为奥运储备一些传播人才，机会非常难得。所以当时看到，毫不犹豫就报名了。

潘奕霖：*你当时学的是国际新闻、英语播音，你的理想是不是要做英语方面的新闻工作，比如说"英语新闻"主持人吗？*

邵圣懿：其实我有点"醉翁之意不在酒"，对体育的理想和追逐一直都在。我高中的时候考广院就是为了做体育主持人，这个目标就像是我人生方向的灯塔。

潘奕霖：*插一句，当时你报没报播音系？*

邵圣懿：我报了，播音系也录取了。

潘奕霖：*英语播音也录取了？*

邵圣懿：对，那个时候可以报考两个专业，都录取了。

潘奕霖：*啊，你应该是学霸。*

邵圣懿：我不觉得自己是学霸，因为中学班里学霸太多了。我好多朋友数学高考考 140 多分，我这属于看数学就头疼的。我最好的一门是英语，能考 140 分，但是数学特别困难，只能考到 120 分，高考是 122 分，我记得特别清楚，属于平均水平。其实后来慢慢想明白了，每个人的天赋是不同的，我可能就在语言学习上有点小天赋。

我很感激大学的专业——英语播音。在刚进入体育频道工作的时候，英语成为我的一块敲门砖。我真正开始有机会能够出镜，也是因为英语。刚工作的时候，我们那一代里，能开口讲流利英语还算是个优势。现在当然已经是很普遍了，一代比一代强嘛。但在我们那个年代，说好英语还是帮了我不少。

对于体育节目主持人来说，英语是非常重要的。体育太国际化了，是全世界范围的竞技。就拿我们的工作来讲，外媒也常常给我启发。欧美的体育市场化比我们成熟得多，所以对于体育的理解和认知，西方媒体的视野和格局很高。体育报道上，必须承认欧美媒体会让我们发现自己的差距。

潘奕霖：你大学学英语播音这四年开心吗？

邵圣懿：那个时候挺迷茫的。我现在回头看，不仅学生，其实我们这个专业的老师也是很迷茫的。因为英语播音的所有老师都是教英语出身，他自己学英语，后来也是教英语或者国际传播、国际新闻。但我们学的是英语播音，是在镜头前要表达自己，要出镜。但是那个时候，我们有主持人或者播音员从业经历的老师都太少了，这是一个客观现实。

但这也带来另一个好处，我们刚刚开专业的头两年，〇一、〇二级的时候，学校请了大量的外教来教我们。这些外教都是在欧美主流媒体有过从业经验的一线记者、主持人，所以他们带给我们的教育虽然是速成的，但让我受益终生。说实话，作为全国第一届，我们无论是老师还是学生都是摸着石头过河，而这些外教带给我们的影响是非常大的。我记得有位美国外教讲课行云流水，他的课叫听说课，我们特别爱上那节课，因为一上听说课，美国外教就开始放电影。那个时候看什么？《阿甘正传》《泰坦尼克号》《桂河大桥》……2001年的时候和现在不一样，现在美国电影太普遍了，很多大学生都数不过来看了多少片子，尤其学传媒的，但是那个时代能看《阿甘正传》都很不容易了，外教会给我们解释某一段讲的背景是什么，真的是打开我们的视野。

那个时候还有一个美国外教，他本身是学新闻的。我记得每天一节课五十分钟，他就花半个小时讲新闻学，花二十分钟给我们讲美国历史和政治，我记得特别清楚，他给我们讲美国总统选举，讲三权分立，参议院、众议院……所以在那时，我们了解了很多这方面的知识，这对我至今从业都有帮助，整个视野也被打开了。所以我一直很感激这些老师，很感激这个专业。英语播音的教育背景和经历，还让我的视野都变得更宽广。

潘奕霖：你上学的时候有没有跟同学透露你学这个是为了将来搞体育，想做体育主持人，还是说，自己默默地藏匿着这个远大的理想。

邵圣懿：现在想起来好像真没有跟同学说过。可能是觉得，这个梦想在当时那个年代和其他的大学生不一样，而且我当时迷茫于不知道怎么一步一步通向这个理想，不知道实现路径是什么样的。我可能看得到这个目标，但是不知道怎么走过去。

潘奕霖：和王凯有点相似，王凯就是一进校就知道自己不是想成为主持人，而是想当配音演员，很早就明确自己的方向。

邵圣懿：这样可能更少走弯路吧。

潘奕霖：学校的活动你参加得多不多？

邵圣懿：学校活动我参加挺多的，那个时候也加入了学生会，我们国际传播学院院内的演出我也参加过，但"广院之春"的舞台我没有赶上。那个时候我也曾是哄台的一分子，算是用另外一种方式参与了"广院之春"。哄台还挺好玩的，潘老师可能比我更有发言权，因为越早这个传统传承得越好，这是广院独特的文化。其实对于台上的演出者来说，这对他们的心理承压能力是非常大的挑战。但广院有一句话是：如果能从"广院之春"的舞台上下来，就什么舞台都不怕了。所以这也是当时广院人的一份情怀，其实现在想想挺有道理的。现在我有时候回去和师弟们做交流，我也会开玩笑说，你们现在哄台哄的什么玩意儿，你们太文明了，水平退步了。当然有些师弟也会觉得这是糟粕，但我只能说，好和不好都是主观判断，哄台文化也有时代背景，在 90 年代或者是 2000 年的时候，广院是思想开放的先锋阵地，很多文艺青年是用这种方式在表达自己独特的个性。

潘奕霖：那个年代的话，台下比台上更精彩。

邵圣懿：特别热闹。

潘奕霖：而且所有上台的演员，也就是同学们，真的不只是去表演的，还是去锻炼自己的抗压能力的，因为自己很清楚上台后会被哄、被嘘，只是说被哄到什么程度，就要看怎么面对了。

邵圣懿：当年哄台高潮的尾声，我就曾经经历过。我印象特别深，"广院之春"，尤其初赛的时候，大家水平参差不齐，一上台那底下哄得。好多同学甚至是专门为了哄台去的，去之前做了充分准备，可以说哄台准备得比上台表演的还充分。大家会带着脸盆，带着茶缸，甚至带着鼓棒准备去敲锣。我记得当时上去一对男女对唱，两位同学一上台，台下第二排不知是播音系同学还是表演系的，一排二十多个男生，就一齐起立了，一边举手敬礼，一边喊"大爷大妈过年好"。主持人刚介绍完，表演的同学还没开口呢，台下就哄声不断，唱一半，前排同学又站起来了，开始往台上扔纸飞机，直接扔到脸上。现在想想真的是广院独特的文化，咱们不去定义好或坏，但这是一个历史，就有它存在的合理性。

潘奕霖：不是恶意的，就是一种宣泄。

邵圣懿：我觉得人身攻击的成分少。

潘奕霖：但是你注意到没有，表演是够好的，真的就没有人哄台。

邵圣懿：我觉得广院文化氛围是这样的，大家彼此之间有这种认同，因为都是同行，不管你以什么角色出现，大家都是传媒同行，所以对真正的才华还是有敬佩和尊重的，这是一个底线。至少我经历的哄台，真正唱得好的，底下也会非常认真鼓掌，非常尊重台上的表达。

潘奕霖：在大学时代，你是在台下的起哄者、参与者。但大赛消息传来，有机会主持北京奥运的时候，你当时就动心了。

邵圣懿：这个毫不犹豫。对于我来说，原本我和我的梦想之间有一条大河，但是我突然看见有一座桥若隐若现地出现了，可以通向彼岸了。那是2004 年大四的时候，我正处于迷茫、准备找工作的阶段，时间也非常契合。如果那个时候没有这样的机缘，可能我就得去做我的专业，去做一个英语节目主持人了。

潘奕霖：你们班报名的多不多？

邵圣懿：我们班不多，个位数。

现在体育是非常热的一个门类，甚至播音学院专门会有一个体育通道班。但是往前看，2004 年、2005 年的时候，做一个体育节目主持人和解说员是一个偏门，一个小众门类，大多数人会觉得这不是一个正途。那个时候可能有这样的刻板印象，不管是老一辈的韩老师、宋老师，还是更年轻一代的我们上一辈的张斌老师，好像他们都不是学主持出身的，因为那个时候更热门的还是去播新闻、做文艺，那才是比较热门的传统就业方向。所以当时报名的人真不多，我们班参加的可能三四个，非常少。那个比赛全国有好几千人报名，但是跟我一起竞争的选手大多是体育专业的学生以及其他体育类院校新闻系的学生，有运动背景的也很多，比如退役的运动员，或者本身就在各级电视台从事体育主持，还有原来就在平媒、电台做体育传媒的记者，他们希望打开电视新闻的体育主持人、体育解说员这个门类，就来参赛了。

几千人报名，然后一轮一轮筛选。对于我们来说，条件便利，我本身在北京，而且大四没有太重的课业负担，有机会进入实习阶段。后来筛选到七十多人的时候在一个度假村宾馆里封闭比赛了，到总决赛36进18，18进12，12进8，还做了一个真人秀节目的尝试。去年因为办这个比赛，有同事又把当年我们比赛的录像翻出来，拷贝了一份给我，我看完发现惨不忍睹，这是什么妖魔鬼怪。可能所有主持人都有这样的经历，看自己最早在镜头上出现的时候，就觉得当时真是太青涩了，甚至表现得很奇怪，实在不忍直视。

潘奕霖：你什么时候开始觉得比赛可能会有比较好的结果了？

邵圣懿：当时比完赛我都觉得很恍惚。当时赛制还挺残酷的，做了一个真人秀的尝试，有外拍任务需要完成，也有在演播室的正规比赛环节需要竞争，所以经常每隔两周或者一周要去录一次节目，每次都要送别几个选手。我跟刘星宇——他也是我现在体育频道的同事，我们经常开玩笑讲这件事，因为比赛的时候我们俩在一个屋里同居了前后加起来有四个多月。一方面，从赛制上来说希望自己存活得越长越好，在比赛里都有胜负心。而且我这个人挺不自信的，可能那时我的实力还行，基础教育素质还过得去，但比赛的时候我也觉得挺畏惧。好几千人里，我虽然爱好体育，但确实不如别人懂啊。很多人是从业者，很多人是运动员，还有些体院的，我觉得肯定比不过他们。但是随着比赛一轮一轮推进，

慢慢被裹挟着往前走，就会发现形势逐渐明朗起来了，越来越抵近自己的目标，这个是比赛层面的。另一方面是，当时大赛组织者没有明确表示比赛和工作机会之间有必然的关系，这个饼并没有画给我们。我当时的心态就是，如果能够进入体育频道工作是最好的，如果不能成功，至少通过这个比赛来展现自己，认识到自己的不足，看看能不能从其他的体育行当做起。但还好，比较幸运，一轮一轮比到总决赛，进了前六名，最后拿了第三。

潘奕霖：*不是冠军？*

邵圣懿：我不是冠军，我是第三名。这个比赛结束之后，我们就在体育频道开始了前后长达十个月的实习。

潘奕霖：*那时毕业了吗？*

邵圣懿：已经毕业了。比赛结束是 2005 年的 5 月份，6 月份我就毕业了，从 6 月份开始一直到 2006 年年初，3 月份正式签约，所以这个期间，我一直是以"黑工"的身份在体育频道工作。

潘奕霖：*但因为你喜欢，所以从来没有动摇。*

邵圣懿：没有动摇过。那时觉得不管怎么样，只要有这个实习机会，就很满足了。毕竟从小就知道那些中国最优秀的体育主持人前辈，能和偶像在同一个办公室里一起工作，就觉得能学到东西是最重要的，工作落不落实再说，所以几个月的实习时间还挺丰满的。

潘奕霖：*我个人感觉，你是一个挺乖的孩子，作为独生子女，你是不是也有一个中国传统 80 后孩子的成长轨迹？*

邵圣懿：我成长在特别普通的典型知识分子家庭，父母管教比较严，但因为他们也比较开明，所以我很少越界，我有比较充分的自由。我的父母会给我划分一个界限，大是大非不能错，但小的越界肯定有，那个年代男生皮，我放了学也偷偷踢会儿球再回家，包括暑假去网吧玩这种事我也干过，但出大格的事没有干过。

潘奕霖：我经常邀请你来《佳片有约》担任推介人、嘉宾主持，因为我知道除了体育之外，你也喜欢电影。

邵圣懿：其实电影我看得特别杂。当然年少时候选片挺单一的，这可能和人生阅历有关，必须慢慢成长。少时读书，和老了读书感觉不一样，电影也是。有的电影年轻时候看和现在看感受完全不同，大学的时候看电影的方向比较单一，就是美国大片。那个时候，我们都把看电影作为一种消遣，一是刺激；二可能是为了约会，跟女朋友约会就是看电影嘛；三是为了学英语。后来我发现看商业片，尤其是好莱坞动作片学英语是最简单的，慢慢就没什么可学的单词了。

受一些同行、前辈的影响，他们推介一些好的影片给我，我也会看一些不同的影片了。现在由于工作的原因，我很喜欢体育电影，像欧美、印度、韩国、日本的好题材电影我都会看。这方面我也一直期待中国能拍出一部优秀的体育电影，客观地说，中国在这方面相对走得慢一些，当下的体育电影仍然和欧美体育电影差距比较大。当然，我觉得这和体育领域发展也有关系，因为中国体育它的培养体制相对单一，体育能够带给大家的精神内涵一度被标签化和固化，所以不能够带给我们更多的生命价值和意义，表现出来的元素相对来说还没有那么丰富。

但是我觉得，体育是电影一个特别好的题材，因为体育是和平年代的战争，能够教会人们很多人生的意义和内涵。它里面有团队协作、有不放弃、有追求目标，但是更重要的，也是我个人理解中体育和别的领域不一样的东西是，它是一个失败教育。因为体育当中没有常胜将军，没有人一辈子只赢不输，拳王阿里也输过，博尔特也输过，所以输赢是自然的规律，人总有生老病死，运动员也总有运动生涯的攀爬和下坠，这种状态变化在一个时刻一定会出现。所以，在我看来体育更重要的是一种失败教育，但中国的体育电影，关于失败教育展现得很少，而欧美的体育电影有时候会告诉我们很多面对失败的故事，当然最后的成功也会让我们血脉偾张、热泪盈眶，但更多的时候它会告诉我们体育内涵其实是有失败教育在里面的。

所以我挺期待中国真正拍出一部体现更多体育精神内涵的电影，它能够告诉我们，体育不只是为国争光的荣耀，它还可以告诉我们一个小人物甚至草根怎么面对、迎接失败，然后接受它，在失败之后，再向着目标继续前进，这是体育真正的意义。其实《摔跤吧！爸爸》就是这样，它虽然是一个描述成功的故事，但是之前经历了无数次失败。所以体育不只有成功，这也代表人生也一样是起起伏伏的，这就是为什么体育能带给我震撼、开拓我视野的原因。我越来越喜欢体育，做体育越久，越喜欢体育就是这个原因，它能够让我的生命外延，让我的生命内涵得到升华。

潘奕霖：我也希望中国能拍出一部好的体育片。另外，我看了一篇文章，说在大赛中，银牌的选手其实挫败感最强，因为他和金牌只有一步之差，就会想，为什么那一刻我没有得到金牌？而铜牌获得者会说，反正我得了一个铜牌，我拿到奖牌了，挺开心。金牌就不用说了。

邵圣懿：潘老师说得很对。罗曼·罗兰说，生命当中只有一种真正的强者，当你认清生活的本质之后仍然热爱生活。我觉得体育就是在告诉我们这个道理。

潘奕霖：在你这个年龄段，你是否认清生活的本质，是否依然热爱生活？

邵圣懿：认清生活的本质我不敢说，因为生活是太丰富的东西。为什么人生一辈子总是只争朝夕，觉得时间短，不够长，是因为在每个阶段的想法不一样。你像我现在三十五岁，我跟二十五岁、三十岁时的想法都不一样，人生最奇妙的地方就在于当我们回头看，会看到自己走过的轨迹和自己的成长，当然，在这种成长的过程中，一定有弯路，一定有挫折，这就像体育一样，会有一段时间走回头路，但是只要总体是螺旋向上的就可以。

所以人生特别有意思，谁会觉得自己三十岁就认清生命的本质？我觉得太难太难了。我们讲活到老学到老，这是有道理的，人生这本书太厚重了，人的想法也会越来越不一样，我们很难讲自己是认清了人生所有本质的人。

潘奕霖： 但你是热爱生活的。

邵圣懿：我非常热爱生活，这是一定的。必须热爱生活，热爱生活才会让生活变得更丰富，也会让人生当中的所有时光不被浪费。

有的时候人会觉得时间真的不够用，就是挺紧张的。我们经常说生命短暂，想学想看的东西太多，比如我们开头就聊到了旅行，尤其每次旅行时，我都会觉得时间实在太短暂。世界上想去的地方、能看的地方太多，每去一个地方之前，我可能都会读关于这个地方的一些书，因为我是希望带着目的去旅行的，而且我希望是旅行而不是旅游，不是拍张照片，吃网红餐厅，打个卡、发条微博，而是在这个地方了解整个城市甚至国家的历史文化，哪怕浅尝辄止，看一点儿东西之后，我也会对自己读过的书有更多认知和思考。我们说理论结合实际，回来之后接着读书，带着问题、带着理解再去看，才会更了解这个地方。

潘奕霖： 工作之外，除了旅行、看电影，还有什么？

邵圣懿：看书，我看的书特别杂，我挺爱看历史的。

潘奕霖：我发现我们的主持人朋友们都比较喜欢看书。至今为止，在你采访、报道过的赛事或者运动盛会里，印象最深刻的是哪个？

邵圣懿：一定是北京奥运会。它对于我来说是意义完全不同的一场赛事。可以说，职业生涯当中，每一届奥运会或者是世界杯这样的大赛都会留给我不同的记忆，像今年的俄罗斯世界杯，我会觉得自己又成长了，又有一些转变，又打开了新的向上空间。但至今对我来说最重要的一次赛事，一定是北京奥运会。

一方面，我是因为北京奥运会才幸运地得到了现在的工作机会，所以北京奥运会是我职业生涯的贵人，我对它的感情是不一样的。另一方面，在北京奥运会的时候，伴着现场那种豪迈感产生的民族自信，以及作为一个媒体工作者我内心坚守的职责和义务，让我知道自己的使命就是告诉世界，北京、中国、中国人、中国的体育，以及中国的奥运会是什么样的。

当然，在那个时候我们当然会定义说北京奥运会是完美的、无与伦比的。但时代不断在向前发展，你会发现每届奥运会都有自己的特质，看其他的奥运会，你仍然发现他们有值得学习和借鉴的地方，就像我们的职业也有一些能够提升的地方。

潘奕霖： 有时，不完美也是完美的一部分。

邵圣懿： 没错，不完美是十年过后再回头看，因为你看到了更进步的当下，就会更动心。总体来说北京奥运会仍然是非常成功的奥运会，而且对于我的职业生命来说，这种记忆是最深刻的，我现在几乎都可以回忆起北京奥运会每一天我在干什么，每一个细节，但是说实话像两年前的里约奥运会我每天在干什么却想不起来，没有北京奥运会那么清晰的记忆。可能四年之后，我再想北京冬奥会的事，又会有这样一个恒久的记忆。

潘奕霖： 如果 2008 年奥运会是你最辉煌或最难忘的瞬间，那在 2022 年的北京冬奥会，你会担当什么样的角色？中间有十四年。

邵圣懿： 北京奥运会只能说是中国的辉煌，同时是我的职业生涯重要的时刻。四年之后，北京张家口的冬奥会，我应该还在体育频道，这个变化不会太大，我应该还会在这里为大家报道冬奥会。

其实十四年过去，不用说十四年，当下十年过去，中国人对于体育，对于奥运的态度也在转变，这对我们的报道也提出了新的要求。我们对于体制的认知也在转变，这个是特别重要的一件事情。在 2008 年之前，我们需要通过举办奥运会来体现中国的发展，来体现中国的国力。而当下，中国对于体育的认知已经完全转变了，我们更客观，我们想体现的是一个快速发展的中国，怎么样让更多的人从中受惠，让更多的国民接触体育，让更多的老百姓运动起来，其实这也是我们现在提倡全民健身、全民健康最重要的一点，你确实可以看到这一点。

首先过去十年，体育产业蓬勃发展，这当然是北京奥运会带来的影响，也是国家发展的政策导向。同时我们确实可以看到，身边普通老百姓动得更多了，大爷大妈也都运动起来了，我身边运动的朋友也越来越多。十年前，大家晒的是自己买了一张北京奥运会的门票，去看了开幕式，去看了什么体育比赛；十年之后的今天，大家晒的是自己在跑步，每个周末都有人在晒自己跑了什么马拉松，我的朋友圈就是这样的。所以我觉得，这是十年中，中国体育非常细微处的转变，代表体育行走在一个正确的通途上，虽然我们还有很长的路要走，但基本方向是正确的。

所以四年之后，我觉得中国已经不需要再通过举办冬奥会来证明什么，因为我们已经做到了。那时我们需要的是让更多的老百姓看到中国体育，让世界看到中国体育的各种可能性，我们在自己原本不太擅长的冬季项目上也可以做到了，在原本不太开发或者说不太发达的冬季项目上也有老百姓参与，所以现在我们提倡"三亿人上冰雪"，也是秉持这样一个目标——让更多人参与冬季运动。

2022年，冬奥会在中国举办一定会是成功的。中国当下是世界上举办大型运动会最有保障的国家之一，甚至我们都可以说没有之一，这是毫无疑问的，这也是国际奥委会、国际足联统一认知，所以当下中国是举办大型运动会最有办赛成功保障的目的地，这毫无疑问。

另外，我觉得成功之外，我们还需要看到更多的诉求，比如怎样让更多的中国人运动起来，怎样让世界看到中国的无限可能性和对体育的正确态度。当然，体育是建立在经济发展基础上的，因为我们经济发展到了一定程度，大家对于健康产生了更多的诉求和重视，所以这也是社会发展积极层面的因素。四年之后，更多的人运动起来，这是我真正的愿景和想法。

潘奕霖：不仅仅是赛事成功，让中国人运动起来，我们的身体素质好起来，这也是未来要举办运动盛会最根本的原因。还要问几个问题，你有什么遗憾吗？

邵圣懿：我这个人特别幸运，我总觉得到目前为止没有什么特别大的遗憾。我觉得生命中每一天都是精彩的，当然有不如意的地方，但这也是生活的一部分，生命很短暂，三万多天，哪有时间去遗憾？而且生命当中即便遇到一些不如意和挫折，也一定是成长的一部分。当下的我，一定是过去我所有的成功和失败，我过去所有走过的路、想过的事、遇到的人、读过的书共同构成的，我觉得没有什么遗憾。真正的遗憾，可能是年轻时候浪费了好多时间，玩不重要，玩不是浪费，但是要玩得有意义。越到三十岁越会理解这个事，要玩得有意义。

现在想想，上大学的时候，有很多疯玩的机会我都没有去，那个时候自己宅，周末会躲在宿舍打游戏或者看书、睡懒觉。但还有一些同学利用这个时间把北京周边全踩遍了。我现在一想，二十岁的时候毫无畏惧，敢说敢做，但是现在想的事多了，有时候反而不敢做了，你让我去野长城过夜，我真不太敢了，因为到了得对家人负责的年纪。现在挺后悔的，好像有些疯狂的事自己永远错过了，但这也是玩的一种。非要说遗憾，这可能是小小的遗憾。

潘奕霖：梦想呢？

邵圣懿：说一个特别俗套的梦想，好像所有跟足球沾边的主持人都特别希望中国足球好，这是一个特别俗的梦想，但是这是真话。就像家里的熊孩子，你越是哀其不幸、怒其不争吧，你越希望他能够好。看过 2002 年的世界杯，中国唯一一次进去了，所以我们也总想有一天，中国足球能打出今年日本这样的成绩来。如果中国足球在世界杯上有这样的表现，我得哭成什么样啊！那肯定是特别幸福的时刻，简直没有办法想象。当然我相信中国的球迷都是这同一个心愿，如果有那样的机会，中国足球可以进世界杯了，还能够在世界杯赛上取得成就，那真的太牛了，那会是我职业生涯的最大幸运。这个事情要看有没有机会，这不是我们想想就能做到的，只能说尽自己的一点点力量去推动它，从另外一个方面去努力推动它前进。

要说个人层面的梦想，我真的特希望能走遍世界，当然这难度太大，因为世界太大了。

潘奕霖：也差不多了，你南美都去过了。

邵圣懿：还差好多呢，非洲、南极洲还没有去。我就想什么时候能去一趟非洲，这是我近两年的愿望，我想去看看最原生态的地方。看世界是为了让我们更多地看到自己，让我们明白中国当下社会是怎样的，让我们明白这个世界怎么得以变成今天的样子，人类为什么走了几百万年走到今天？这是特别有意思的。

潘奕霖：你给人的感觉就是阳光大男孩，你的脸上看不到沧桑，看不到苦难，看不到在成长过程中被打压留下的印记。

邵圣懿：我是比较幸运的。

潘奕霖：你的家庭观和婚恋观呢？

邵圣懿：其实我觉得人这辈子最难的事是两个：一是认清自己。这是一辈子都要做的。人会跟自己较劲，因为觉得想象的自己、镜子当中看到的自己和真正的自己是不一样的，这是特别糟心的事情，或者是挺拧巴的事，所以觉得哪方面不够好，哪方面和想象不一样，总得调整自己的预期，这是人成长的过程。二是认清别人。中国老话讲人心隔肚皮，所以认清别人是很难的一件事情。当下社会，婚恋是一个大难题，尤其是越发达的地区，越是所谓的高知人群，婚恋出问题越多。我认为万变不离其宗就是两方面的认知出了问题，一个是对自己的认知，一个是对对方的认知，人最难的就是这两个事。但是婚恋难在哪儿？难在要认知的人恰恰是避不开的人。比如说有些人我觉得性格、脾气不合，三观不合，我可以跟你不见面，可以跟你划清距离，但是朝夕相处甚至要走一辈子的人，你必须要去认知她（他）。而很多时候，你认知的她（他）和你的想象有很大落差，因为不同的成长环境、文化背景、生活经历、理念都会造成冲突，你会觉得现实中的人和你想象当中的人，或者和你目标当中那个人不同，这就要去怎么调整自己，怎么去找到平衡点。

这是一个非常复杂的四角关系，本我，就是真正的你，和你自己认知你想象的你，这是两个人。本他，就是你的对象，你的太太或者是先生，你想象的她（他）和真正的她（他）是两个人，这是四个人在一起拧巴的事，我的理解就是这样的。四个人当中怎么找到平衡？怎么不让这个天平塌掉？这是非常难的事。其实感情有那么难吗？说简单挺简单的，你我真诚相待，执子之手，与子偕老。但当下这个时代生活节奏太快了，太多的生命变化的可能性，给我们认知带来很大的困难。不是有首诗说，从前什么都很慢，车很慢，马很慢，书信也很慢。

那是因为社会变化很慢，就像刚才说的，二十年都没有太大的变化，所以二十年前的你和二十年前的他都一样。但是当下的社会，过两年的你和他可能就不一样了，大家可能走的方向、目标不一致，距离就会越来越远，这是挺难的一件事，这也是我没有想清楚的一件事。刚才潘老师问我想清楚了吗，三十五岁怎么可能把人生想清楚，至少这个事我就没有想清楚，到底怎么去在这当中找到平衡，这是最难的，也是我人生中挺大的困惑。

目前这个工作带给自己的名利是一定有的，但在这种情况下，怎么认清自己、别人对自己的评价和自己正确对自己的认知怎么做一个好的协调，这是很重要的事情。说实话，人家对你的批评也好，赞美也好，要怎么客观去看？这也是我一直在思考的问题。

如何把镜子当中的你，或者你想象的你，和真实的你更好地融合起来，去靠近、缩小它们之间的差距？这个可能是第一步。人要先认清自己，然后认清别人，因为改变自己相对容易，改变别人是很难的，而且有时候没有必要改变别人，干吗改变别人呢？你从改变自己做起。我觉得解决了第一步，能够把自己的认知变得更准确，把镜子当中的自己安放到能够和真正的自己更高度重合的位置之后，才可能解决了第一步，然后才去认知别人，这样在婚恋或者是相处过程中，出现偏差的可能性才会少了一半。

潘奕霖：当你三十五岁的时候，会不会知道什么样的另一半比较适合自己？有没有大体的勾勒，希望是什么样的人来陪伴你？

邵圣懿：我觉得首先兴趣爱好要一致，两个人得能玩到一块去。我挺爱琢磨吃的，我做饭还不错，所以特希望我的另一半能享受我做的美食，能认同我做的东西，更重要的是，可以跟我一块做点东西。哪怕只是周末我们俩都做同一道菜，或者用同一种原料，两个人比拼一下，一人做一样菜，这也是生活当中的小乐趣。再比如说，我喜欢给家里做一些布置和摆设，去哪儿都淘宝，买一幅画，买些瓷器、银器，养养花，弄弄绿植。我朋友说我这是老年人的生活，但我也希望这方面能和另一半保持一致。单就吃的上面来说，我可以吃好的，也可以吃路边摊，所以就说从美食观上来看，就可以很大程度上确定两个人是否合适。

潘奕霖：亲密关系中三观一致很重要。

邵圣懿：三观其实很难说，但是成长经历和教育背景，与人的世界观有很大的关系，所以三观需要一致，吃只是很小的一方面。

潘奕霖：对所有想从事传媒、想报考传媒大学和现在在读中的年轻人说一句话，你想说什么？

邵圣懿：这个话内容特别简单，但是理解起来挺难的，我们终其一生也在做这样一件事情——Follow your heart（随心而动）。其实我走到今天很简单，就是 Follow my heart。

当下是社会变革剧烈的时代，世界日新月异。有些人可能觉得自己想的事特别不靠谱，异想天开，但正是因为很多人努力把不靠谱变成了靠谱，世界才有了今天的样子。包括二十年前，我刚上高中就喜欢看球，想做体育主持人，那个时候我有了这样的想法，但我并没想到二十年后我真的是一个体育频道的主持人了，在世界杯比赛时我能够坐在红场的演播室里，向全中国的球迷来报道世界杯，来表达我对世界杯的认知，这在二十年前根本不敢想象，但是我因为 Follow my heart，一步一步走到了今天。

我为什么突然想说这个呢？最近和一些广院的年轻人交流，我感受到他们有一种焦虑，这是这个时代带给年轻人的焦虑，我们那个年代没有那么焦虑。客观地说，这是因为社会变化导致的。更早的时候，房价没有那么贵，年轻人没有那么大的生存压力，但现在在北京租个房子可能都要五六千，成本比原来高多了，我们刚毕业一千块钱租个房子，还挺开心的。所以因为生活压力变得更大，导致焦虑笼罩着现在的年轻人。但是我认为这种焦虑不是好事，因为在焦虑状态下，人很难做出准确的判断，它会影响很多决定。当你焦虑时，你会把生存放在第一位，或者把很多物质欲望放在第一位，这就离本心更远了，你就不会 Follow your heart。

曾经有人说过，莫把欲望当志向。其实当下很多年轻人都有这个困惑。当然，年轻人一听这话肯定不爱听，会说你站着说话不腰疼。其实是这样，在我们那个年代，相对现在来说，收入和房价的差距没有那么大，但是如果现在的年轻人太为这些所累的话，很大程度上就变成讨生活了，这不是生命本来的样子。其实满足了生存之后，人更多想的是生活，在这种情况下，如果真的只看欲望，只会离本心越来越远，离自己的目标越来越远。我们经常说中国缺少创新，在这个时代，为什么没有那么多的创新？因为我们的创新人才越来越少了，更多的人已经把满足欲望作为自己生活的第一目标。

所以，这个道理听起来有点像扣帽子，或许年轻的朋友有保留意见，但是有这样一个印象或多或少地存在于他们心中就好了，我们都需要在脑子里储存一些不同的声音和观点，哪怕现在你不认可它。现在先听到，然后在生活中慢慢地去认知，去理解，去做合理的客观判断，可能就会对真正认知这个世界多一份帮助。

潘奕霖：很好，你四十岁时我们再聊一次。

邵圣懿：好啊，也谢谢您。

尼格买提是中央电视台综艺节目一道独特的风景，他挑大梁主持多档节目是很有意义的现象。

　　电视台有一种偏见是广院播音系本科培养出来的主持人更适合新闻播报，而非综艺主持，小尼似乎在打破这种偏见。

　　之前，播音系出来的优秀综艺主持要数李咏，后来还有高博。

　　但说实话，中央电视台这十年没推出什么新的主持人，要说年轻的、受到观众喜欢的，小尼还真是个中翘楚。

　　我们的交谈也许跳跃，也许缺乏内在的逻辑线，但它记录了2018年初秋的一个下午，那个戴着棒球帽的年轻人，带着前一日工作了十几个小时的疲惫，畅谈对主持人职业的思索、对自己事业发展的困惑、对母校广院的深切情感。

　　我关切并祝福尼格买提这位小师弟的未来。

10

地　点：炫酷 Centro

时　间：2018 年 9 月 12 日

受访者：尼格买提

潘奕霖：你好，小尼。

尼格买提：师哥好。

潘奕霖：你就读的时候学校还是叫北京广播学院吧？

尼格买提：是这样，我是 2002 年进校，2006 年毕业，我们这届比较特殊，录取通知书是北京广播学院，但是毕业证书是中国传媒大学。当时我们就处在时代的融合点、交汇点。

后来有很长一段时间，学校在其他地方出现都是中国传媒大学，我还是习惯称它为北京广播学院。

潘奕霖：你很有广院情结。学校里有什么特别的记忆？

尼格买提：太多！其实我高三的时候就来过广播学院，准确地说是高二暑假，参加全国中学生主持人大赛，我比我的同学们更早地接触了校园。

潘奕霖：那时候就想高中毕业以后考进来？

尼格买提：非常强烈。

潘奕霖：为什么？

尼格买提：我感觉我属于这儿。

但是我又有点朝三暮四，其实我高三时还想过考北京外国语大学。我从小就学英语，对英语感兴趣，我妈妈属意让我考外交学院。但高二那年暑假我到了北京，哪所学校都没去，只去过广院，所以对广院有特殊的情感，最终选择了广院，也是被广院选择。

广院那时候好像还挺陈旧的，南院北院之间的墙都在，就是现在新的大西门那条路还在，两边是墙，当时就觉得校园好像并没有那么大，但是很美。尤其是 5 号楼和 6 号楼爬满了爬山虎，因为我在乌鲁木齐没见过楼上长爬山虎的，所以觉得很新鲜、好漂亮。纯粹是因为校园很美，就有了这种情结。

我考广院那年，播音系招生似乎有了些改变，除了注重你的面试成绩，更重视你的高考分数。

潘奕霖： *但后来再招生时专业成绩就放在前面了。*

尼格买提：我们那届应该是唯一一届注重高教文化分，后来发现这样不行，就作罢了。您知道吗，我报到的那天，算是我第二次到广院，那个时候见到的广院就不是我高中记忆中的样子了，有些失望，整个人心灰意冷。

因为我提前几天到了北京，在我姑妈家住着，去报到的时候没有走京通路，我走的是朝阳路。坐的出租车，车费那个时候还是很贵的，但因为行李太多，坐出租车更方便。那时候的朝阳路还没修，一下车尘土飞扬，顿时感觉有点荒凉。

出租车当时没有停在广院正门，而是停在了北门。下了车，我在心里感叹：啊，这还是我记忆中的那个广院吗？当时就觉得生无可恋，我要在这里待四年啊！不过好在有师哥师姐们接待我，安顿好了一切。这是我两次和广院的相遇，两次不同的记忆。

潘奕霖： *你从小普通话就好吗？*

尼格买提：我很小的时候，大概是 80 年代，我爸妈就要求我，既不能只会维吾尔语，也不能只会汉语，两个都要精通。在家说维吾尔语，在学校里学习，是汉语环境。这样的话，两种语言思维都可以齐头并进，他们对我是有这样的要求。

我本来一直觉得自己说的普通话是特别标准的普通话，有点像东北同学来广院之前，都会觉得自己说的话就是标准的普通话，我当时也是这么想的。但是到了学校以后才发现，原来真正的普通话是这个样子。我们那儿的普通话带着特别浓重的西北口音，因此，老师给我调整了很长一段时间。我记得有一次老师给我们上小课，说："尼格买提，你说一下这个同学的语音、面貌或者说他刚才的这篇朗读有什么问题。"我说："挺好的，就是这个同学前后鼻英（音）不丰（分）。"我说这句话是脱口而出的，我觉得自己没问题，但是我说别人前后鼻英（音）不丰（分），其实我自己才是前后鼻音不分，新疆话就是这样的。所以调整是一个非常漫长的过程，但好在因为我高中时参加过普通话比赛，早早就认识了广院的老师，所以我到学校以后，老师们是非常熟悉我的，也比较照顾我，早上练声的时候，当时的院长亲自来给我调声。

潘奕霖：当时院长是谁？

尼格买提：是李院长（李晓华）。当时，我们班七十多个人，选择班干部的时候，班主任对谁都不了解，唯一认识的就是我们这几个参加比赛的人，我就自然成了班干部——学习委员，并不是因为学习最好，而是因为我参加比赛混了个脸熟。

潘奕霖：刚才你说，刚进校的时候有点失望？

尼格买提：当天下午就扭转过来了。

潘奕霖：是什么契机？

尼格买提：因为从北门进来以后有一点儿失望，但是进了校园觉得还可以，所有的流程办完以后，去宿舍入住。我觉得我们挺幸运的，碰上了很多个"第一次"，比如宿舍楼，梆子井大学生公寓刚刚落成，装修的味儿都没有散，我们是第一批入住的学生，它是在广院南门外京通快速路的马路对面。

没住在学校里边，这个有点遗憾，交通也不方便，但是我们那个楼非常漂亮，跟刚刚落成的一幢全新的商品房挨着，风格都是一样的，白色的大楼，很现代的设施。难得的是，2002年能有四个人一间的宿舍，下面是书桌，上面是床，算是很前卫了。看到宿舍，我顿时觉得心里明亮了很多。宿舍朝北，背阴、面墙，而且是顶层，顶层是最热的楼层。窗户还被侧面的楼挡住，什么都看不见，算是最差的一个房间，但是我已经很满足了。宿舍住了四个人，同宿舍的都是好朋友，其中一个是中央电视台新闻主播黄峰；一个现在做演员了，在电视剧《欢乐颂》里跟邱莹莹谈过一场恋爱的那个"白主管"，他叫陈牧扬；另外还有一个同学王燚现在做电影了。

潘奕霖：大学时参加活动多吗？

尼格买提：有，我觉得这些活动对我锻炼非常大，但是我们班七十多个人，要想争得类似主持学校晚会这样的机会太难了。但我在刚入校、大家都不熟悉的情况被选为"广院之春"主持人，是因为一个偶然，我是在报到第二天的一次偶遇，我认识了一个同学，他的名字叫黎志，是2002级文艺编导专业的，就这样跟黎志同学也熟悉了。最近有一部剧叫《北京女子图鉴》，导演就是黎志。黎志在学校时就非常有能力，从大一到大四参与了广院的一些重大活动。因为那次相遇，大家就玩在一块儿，处得很好，也因此我跟播音系的同学很少在一起玩，反倒跟文编的同学玩得特别多，大家太熟悉了。有一次他们说要搞一个广院的活动，找谁当主持人呢？首先就想到我了，就跟我说，那就你上吧。正好借着这个天时地利人和之便，在小礼堂，我第一次上台了。

潘奕霖：你登上了"广院之春"的舞台。

尼格买提：被吓到了，其实一开始倒还好，没有觉得有什么特别的，直到我看到有一个男生，唱歌的时候没有发挥好，唱完了被台下的人哄台，满场嘘声，然后那个男生心理崩溃、捂着脸哭了。他冲下台去，而我这时就要上去了。

那个时候心理上真的是承受了太大的压力，因为你但凡说错一个字，台下的同学就会群起而哄之。过了很多年，我发现当年同学对台上演员的苛刻，其实比后来你要面对的诸多评价要真实得多。在当时的舞台上你觉得好像承受了不可承受之重，但是当你真的工作以后，面对那些挑战、压力以及一次次的失误和紧张，手心出汗真的都不算什么，只有你经历过广院的舞台，才能应对将来更艰难的挑战。所以这是到很多年以后才能明白的道理，但是当时不知道，那个时候，有一些主持人的台风稍微有点严肃，下面的纸飞机就扔上台了。我什么时候觉得心理负担轻了呢，就是上台后看到了几个我特别熟悉的师哥师姐，他们冲着我笑，给我鼓掌，就那一瞬间，我一下就放松了。我像抓住救命稻草一样抓住他们，开了个小玩笑，就好像现在很多晚会的主持人上台都会先说些段子，活跃一下气氛。瞬间所有的僵硬、不自然全都释放了，我完全松弛下来。我就在那次主持当中找到了那个点，一个对主持人来说至关重要的点，当你找到那个点之后，你就找到自己在舞台上的最佳状态，知道每次往哪个方向努力，所以广院的舞台对我的意义非常重大。

后来每一次上台主持各种晚会，也会有一些状况出现，有尴尬的时候、混乱的时候、茫然的时候，但因为有了一些应对经验，能够采取恰当的措施救场。所以一次次历练，一次次锻炼，经验会越来越多，"脸皮会越来越厚"，就不那么怯场了。

潘奕霖： 当时专业课老师对你是肯定的多还是挑毛病的多？

尼格买提：开始时是挑毛病的多，后来我发现人一定是在最松弛的时候才能呈现自己最好的状态，慢慢地放松了，慢慢地积累了，然后到大二大三的时候，肯定的声音就更多了。大言不惭地说，我在我们班专业成绩还是非常好的。

潘奕霖： 越来越自信了。

尼格买提：我当时是有非常浓厚的新闻理想。

我觉得我们这一届是时代的分水岭，恰好是在我们这一级、在我们这个时代更换了校名，我们以北京广播学院新生的身份入学，以中国传媒大学毕业生的身份离校，而且学校的教学方式也是从我们这个时代开始有了转折。

潘奕霖：有哪些转变？

尼格买提：在我的感受当中，过去我觉得广院以培养新闻播音员为主，如果有一两个苗头向综艺方向发展，那完全只能靠自己，可能很少有老师会说：这孩子有综艺潜质，我们为他量身定做，或者有没有什么样的课程给他补充。但到我们这届就有老师意识到这个问题，会有体育方向、综艺节目主持方向的一些小课，但并不在大课的范畴当中。而且 2002 年的中国，综艺荧屏已经到了沸点，大家开始有这个意识，从我们那个时候开始上专业课真的可以聊点综艺，老师会因材施教地布置不同方向的作业，录像的时候真的能玩一点儿综艺感的节目给老师看。

潘奕霖：播音系原本主要是培养新闻播音员。

尼格买提：对，大家的理想都是新闻播音员。但是我那个时候心里其实还是拧巴的，我觉得自己可能更适合综艺，可内心又植根着一个理想，觉得做新闻播音员才是正道，综艺主持只是稍微的消遣而已，所以考北京电视台，考一些地方卫视的新闻主播也都去参加了。

潘奕霖：都去参加试镜？

尼格买提：对，我新闻播得还挺好，我还去北京电视台参加过面试。当时他们有人说，我一开始成绩都很好，但有领导说："播得是挺好，专业真的不错，但是这个长相吧，他说出来的新闻可能没人信。"他们觉得我的长相是属于有点喜感的，不适合做新闻，也好，我就认清了现实，开始参加一些综艺节目主持人选拔的比赛。包括湖南卫视"金鹰之星"的主持人比赛、北京电视台的一些综艺主持人比赛。

所以大学这四年就是在三个地方过的，一个是小课教室，一个是广院的舞台，一个是各个电视台的比赛现场。

潘奕霖：你是一毕业就到中央电视台，觉得你挺顺的。

尼格买提：前段时间我的搭档朱迅老师出了本书，与此同时也有出版社在跟我聊，能不能写点东西出来，我说我现在写东西有点早，真的是言之无物的状态。但是多多少少对写东西，写点自己的故事，我还是有点兴趣的。可是我看完朱迅老师的书发现，我有什么好写的呀，人生太平淡了，朱迅老师人生的大起大落，各种人生的波折太精彩了，我想我写什么呢？高中毕业，参加比赛，然后考广院，上学四年毕业，考央视，考进去了，就这样而已。只是流水账，没有大起大落，从整体上说是非常顺，就有那么一些小小的波折而已，这是我的幸运，也是我们这一代人的幸运。但是我身边的同事跟我说，你别总跟人说你特幸运，搞得你自己一点儿不努力似的。后来我想了一下，其实我是以幸运之名不断努力着。

前天《星光大道》和中秋特别节目，两个工作撞了，但是没办法，两个事必须都得干，还好《星光大道》是晚上录，中秋特别节目工作体量非常大，而且是当天才拿到方案，还来不及熟悉，我只能趁着节目表演的时间把下面的词背熟。就这样，晚会持续了六个半小时。这边《星光大道》节目组已经疯了，打电话直催我。中秋特别节目刚结束，我就上了车冲到了老台（中央电视台旧址），然后进了化妆间，脱了衣服换上礼服，戴上麦就冲到台上去了。每一个选手唱歌的时候，导演快速跟我讲现场是什么情况，五个小时后节目终于录完了。接下来赶去录音棚录制另一节目的主题曲。回到家里，我早已经筋疲力尽。我是个特别懒的人，也是个有些矫情的人，但是不知道为什么，每次登台的一瞬间就会觉得浑身充满了力量，这种力量是平时你在休息或者轻松的状态下没有的，有点像"回光返照"，整个人都很兴奋。

我告诉自己：你别喊累，你要庆幸你得到了同龄主持人梦寐以求的机会，既然你有这种累到极致却又能激发出自己更多精力的能力，那就好好地去享受它，让它给你反哺、让它给你激情、让它给你提醒，所以我觉得这是我幸运之余努力的部分。

潘奕霖： 那你如何平衡自己的付出与得到？

尼格买提： 我相信能量是守恒的，不要以为你获得的多了，就永远都会不断有这么多的收获，你在吸收能量的时候，可能某一天就会释放这些能量，顺遂多了就会有逆境、会有不顺，所以，我永远要绷着那根弦，一定要为那天做好准备。几年前突然有很多的节目找我，我也接了很多节目，难免得意，我意识到自己的状态后，马上告诫自己：可以得意，但不能忘形。所有的这些你认为好的机会一定要珍惜，这是别人对你的认可，如果有一天无人理睬你了，或者你遇到了糟糕的情况，你怎么办？所以你要为未来积聚力量，预防"能量耗尽"，因为这是早晚的事。

潘奕霖： 你第一次主持春晚是哪一年？

尼格买提： 2015 年是第一次，但是那次正好分了两个会场，一个主舞台，另一个是一千平方米的演播室，语言类节目放在这里，我是在语言类节目的分会场。到 2016 年就进了一号厅，然后 2017、2018、2019，连着五年。

潘奕霖： 这么幸运！

尼格买提： 每年我都会本着能量守恒的原则，暗示自己说：今年可能没有，你

得接受。任何事情一定要抱没有的打算，每一次都当作最后一次，这样来的就全是惊喜，所以没有来也不会觉得有什么，努力调整心态。

潘奕霖：*春晚跟你平时主持的晚会有什么不同？*

尼格买提：我跟春晚同龄，1983 年开始有春晚，我是 1983 年出生。其他孩子小时候对春晚不会有那么浓厚的兴趣，过年的时候就是放放鞭炮，吃吃喝喝。我从小就特别喜欢看春晚，热爱春晚，我真的是一个节目都不能落，从头看到尾，尤其是语言类的节目。而且我看完还得看重播。那是唯一一个可以熬夜看电视的日子，维吾尔族式的房间铺满地毯，有一个电视机放在那儿，我就申请睡在那个房间，打地铺。爸妈都睡了，我就在那儿扒着电视看春晚看重播，特别开心。所以真的有一天当你站在那个舞台上的时候，那种幸福感，有点像哈利·波特来到了霍格沃茨魔法学校的感觉，这就是我，这就是我梦想中的那个城堡，那个乐园。

潘奕霖：*你的出现给春晚带来了新的气息。*

尼格买提：我给自己这样一个定位，你在主持人当中算是比较年轻的，你一定要扮演更多地服务于你的同龄人，或者年纪更轻的人这样一个角色，所以给我的台词，我在修改的过程中，会适当加入一些大家会比较能听得进去，或者说年轻人接受度更高的一些方式。

这个台词的撰稿文案已经很好了，但是每个人会按照自己说话的方式和节奏进行修改。改词或者写文案这件事，特别锻炼我。这几年我一直是春晚语言类节目审查的主持人，11 月份差不多就开始进行了。主持人在这里的作用，在我看来，发挥最大能量的时候，是在审查过程中节目交替的上下场，或者更换道具的间隙，因为你得热场、垫场。最重要的是，你不能让整场气氛凉下来，如果中间没有主持人，一旦凉下来就对下面的节目不利了，所以你就当自己是一个小品演员，或是一个相声演员，你要不断有段子。节目一审查可能就是四个多小时，所以，要让所有的观众都时刻保持新鲜感，让他们自然带着笑声流淌到下一个节目里。这是我这几年一直在参与的事情，实在太锻炼人了。串词是基本的信息，除此之外，还要想方设法挖空心思地想：怎么把前后两个节目串起来？节目大概的内容是什么？怎么得体地开演员玩笑，把上一个节目自然过渡到下一个节目。这项工作让我内心无比强大。

其实观众席跟舞台的情感场的交流互动极其重要，他们放松了，演员才能松弛；演员越松弛，观众感觉也就越好。这简直就是一个流体，是不断流动的场。在这个场里面，主持人是站在那里辅助流动的人，你只有做好辅助工作，一切才能良好地循环起来。

潘奕霖：平时会关注网上或者一些平台上网友对自己的评论吗？

尼格买提：会，我会忍不住想看，比如说我们第一次主持青歌赛的时候。2014年，我和李思思搭档，应该是台里第一次起用这么年轻的主持人，我们俩都慌死了。四十多天，每天都是直播，每天我们都心惊胆战，每场直播完了领导带着我们开大会总结。我们俩一开会就低着头，干吗呢？翻手机，搜自己，看网上都有什么评论。一开始恶评如潮，压力太大了，每天都被骂。

但是四十多天下来，明显地感觉到批评的声音越来越少，好评越来越多，信心逐步建立起来。我们并没有因为主持青歌赛，事业就登上一个高峰，但是我们经历了这样的曲线，难能可贵。

其实我很在意别人的想法，我是白羊座，从小就心思极其敏感细

腻。小时候，我们院里的小朋友多说我一句，我就会特别往心里去，但我又不说出来。我是一个极其内向的孩子，长大了虽然做了主持人，但是性格里的那些东西还在。评论还会看，看到好评就开心，看到不好的评论就会想自己真的有这么糟吗。

潘奕霖：你现在是一种什么样的状态？

尼格买提：应该说现在是一种非常舒服的状态，做自己最适合的节目，不适合我，或者我不适合的节目，尽量就少做了。我现在就是两个常态节目，一个《星光大道》，一个《开门大吉》。除了这两个节目，还会有一些季播类的节目，比如《加油！向未来》，这两年增加了自己担任制片人的《你好生活》，还有前几年春晚的主持任务。

每个月的工作我是这样安排的，以现在为例，昨天之前的四天是录《星光大道》，中间穿插着中秋的节目，今天开始录《开门大吉》，每天录两期，一共录八期，录完了可以休息四五天，这几天就不会安排别的工作，彻底休息。然后就是频道的一些特别节目，连着两三天，二十几号就又可以休息了，一直连着十一（国庆）都没工作，所以我没有看上去那么忙。我每个月可能有十天在工作，五天会有一些杂事，剩下的十几天常常会有那种放眼望去一个礼拜没什么事的时候，我觉得这是我最舒服的状态，我为了创造那样的可能，还会把我可以调整的工作凑到一起连续干完。最累的事情我一定要凑到一起，累死也要把它干完了，然后我可以有大量的时间来休息。

潘奕霖：我爸很喜欢看《开门大吉》。你一般会怎么安排你的业余时间？无论是零散的，还是相对完整的。

尼格买提：看书、写字。

潘奕霖：*也练书法？*

尼格买提：练书法也是最近的事，心有点不太静了。每次写字的时候，可以让自己慢下来，不要那么着急，越慢内心就越平静，这是唯一一个解决焦躁的方式。焦灼的时候烦的时候，就到书房里去摊开了写一点儿，哪怕写一列、写一行，心里就会觉得安稳了。其他的时间跟朋友聚会、吃饭。

潘奕霖：*你也是比较热爱美食的人。*

尼格买提：对，喜欢吃烤包子、抓饭、蛋糕，喜欢做饭、招待朋友，不浪费周末。我觉得周末下班以后，即便是再累，你不去喝一小杯酒，便是对周末的亵渎。找一个新开的小酒吧，带爵士的现场乐队，点一杯酒，那个感觉很美妙。

潘奕霖：*现在出去被别人认出的概率怎样？*

尼格买提：概率还是挺大的，但是我觉得我的观众属于比较冷静的观众，一种是看过我的节目比较喜欢，打个招呼，握个手聊个天，周末愉快。还有一类非常热情，说妈妈爷爷奶奶特别喜欢你。

我的粉丝特别好，我可以有自己的空间，我可以去我想去的任何地方，可以在咖啡馆里看书写字，完全不会对生活造成任何困扰，我活得很自在。

潘奕霖：*喜欢旅行吗？*

尼格买提：我很喜欢旅行，带爸妈旅行的经历印象比较深，用了五六年的时间带着父母基本完成了环球旅行。我小时候就给他们承诺过，长大以后要带他们去环球旅行，有能力有时间了就开始了。刚开始他们还说儿子你太辛苦了，我们看你很累了，我们哪儿都不想去……过几天我再问，你们最近还想去哪儿玩？他们会给出一个新目的地，好，走吧。

潘奕霖：听上去，你很享受与父母的旅行。

尼格买提：父母的性格是这样，出去玩，两个人像小孩一样，我爸是往前冲，我妈是每个店都要进，而我呢，要考虑的问题特别多，我有强迫症，要求一切不一定是贵的，但一定是完美的，一定要有最好体验的，包括航班的时间、座位的选择，不同的机型座位的宽窄程度我都会考虑在内。住酒店更别说了，酒店的位置、是否有泳池、周边的交通，所有的一切我都会考虑，旅行前我差不多有一个多星期的时间都在疯狂地做攻略，把自己逼疯的那种状态，所以跟我一起旅行的朋友或者我的父母在旅行中都会很轻松。有一次我们出去玩，朋友们在后面说说笑笑，而我一手拿着攻略，一手拿着手机，边查边走。我为了让朋友们少走点路，我在网上找到了一家餐厅，我说你们正常走，别管我，然后我就冲到那条街，去考察这个餐厅到底好不好，我一定要用最快的速度选到一个完美的餐厅，再冲回来告诉他们说我找到了，走吧。一定让别人舒服，哪怕自己累瘫了都不能给别人添麻烦。

潘奕霖：这个我倒挺意外的。

尼格买提：我是一个这样的人。

潘奕霖：有时候主持人多少会以自我为中心，你没有。

尼格买提：对，我完全没有。几年前，我和一群朋友去韩国，我选了一个民宿，就在昌德宫的旁边，是一个古老的韩式的小院子，入住的时候大家都很开心，我心里就踏实了。有一天我们逛完街，所有人都累趴下了，回到民宿，房间里是暖炕，地是烫的，大家横七竖八地躺在地上说太棒了，那一刻我就很满足，我是会因为这些小细节而满足的人。其实就像我刚才说的，我在意别人的想法，我在意别人说不好，我也希望别人说好，结果总把自己弄得很累。

潘奕霖： *追求完美。*

尼格买提： 但恰恰我在主持节目的时候会有点粗心。我在生活当中很照顾朋友，但在主持节目时往往会有忽略别人的时候，我朋友或者同事会给我指出来。我跟小撒（撒贝宁）主持节目，我的同事就非常明确地告诉我说，你看，你在说话的时候，小撒一直在看着你，他看着你的时候你会有更大的动力把这句话说完，他是在关注你，但是小撒说话的时候你没有在看他。有的时候，你能从同事身上学到很多东西，他对场上每一个细节的关注，他对情感流动的重视，他对每一个关键点的精准捕捉，等等。我现在能从这些师兄、同事、前辈的身上学到这些，这在以前是没有的，我以前不太会在台上关注别人、照顾别人，但我现在开始学会了。生活中和舞台上的我是两种人，如果把生活中的我照搬到舞台上，我觉得那才是更让人喜欢的角色，所以我现在尝试着在改变。

潘奕霖： *你不断在学习。是否可以认为，当年你做决定参加央视选拔《开心辞典》主持人的大赛，改变了你的人生轨迹？*

尼格买提： 绝对是非常重要的一个契机，如果没有那个比赛，我可能还在北京移动电视播公交上的新闻。

潘奕霖： *那是什么时候的事情？*

尼格买提： 大三在北京移动电视实习，准备毕业后留在那里，还有北京户口，老总对我很好，一个月四五千的工资当时已经很好了。还有一种可能是，那时候我已经考央视了。央视招人，全班同学去考，经过层层选拔，文化考试、面试……到出镜委员会的考察，你要有一些表现演讲能力之类的展示，我也通过了。我们班就通过两个人，我是其中一个。所以即便没有这个比赛，我也会在央视，但是不知道自己在哪个频道。我可能会是从最基层一点儿一点儿地去找小栏目，一点儿一点儿地去成长，这个成长的过程会很宝贵，但是会很漫长。然而因为有了这场比赛，我一下站到巨人的肩膀上，到了一个很高的平台，在一瞬间让很多人都知道我，所以我很感激《魅力新搭档》的比赛，它让我有机会能去《开心辞典》，跟小丫姐（王小丫）在一起合作。

我记得上大学的时候，有一次听说要去录一个节目，我打听是什么节目，别人告诉我说叫《开心辞典》。节目组要改版录一个样片，让同学去当选手，但是要带亲友团，他让我找人一起去。我说好，就去了。我是亲友团成员，坐在观众席上，当时是小丫姐和佳明哥（李佳明），那时佳明哥已经决定要去美国了，走之前帮忙把样片拍完。我对整个流程毫不知情，中间有一个停场，可能需要热热场，忘了是小丫姐还是佳明哥说亲友团有没有谁来表演个节目，我就作为黎志的亲友团上去了，来了一段新疆舞。当时导播间里就有一双眼睛看到了，这双眼睛就是《开心辞典》这个节目的创办人郑蔚。他们正好在做《魅力新搭档》，因为她对我的印象不错，就把我找来了。所以，如果没有那次当亲友团的经历，我也不会去报名参加这个比赛。我之前看到过这个比赛的消息，是我妈在《新疆消费晨报》看到头版一条很小的新闻：《开心辞典》将举办男主持人选拔比赛，条件是四十岁左右，成熟睿智稳重。我说，妈你觉得哪一条跟我相配？我妈说，去试试吧。但是当时因为这个报名条件，我很不以为意，所以没想去。

潘奕霖：人生很多偶然。家乡人怎么看待你的工作？

尼格买提：更多的像家人一样吧，就是走在新疆的大街上，常常会有人过来，特别关切地说，你是我们新疆的骄傲。

每次听到"孩子，你是我们的骄傲"，心里会特别温暖。但与此同时，我也常常会想，我真的能成为你们的骄傲吗？我能成为你们多长时间的骄傲？这件事我能坚持多久？有时候不想做了，或者太累了，想放弃的时候，脑子里就会出现这些人的身影，虽然有点极端，觉得难道要为了他们眼中的你而坚持吗？但有时候是这样的。

潘奕霖：如果去新疆旅游的话，给大家推荐哪个地方？

尼格买提：伊犁。

潘奕霖：有什么独特之处？

尼格买提：特别美，关键是吃的也特别多，伊犁太美了。伊犁最美的是它的小街巷，伊宁市除了市中心的高楼大厦，市区的周围遍布着老的居民区，那里保留了许多充满民族风情的小胡同，纵横交错。因为伊犁当时也受到了苏联的影响，所以它很多的房子都是按照苏联的风格来建造的，加上浓郁的新疆本土的风格，伊犁人非常喜欢蓝色，你能在伊犁看到很多很多白色的墙、蓝色的大门。每一家的大门都是精雕细刻的，你推开门，小小的院落里种着各种果树，种着菜，有一个传统的木结构的房子，非常漂亮。然后每家每户门口都有小溪流过，用水将各家连起来，我小时候去伊犁印象特别美好，我每天都去门口的小石凳上面，脚下是小溪，扔一些玩具在小溪里面，树影婆娑的，特别美。

潘奕霖：毕业这么多年，取得了一定成绩，回广院多吗？

尼格买提：还是有挺多机会回去的，参加学校的一些活动，包括我自己在母校设立了一个助学奖学金，我很荣幸可以以自己的名字命名，"尼格买提助学奖学金"，每年给同学们发放奖学金。这事已经坚持了三年，每年发奖学金的时候，我一定会找机会回去。

潘奕霖：*就是想支持一下学子们。*

尼格买提：对。因为上学的时候，我身边就有很多家庭条件不太好的同学，明明是学传媒的，但他们为了能够解决家里的一些困难，他们去打工，花了很多时间去做跟自己的专业毫不相干的事情，因为打工浪费了时间，很可惜。所以我希望师弟师妹们能够更多地将时间和精力专注在学习上。

潘奕霖：*对于地方电视台或者是新媒体的冲击，你会感到有压力吗？*

尼格买提：会，我有时候会给自己作区分，某些状态下我会觉得我是在做电视节目，某些状况下我是感觉自己接近网综（网络综艺），我希望自己能够多接近一些网综，但是做电视时间长了，放下自己找那个感觉非常非常难。有时候我会找到那个感觉，但大多数的时候也会告诉自己，我在说什么，假如电视机前现在有90后、00后在看，也许他们根本不会看电视，如果他们在看，或者这段视频上了网他们会怎么想——"大叔，你老了，你在说些什么，你一定要所有的话都有意义吗？你一定要拔高吗？"我每次"拔高"的时候就会想这些，因为电视主持人会习惯性地寻求意义，这是我们的习惯，我觉得这是主流媒体的责任吧。但是对于90后、00后来说，他们也许不理解这件事情，所以我会刻意地去减少。其实年轻人更接受直接的观察、表达，不需要过于深刻的思考，很多事是靠自己悟出来的，而不是别人教你的。自己悟出来的东西比别人教你的更透彻，比如主持《开门大吉》的时候，有个什么事，我总想着总结升华一下。我现在一张嘴，每次一想升华或者总结

时就在心里啪啪给自己打脸：你给我好好说话。我会这么调整自己，至少从主持人的角度来说，我觉得一定要调整的。

潘奕霖：有没有想到，你可能会改变人们对传媒大学播音专业学生的印象，这个专业可以培养出优秀的综艺节目主持人？

尼格买提：我现在还没有到能改变大家观念的程度，但与此同时我觉得没有多少人那么在意这件事情，没有多少人那么在意学校过去培养什么样的人，现在培养什么样的人。现在这个世界已经纷纭复杂到大家不会关注一个主持人、一个专业。现在成为主持人的路径太多了，任何人都可以有机会登台说话。只要你考个证，你就可以是主持人，没有人有资格说你不行，只要你有这个能力都可以做到，没有人会在意你是哪个学校、哪个专业的，甚至你不是广院毕业的，不是学这个专业的，反倒有更好的优势。这跟过去不一样，过去是金字招牌，但现在你要说不是学这个专业的，人家可能会觉得你其他方面的能力会更强一些，这是一个很特别的时代。我觉得像师哥你们成长的那个时代是属于主持人的黄金时期，但现在已经不再是了。

潘奕霖：因为整个新媒体的出现，因为可以让公众看到自己的渠道越来越多了。

尼格买提：大家的选择多了，这是现实。你不能埋怨现实，你要适应现实，你怎么让人在更多的屏幕上看到你，不管大屏小屏。找到某一种小屏，能让我不一样，然后就发现了抖音。

潘奕霖：你还有抖音？

尼格买提：我觉得玩抖音的我跟平时的我是不一样的。不用刻意，却更加自然放松。

潘奕霖：我没想到你还玩抖音。最后，我们说一些比较轻松的话题吧。前面你提到了和父母去环球旅行，那国外的城市，比较喜欢哪个？

尼格买提：我喜欢京都。你在那里可以想象自己穿越了，穿越到盛唐时的长安，
你从朱雀大街一路前行，你看到一个个所谓坊间，一座古庙，隐居
在山林里的僧人、他们的生活起居，那是古代中国本来的样子，以
这样的方式留在了另外一个国家，一个城市。而且，京都的妙在于
它并没有受限于传统，它依然年轻。我有一次在京都老城里面遛弯，
进到一座寺庙，进去一看人头攒动，人们围着一个祭台，那个祭台
上有几个歌手坐在椅子上弹吉他，看到这一幕觉得好奇妙，在那样
的地方，那么静谧的城市，古庙里有人在唱如此现代的民谣，后面
还有摇滚乐的表演。所以它是一个特别融合的城市，它的融合不是
我们融在一起，而是自然地结合在一起，就是现代不改变传统，传
统不改变现代，我觉得这是京都最妙的所在。

潘奕霖：喜欢的博物馆呢？

尼格买提：先说博物馆，中国国家博物馆和纽约大都会博物馆，这是两个我
最喜欢的博物馆。喜欢国家博物馆是因为在那里你可以上一堂非
常切实的中国历史课；纽约大都会博物馆则是一场非常生动的世
界历史课，它有很多不同的展区，一天是远远不够的，如果真的
想看遍，需要几天的时间。在大都会博物馆逗留，你觉得自己已
经在历史长河里漫游一圈了，有时最吸引我的不是藏品本身，而
是一些其他的东西。比如在大都会博物馆，排着队坐电梯到楼顶，
有一家非常美妙的咖啡馆。大都会博物馆在中央公园的边上，你
刚刚感受过人类历史的磅礴，然后到了楼顶，看到年轻人在那儿
喝着咖啡聊着天，甚至席地而坐，放眼望去，中央公园的美景、
纽约的城市边界线就在眼前，太奇妙了。我觉得，有品质的博物
馆要把咖啡做得非常好。卢浮宫的咖啡厅也是在很窄的一个通道

里，但是非常有情趣，非常法式的浪漫。

其次是京都的博物馆，坐在博物馆的落地窗前，你可以看见眼前的新馆旧馆。另外，我去每个城市一定要去当地的大学，北海道大学、京都大学我都去过，在大学里感受的东西真的不一样。而且，我还喜欢去大学里的食堂吃饭。

比如说到了京都大学，找到他们的食堂，假装自己就是大学生，然后坐在那些大学生中间吃饭，在北海道也是，去找大学生的食堂、咖啡馆。

潘奕霖：我有一次在京都，无意中走进了立命馆大学，也在一个食堂吃了饭。

说说你未来的规划吧。

尼格买提：未来的规划就是做更多自己喜欢的事，因为时间越长，你就越知道自己喜欢什么，自己属于哪里。未来我希望能够去更多属于我的地方，做更多我喜欢的事就好了，没有明确的规划。

潘奕霖：加油！

尼格买提：我努力！

后 记

　　母校是一个从来不需要想起、永远也不会忘记的存在，而她刻在我们身上的烙印会陪伴我们一生。

　　北京广播学院（现中国传媒大学）有着独特的校园文化，我欣喜地发现，直至今日，这些"文化"在一代又一代学子身上奇妙地延续着，形成了一种"广院气质"，而它的散发方式，又如此千差万别。

　　我在这本书里采访了十位广院校友，他们中有我的前辈，同学，更多的是师弟师妹。他们都是或曾经是中央电视台优秀的主持人（只有叶蓉同学供职于东方卫视），然而，他们各自的经历、性格、看问题的角度、观察世界的方法却是不同的，他们从不同的侧面丰富了主持人和广院人的形象，可以带给人们全方位的思考。采访完他们之后，我对自己选择的职业有了更多的了解，也有了更深的情感。

　　为什么会选择这十位广院人，说实话，开始时貌似偶然性大于其他。随着我与他们的深入交流，以及后来在我整理这些采访文字的时候，他们的人生轨迹与面貌越来越清晰，当他们的付出或收获、迷茫或憧憬以某种方式击中我的时候，我明白了我能够借这本书与他们对话的机缘，不仅仅是我们都来自广院，而是我们的内心拥有一种共同的东西，那就是"爱"。

　　英国哲学家罗素晚年时，有次电视台主持人采访他，问到这样一个问题：你能够用最简练的语言给这世界上的人们某种建议吗？甚至是一百年、一千年后的人……

罗素说：第一，关于智慧，不要认为你所期望的那个结果便是事实；第二，关于道德，人，要爱，不要恨。

心中有爱的人会互相吸引。这本书里的十位主持人对事业的爱与痴迷、对他人的爱与包容、对自己目标的爱与执着、对这个世界的爱与担当感染了我，我希望能通过这本书跟广大的观众和读者一起分享。

"爱"与"热爱"正好是我所理解的"广院气质"的一部分。

感谢我的十位校友：卢静、康辉、叶蓉、史小诺、郎永淳、瑶淼、王凯、鲁健、邵圣懿、尼格买提，我以入校时间排序，他们在我的心中都有着沉甸甸的分量。感谢他们在百忙之中接受了我的采访，并配合出版社做了许多后续工作。

感谢我的良师益友胡智锋教授为本书作序。他研究生毕业就来到广院任教，我们毕业离校后他成为我们与母校连接的纽带。胡老师在广院辛勤耕耘了二十八年，不久前就任北京电影学院副校长，桃李满天下。

感谢中国传媒大学的翁佳教授为本书作序，作为本科同班的两位留校的同学之一，她见证了北京广播学院转变为中国传媒大学的过程，并与书中的每一位人物都有着这样或那样的交集。

感谢旅美作家章珺，她以前是我在CCTV-6的同事，关于"我是谁"，读者朋友们可以读读她的文字。为了创作好这本书，我们经常越洋通话，在不断的沟通切磋中这本书日臻成熟。

感谢编辑宋辰辰，她肯定了这个选题，并陪我去采访了其中的九位主持人，感谢她的鼓励和支持。感谢编辑杨兵兵，为了保障出版时间，不辞辛苦地加班。

感谢电影频道《流金岁月》栏目的广大观众。这档节目停播后的这些年里，他们没有忘记"小潘"，他们一直希望我写一本关于电影艺术家的书，而我的第一本书写的是我的同行。我这两年导演、制作了一部纪录电影《演员》，以另外一种方式表达了我对那些表演艺术家的敬仰和喜爱。为他们写一本书依旧是我的愿望，我会努力实现这个愿望。

感谢我的父母，他们已经很老了，写这个后记时我还在与哥哥姐姐商量如何让父母亲晚年过得好一些的具体安排，愿这本书能给他们带来一些美好的时光。

感谢我的母校北京广播学院，感谢播音系，我在1989年被广院播音系录取，这是我一生中最幸运的一件事。

感谢作家出版社，我年少时的理想是当作家，能在我喜欢的作家出版社出版作品，我深感荣幸。

潘奕霖

2020.5.4